大力作作青雲妻

2

風文創 1239

一筆生歌 著

目錄

第二十六章　深入追查

「卑職身上沒帕子，大人能借一條帕子讓卑職擦擦眼睛嗎？」封上上絲毫不覺得姑娘家連條帕子都沒有，還要找男人借是件多麼不正常的事情，要是朱蓮音此刻在場，一定要狠狠戳她的腦袋。

應青雲一怔，突然想起端陽節晚上借給封上上、被她紮在頭上的那條帕子。

其實當初他是看她的髮髻在追人販子時不小心散了，心想她在眾多男子面前散著頭髮不太好，又想到有些婦人頭上會用帕子包著，便將身上僅有的帕子給了她。

然而，之後偶爾看到封上上用那條帕子包頭，應青雲才發覺這麼做不太妥當。畢竟男女有別，雖說有正當的理由，但贈送帕子的行為還是唐突了，只是都已經給了人，他也不好主動要回來。

現在，她說要借帕子……應青雲抿了抿唇，低聲開口。「上次那帕子……」

「上次？」封上上眨了眨眼，半晌後「哦」了一聲。「您說上次借卑職紮頭髮那條帕子呀？」

「嗯。」應青雲望著顧擎一家三口，沒看她。

「怎麼了？」封上上明知故問。

應青雲悶悶地說：「沒什麼。」

「那大人，上次借過了，今天就不借了嗎？」封上上歪頭看著應青雲，慢吞吞地補了一句。「這次卑職會還的。」

應青雲頓住，她這麼一說，他不借都得借了。

好像怎麼都說不過她……應青雲無奈地搖搖頭，掏出衣袖中嶄新的潔白帕子遞給她。

封上上抿唇一笑，接過帕子，覆到眼睛上擦了擦，鼻尖聞到一股清香，像是他身上的味道。

嗯，很好聞。

等封上上擦乾淨了眼睛，帕子也被弄髒了，她有點心疼，將帕子小心疊好放入衣袖，心想馬上就會還他一條——

還是大條的呢。

顧擎一家三口還在互相傾訴這些日子以來的思念，封上上看不下去了，怕自己又會哭，便跟應青雲討論起案子來。「看來拐走小翔的不是羅強這夥人，現在線索又斷了，接下來怎麼辦？」

應青雲說道：「拐走小翔的應該不是組織而是個人，崇明山一帶該審問的人都審問過了，既然什麼都問不出，那麼我更傾向於拐走小翔的人是山裡的村民，也許同村的人不知道，也許知道了卻包庇他。」

「如今看來這個可能性更大。」封上上用手指點了點腮幫子，喃喃自語。「但怎麼找到這麼個人呢？總不能把那麼多村民都招來用刑審問吧，就算這麼做，也不見得能審出來。」

應青雲看了她一眼。「妳還記得小翔是怎麼被拐走的嗎？」

「當然記得，那人裝作貨郎把人給帶走了。」

「不錯，裝作貨郎，這便是一個線索。」應青雲道：「既然是貨郎，肯定挑著擔子，甚至利用擔子將孩子裝在裡面，所以他沒辦法把擔子丟掉或藏起來，同樣的，也沒辦法讓自己不引人注意。」

「您是說……」封上上突然抓住了什麼。「他必須避開人群走回村裡？」

對於她的聰穎，應青雲毫不意外。「不錯，崇明山一帶地勢險峻，山路難行，生活不便，所以二十年前山內多個村落集體湊錢出力，一起修了一條方便通往外面的大路。

「每個村的村民出入山裡都要走這條路，因此村與村之間並不孤立。此人若是從正常的路線進村，沿路無法確保不被其他村的人看見，所以他肯定是走一條單獨而隱蔽、不會被人發現的路。」

封上上雙眸晶亮地看著應青雲。「也就是說，這個人所住的村子有一條十分隱秘且不為人知的小道。」

「不錯。」

「只要找到有村子存在不為人知的小道，就能確定那個人販子的居住範圍了。」

應青雲頷首。「我會派人在崇明山的範圍內悄悄搜索，盡快找到這樣的小道。」

雖然山路複雜、道路崎嶇，想找一條密道不是件容易的事，但也算是案情的突破口。

封上上側頭打量了一下應青雲，突然間覺得他整個人不一樣了。記得第一次看到他的時候，他的推理能力還處於空白階段，更多時候選擇順著她的思路走。

這也正常，畢竟一來他新官上任，從沒接觸過刑事案件，二來他沒接受過專業刑事偵查培訓，有那種反應不意外。

然而現在應青雲的推理能力強得驚人，能從她都忽略的蛛絲馬跡中找到破案的線索，聰明且敏銳得可怕，怪不得能成為這個時代的學霸。

此時，顧擎一家三口終於從激動中稍稍平復心情，顧擎拉著妻兒來到應青雲面前，朝他深深鞠了一躬，應青雲立刻側身避過。

「應大人，顧某就這一子，我們愛若珍寶，卻不想一次出門遊玩時被人販子所拐，久久不見下落，全家意志消沈，無異於天塌了。這次找到寶兒，等於救了我們全家，大恩大德，顧某沒齒難忘。」

顧擎的官階遠遠高於應青雲，但卻在他面前自稱顧某，足可見他的感激之情，他是站在一個父親的角度與應青雲說話。

應青雲回道：「顧將軍不必如此，這是下官職責所在。」

顧擎道：「無論如何，應大人的恩情顧某銘記於心，以後有什麼難事，應大人儘管開口，只要顧某能幫得上忙，一定在所不辭。」

應青雲的表情並未因得到二品大將軍的承諾而有任何變化，只朝他拱了拱手。「顧將軍客氣。」

見狀，顧擎眼中的欣賞之意更深。雖然應青雲沒有邀功，但顧擎一向有恩必報，他決定返京後進宮一趟，將應青雲在西和縣所立功績稟告聖上，若不這麼做，這些功勞肯定會被應青雲的頂頭上司瓜分，最後升官的人可不見得是他。

不過顧擎沒說出自己的打算，而是轉移話題，和應青雲說起人販子的事情。「聽說應大人已經抓住了拐賣我兒的團夥，具體情況還請應大人詳細說明。」

應青雲回道：「已破獲本地拐賣孩子的組織，但據為首者所言，他還有上線，從別處拐走的孩子就是由此人運送而來，包括貴府的小公子在內。但此人從不露面，甚至不知姓甚名誰，出現時皆無固定地點，想抓捕恐有一定難度。」

顧擎立即抓住重點，必須找到此人，才能順藤摸瓜，連根拔起。

這個過程涉及多方勢力，需要各路人馬配合行事，並非應青雲一名小小的知縣左右得了。

他眸色一沈，道：「辛苦應大人了，接下來顧某會向聖上請命，將此案移交大理寺，屆時顧某親自參與調查，將這夥人斬草除根。」

應青雲也清楚此事不是現在的自己能插手的，有大理寺和顧將軍介入，是最好的結果。

將羅強一群人移交給顧擎後，應青雲便不再過問此事，將重心放在黃芽兒一案上。

隔天，吳為帶人秘密搜尋崇明山一帶有無密道，應青雲則領人前往騾下村，調查黃芽兒之事。

首先便是檢查黃芽兒的房間，看看有無線索。

房間靠牆的地方擺著一張架子床，床上掛著一頂輕紗帳，窗邊擺著一張小桌子，桌上有一方銅鏡和一把木梳，除此之外還有一盒口脂。

封上上將口脂打開，發現已經用了一半。看了一會兒，她將口脂放下，又打開床櫃，裡面整整齊齊疊著衣服，都是姑娘家的衣裙和小衣。

她將衣服拿出來抖開，仔細地觀察起來。

應青雲見封上上看得認真，便問：「發現了什麼？」

封上上將衣服往他眼前一遞。「大人，您覺得這衣服如何？」

應青雲看了衣服兩眼。「不錯。」

「哪裡不錯？」

「無破損，也少有補丁。」

封上上笑了，就知道他看得出來。

「不錯，黃芽兒的衣服少有補丁，平日應當過得不錯，不像有些農家不把女兒當人看。

黃芽兒的房間有紗帳，還有銅鏡與口脂，這對農家來說都是好東西，一般姑娘可沒有，足以說明黃芽兒的父母對她很好。」

應青雲頷首。父母寵愛女兒，便能排除他們動手殘害女兒的可能性，還能刪除黃芽兒離家出走這個選項。日子過得好，與父母又沒有發生不快，何必離開？

封上上沈吟道：「黃芽兒正值妙齡，這個年紀的少女突然失蹤，若非離家出走，通常只有三種可能，一是被人謀害，二是遭人拐走，三便是與人私奔。」

黃飛與妻子祝蓉聽到最後一句，嚇了一跳，祝蓉立刻提高音量道：「我家芽兒不可能與人私奔的，我們已經將她許給她表哥，這婚事芽兒自己同意，只等明年嫁過去，她哪會與人私奔?!」

「這樁婚事令千金很滿意？」封上上問。

祝蓉很肯定地說：「她和她表哥一起長大，感情不錯，我們提前問過她的意思，絕不會勉強她。」

封上上聽罷，抬頭看向應青雲。「要是這麼說，那黃芽兒也不太可能是與人私奔了。」

應青雲沈吟片刻，問黃飛。「令千金在村中可有交好的姊妹？」

黃飛趕忙點頭。「有有有，芽兒與村裡的柳葉和小嵐兩個孩子玩得很好，幹什麼都愛一起，無話不說。」

應青雲讓衙役將這兩個姑娘叫來。

兩個姑娘的年紀與黃芽兒一樣，她們對她的失蹤也是憂心忡忡。

應青雲問道：「黃芽兒最近有沒有不對勁的地方？」

柳葉和小嵐同時搖頭，表示沒有。

「失蹤當天，她有沒有單獨外出過？」

柳葉搖頭。「應當沒有。一大早民女和小嵐跟往常一樣來找芽兒，三個人一起去河邊洗衣服，後來又一道去山腳下撿柴火，撿完柴火後就待在芽兒房間裡做針線，等到差不多要做午飯的時候，民女和小嵐才各自返家，芽兒也要準備午飯，哪會亂跑呢。」

應青雲看向黃飛。「你們回來的時候鍋裡的飯好了嗎？」

祝蓉搶著回道：「當時飯已經蒸好，菜也洗好了，但還沒有炒，我家芽兒肯定是這個時候被人給拐走了……」說著她又要哭。

「那天家裡有任何打鬥或掙扎痕跡嗎？」

夫妻倆回想了一下，然後搖頭，黃飛道：「沒有，跟平常一樣，東西擺得很整齊。」

應青雲垂眸。廚房及家中其他地方都沒有打鬥或掙扎的痕跡，左鄰右舍也沒聽過呼喊聲，這說明歹人跑進屋裡強行將黃芽兒強帶走的可能性很小，一般歹人也沒那個膽量在光天化日之下直接搶人。

「我覺得……黃芽兒應該是在毫無防備的情況下被帶走的，所以沒發生打鬥的情況，她也沒掙扎或呼救。」封上上喃喃說著，轉身看應青雲。「大人，您覺得什麼情況下，會讓黃芽兒沒有反抗就被人帶走了呢？」

應青雲看著門外，開口道：「第一，帶走她的人她認識；第二，帶走她的人雖不熟，但很常見，沒引起懷疑和防備。」

黃飛忙道：「村裡大夥兒關係都很好，咱們家也沒得罪過誰，不可能是熟人害了我家芽兒吧？」

應青雲不置可否，轉而讓一個衙役去將村裡十歲以下的小孩子都叫來。

這些小孩子還沒到能幫大人做事的年紀，所以每天都會聚在村裡玩，要是有什麼陌生人來了這裡，他們絕對是最先知道的。

然而，這群小孩子都說黃芽兒失蹤那天沒看見有陌生人來。

正當應青雲皺眉沈思之際，突然有個小孩子說道：「我們沒看到，但皮蛋說他瞧見有個貨郎從村後頭進來了，皮蛋說他要拿錢買糖吃，讓我們也去買，可是我們根本沒找到那個貨郎，皮蛋是騙人精！」

貨郎？又是貨郎！

封上上和應青雲對視一眼，都從中嗅到了不尋常的味道。

「誰是皮蛋？」

幾個小孩子一起將縮在最後面、一個掛著鼻涕的小男孩給推出來，同時道：「他就是皮蛋！」

叫皮蛋的小男孩「哇」一聲哭了出來，一邊哭、一邊說：「我不是騙人精，不要抓走我！我是個好孩子——」

封上上差點被這小男孩逗笑，但拚命忍住了。她走到皮蛋面前蹲下，虎著臉道：「我現在要問你話，你要是撒謊，就不是好孩子，還會被帶回衙門哦！」

看封上上又唬小孩了，應青雲眼中閃現一抹無奈的笑意。

皮蛋嚇得一個勁地搖頭。「我不會撒謊，我說真話！」

「那好，我問你，前天你真的看見有貨郎進村了？」

「有，我真的看見了！那天我在村後頭抓蛐蛐兒，那個貨郎從那邊的小路進來，他們都沒看見，就我瞧見了。我跟大家說想吃糖，跑回家去拿錢，結果跑回來就看不見他了，他們都說我是騙人精，可我不是！」

應青雲看向黃飛。「有其他人看到貨郎嗎？」

黃飛對這件事感到很驚訝。「這倒是沒聽說，草民去問問。」

趁黃飛跑去問人的空檔，封上上又問皮蛋。「你看到那個貨郎長什麼樣子嗎？」

皮蛋搖頭。「他戴著斗笠，我離得遠，沒看清。」

「那他以前來過嗎？你有沒有見過他？」

皮蛋還是搖頭。「我不記得他有沒有來過。」

這就是表示他不清楚。封上上心想，這貨郎……十之八九有問題。

黃飛很快就回來了，他氣喘吁吁地說：「草民去問了一圈，沒人注意到有貨郎來了，大家都說沒聽到撥浪鼓聲。」

一般情況下，貨郎到村裡時，都會搖動手裡的撥浪鼓提醒村民們，讓大夥兒出來買東西，但是這個貨郎卻連鼓都不搖。

封上上對應青雲道：「這個貨郎不從村口進，偏偏從村後來，來了也不搖撥浪鼓，而且專挑大家都在家裡做飯、外面沒人的點來，來了很快又離開，明顯有問題。」

她想像了一下，若是家門口來了貨郎，黃芽兒正好想買東西，與貨郎交談時遭到襲擊，又或是貨郎進了院子，藉口討水喝，黃芽兒沒有防備，被乘機下手。

「大人，您說這個貨郎跟拐走小翔的那個貨郎，會不會是同一個人？」

應青雲搖搖頭。「現在還不肯定，但有一點能確定，他很可能是奔著黃芽兒來的。」

封上上杏眼圓睜。「您是說，這人早就盯上了黃芽兒，知道她的父母和弟弟平日都會下地幹活，在吃午飯之前只有她一個人在家，所以才挑時間過來對她下手？可是這貨郎如何得知黃芽兒的情況？」

應青雲也解釋不了這個問題，也許這人之前來過一、兩次，也許是從其他人口中打聽到的，但無論如何，想找到一個誰都不認識的貨郎，困難重重。

封上上心頭莫名沈重，總覺得黃芽兒的案子與小翔的案子有關聯。

這算是她的直覺，這些案件背後似乎不單純，而且有什麼令人意想不到的情況……

直到再也查不出什麼其他的線索，一行人才從騾下村離開。

返回縣衙的路上，大夥兒全飢腸轆轆，但由於過了午時，縣衙的飯堂應該已經關門，方廚娘也返家了。

應青雲便讓隨行的幾個衙役在城門處散開，自行找地方吃飯，他自己先回衙門。

看他要走，封上上連忙問道：「大人您不吃嗎？」

應青雲搖搖頭。「我回去讓雲澤隨便弄點吃的就行，你們去吃吧，妳若不想在外面吃，也可以回家吃。」

封上上立刻道：「卑職不想在外面吃，大人，咱們一起回去吧。」

應青雲點頭，要封上上到他的馬車上坐好，接著吩咐雲澤將馬車先趕到幼餘堂，讓封上上回家。

封上上連忙道：「不回幼餘堂，去衙門。」

應青雲有些疑惑地看著她。「妳不回家吃飯？」

「這個時間點奶奶早就吃過了，現在她應當在午休。要是看卑職回去，她肯定會爬起來生火、動手做吃的，卑職可不想折騰她。」

應青雲想想也是，便要雲澤駕車直接回衙門。

第二十七章 半路攔人

封上上和應青雲一起坐在馬車裡，為了避嫌，應青雲將車簾掀開一半，露出馬車內的景象——他坐在靠門的邊緣處，將車廂大半的空間都讓給封上上。

雖然處在同一個空間裡，但兩人卻似乎離得很遠。

封上上忍不住翻了個白眼。這個人為何坐得那麼遠呢，她能吃了他不成？到底誰才是姑娘家啊！哼，木頭。

「眼睛不舒服？」應青雲看封上上皺眉又翻眼，有些疑惑地問道。

封上上無語，心想：這木頭真不是白叫的。

「沒事，就是在想案子。」她勉強露出了一個笑容。

應青雲不疑有他，順著這個話題說了起來。「兩個案子都有陌生貨郎出現，代表有所關聯，等吳為那邊繼續調查，到時也許會有新發現。」

「嗯。」封上上咬了咬唇，道：「大人，您還記得端陽節那晚卑職追的那個人販子嗎？」

應青雲當然記得，點點頭聽她繼續說。

「那晚阻止了那個人販子搶走孩子，但是第二天小翔還有另一個女孩便被拐走了，沒過幾天黃芽兒也失蹤。卑職總覺得有點奇怪，為什麼這些事都趕在端陽節過後？您說，會不會跟那天晚上卑職追那個人販子的事情有關？」

應青雲沒說話，而是陷入沈思，封上上也沒再開口，馬車中一時之間陷入沈默，就這麼一路到了衙門。

回了衙門，應青雲直奔書房，封上上一看就知道他要去研究案子，根本沒打算吃飯。

應青雲這人有個很不好的習慣，一旦思考起來就會忘了吃飯，感覺不到飢餓，長期下去，胃絕對好不了。

封上上嘆了口氣，逕自去了小廚房，找了找，從櫃櫥裡翻出麵粉，倒入麵盆中，加水慢慢揉起來。

她廚藝雖然不行，但之前看過不少做麵的影片，覺得不難，今天就來試試看。

然而，理論與實際之間往往存在巨大的鴻溝，真正動手才知道，看似簡單的事情做起來真不容易，看別人揉麵好像很輕鬆，但輪到自己時不是水加多了，就是麵粉加多了，封上上只好水加多了就添麵粉，麵粉加多了就添水，結果麵團越來越大，最後一個盆都快裝不下了。

看來廚子不好當啊……封上上愁眉苦臉。

在小廚房苦戰了半個多時辰，麵條終於艱難地面世了，雖然看上去是寒磣了一點，味道是難吃了一些，但是……好歹能吃，也能填飽肚子啊。

嗯，就是這樣，沒錯。

封上上端著麵條去了應青雲的書房。

雲澤不知道去哪兒了，就剩應青雲一人在書桌前寫著什麼，看到她來了才放下手裡的筆。「妳怎麼來了？吃過飯了嗎？」

封上上說道：「您倒是記得問卑職吃飯了沒，怎麼不記得自己沒吃啊大人？」

應青雲這才想起自己沒吃飯。「我不餓。」

封上上搖搖頭，將手裡的食盒放到桌子上，打開盒蓋，端出裡面的麵條來。

「這是？」應青雲抬頭看她。

「長壽麵。」封上上給他遞了一雙筷子。「雖然不是很好看，也不是很好吃，但毒不死人的，大人您將就將就吧。」

「為什麼做——」應青雲話還沒說完便頓住了，因為他突然想起今天是什麼日子。

「今天是您的生辰啊大人，您不會自己都不記得了吧？」封上上看向應青雲，發現他整個人一怔，忍不住「欸」了一聲。「大人還真的連自己的生辰都忘了啊！」

應青雲抿唇。「妳怎知我的生辰？」

「因為我會算啊。」封上上笑嘻嘻地來了這麼一句。其實她早就偷偷跟雲澤打聽過應青雲的生辰，她想給他一個驚喜，也想對他好。

應青雲不說話了。

封上上將麵碗往他面前推了推。「快吃吧，生辰要吃長壽麵才長壽。」

應青雲看著她，張了張嘴想說什麼，但話到嘴邊還是沒說出來，只低聲道：「謝謝。」

「快吃快吃，糊了就更不好吃了。」

應青雲猶豫了一下，低頭挾起一筷子麵條放入嘴中，毫無異樣地咀嚼著，臉上看不出表情。

封上上就這麼坐在旁邊看應青雲吃麵。「怎麼樣？還能吃嗎？」

應青雲頭也沒抬。「……還好。」

封上上笑了。「吃什麼都覺得還好，大人，看來您很好養活啊。」

應青雲低頭吃麵，不搭理她。

封上上歪頭看著他，嘴角不自覺地勾起。怎麼有男人能帥成這樣，光是看著就覺得心情很好，看了還想看。

好吧，封上上不得不承認，她確實是看上應青雲了，不光瞧上他的俊美，還欣賞他的溫和、佩服他的聰穎、心儀他的穩重、喜歡他的負責、傾心他的正義……這個男人似乎什麼都剛好長在她的審美上，就像那句話說的——我喜歡的你都有。

想想也是莫名其妙，母胎單身女漢子，在身邊全是男人的市刑警大隊裡那麼些年都沒動心，結果來到這裡，遇見了他，偏偏就動了凡心。

難不成這就是緣分？

吃飯時被一個姑娘家這麼盯著，饒是淡定如應青雲也渾身不自在，只好加快吃麵速度。

「大人，您如今二十有五了吧？」封上上再次出聲。

「嗯。」

「二十五，大人，您年紀可真不小了呢。」

「……」

「別人二十五歲時孩子都能打醬油了，大人您二十五歲還單身一人呢。」

「……」

「大人，您是不是該找媳婦了？」

「……不急。」

「大人，您不急著找媳婦，不會是因為心裡已經有姑娘了吧？」

應青雲又不吭聲了。

封上上心裡一個「咯噔」，下意識地坐直身子，直視著他的眼睛。「您不會真的有喜歡的姑娘了吧？」

應青雲不知道自己為什麼要在這裡跟一個姑娘家討論這個問題，感覺怪異得很，也很不合適，他清了清喉嚨。「那個……麵我吃完了，謝謝妳，妳先去忙吧。」

封上上不肯走，盯著他道：「您還沒告訴卑職呢。」

應青雲看著麵碗，先是張了張嘴，旋即閉上。他想起自己的境況，最終說道：「這是私事，不好與外人道，封姑娘請回吧。」

私事、外人、封姑娘……封上上心一抽，不管是有還是沒有，這回答都很氣人。她不信她都做得這麼明顯了，他還什麼都感覺不出來，這是委婉地拒絕她嗎？臭男人，沒眼光！

封上上盯著應青雲狠狠地看了幾秒，見他臉上並無絲毫波瀾，她氣得癟了癟嘴，站起身收拾碗筷，氣呼呼地轉身便走。

走到門口時，封上上頓住腳步，轉身走了回來，從兜裡掏出一個小盒子往應青雲面前一放。「喏，生辰禮物。」

應青雲不禁一怔，抬頭看向封上上，還沒來得及說話，她便快步離去了。

看著封上上的身影消失在門口，應青雲垂下眼眸，良久才將視線投向面前的盒子。他輕輕拿起盒子，掀開盒蓋，就見裡面放著一張潔白柔軟的帕子。

他想起之前她找他借帕子時說的那句話，「這次卑職會還的」。

原來，她早就準備好他的生辰禮物了……

看了一會兒，應青雲將帕子從盒中拿起來，一展開，就見帕子右下角繡了兩個字「敬昭」，他的字。

這兩個字由黑色繡線繡成，針腳歪曲而凌亂，像是一個初學繡藝的人所繡出來的。

不用想也知道是誰繡的。腦子裡不由自主地浮現封上上笨拙地拿著針線，就著燈火一下一下繡字，偶爾還戳到手的模樣，有點想笑，可更多的卻是難受。

應青雲看著這兩個字，看了很久很久，看到失了神也不自知。

「少爺，您在看什麼呢？」雲澤從門外進來，看到應青雲一副失神的模樣，好奇地問了一句。

應青雲回過神來，將帕子放入衣袖之中。「沒什麼。」

雲澤將食盒放到桌上，打開蓋子，一一拿出裡面的東西，一邊拿、一邊說：「少爺，今天可是您的生辰，您肯定又忘了吧。」

應青雲抿了抿唇，沒有說話。

雲澤將從外面買來的麵放到他面前。「少爺，生辰要吃長壽麵才長壽，這話可是夫人說的，您快吃吧。」

生辰要吃長壽麵才長壽——以前每年生辰，他娘都會這麼跟他說，然後親自下廚做一碗麵給他吃，現在她也這麼說，也親手做了麵給他吃。

雖然沒有經歷過男女之事，但應青雲並不傻，也不是木頭，感受得到封上上對自己種種的不尋常。他曾懷疑自己是不是想太多了，然而，一次便罷，難道每次都想太多了嗎？還有，未婚男女互贈帕子，帕子上還繡了對方的名字，她不會不知道這是什麼意思……

應青雲閉了閉眼，心中一時亂成一團。

這麼多年來，他從未考慮過娶妻生子，因為他的路並不平坦，將來要面對的局面注定艱難，他一個人走就夠了，何必再拖一個人？

封上上是個好姑娘，好姑娘就該一路平平順順，而不是走著世間最困難的路。以後，還是遠著些吧，這才是最好的。

這晚應青雲沒睡好，隔天早早便醒了過來。醒來便睡不著了，他乾脆起床漱洗，在院子裡打起了拳。

旁人只以為他是個柔弱書生，卻不知他從小練拳，過去日子哪怕再苦再難，他娘也咬牙送他去武館學拳，不為自保，只求強身健體。

他娘曾說百無一用是書生，就是因為書生體弱，關鍵時刻派不上用場，他要走讀書這條路，做個有用的書生，便要有強健的體魄。

從八歲起練拳至今，他一日不輟，小時候覺得很苦，可越大卻越能從練拳中找到平靜。

雲澤打著哈欠從房間裡走出來，就看見自家少爺滿身是汗地在院中練拳，不由得愣住，瞅了瞅天色，心道這也太早了。

等到應青雲收拳，雲澤走上前遞了毛巾給他。「少爺今天怎麼這麼早？是哪裡不舒服嗎？」

「無事，醒得早些罷了。」應青雲接過毛巾擦了擦汗，問道：「吳為那邊有消息了嗎？」

雲澤搖頭。「吳捕頭還在搜查，但崇明山範圍太大，一時之間不太好找。」

應青雲頷首。崇明山山群連綿，想找個隱秘的小道難度頗高，一、兩天的確難有消息。

進入書房後，應青雲將昨天寫好的一份告示交給雲澤。「你去找景皓，讓他將這份告示多抄幾份，張貼於城中各處。另外，給每個里正發一份，讓他們將自己轄區內所有的貨郎叫來衙門，登記造冊。」

雲澤看了看告示上的內容。「大人，您的意思是以後當貨郎都要來衙門登記，否則不給當了？」

「嗯。」應青雲淡淡應了一聲。「每個來登記的貨郎發放相應的憑證，依靠憑證做買賣，若是不來登記，一經發現便沒收貨物，帶回衙門審問。」

當初調查青樓女子連續殺人案時，身契制度的缺失便讓應青雲有了體悟，進而應用到現在這個案子上。

雲澤讚道：「這個法子好，這樣以後歹人就不敢假裝貨郎幹些拐賣之事了，看他們還敢不敢再禍害人！」

應青雲又道：「再讓里正通知村民們，日後但凡看見陌生貨郎上門，身上沒帶憑證，一律來衙門報案，若是幫忙抓到犯人，有賞。」

人販子既然用這種方法拐賣了兩個孩子以及黃芽兒，就不能保證接下來不會故技重施，雖然暫時抓不住這人，但要加強防範，避免再有人被害。

告示發下去之後，很快便有貨郎來衙門登記，每一個來登記的人應青雲都會親自問話，了解情況後，再找來里正和村長證實才算過關，發放貨郎憑證。

衙門人手有限，一名文書官根本忙不過來，於是景皓就被抓來頂上。

景皓埋頭寫著字，一臉生無可戀。「我到底是為什麼跑來這裡，在家我爹逼著我寫字，在這裡你逼著我寫字，我天天被你指揮得團團轉，還不如待在家裡！」

雲澤勸道：「景少爺，我家少爺比您還忙呢，您就忍忍吧，要往好的地方想，最起碼在這裡沒人逼您讀書了不是？」

景皓哼了哼，他也就是隨口一說，讓他回家，他可不幹。好不容易才讓他爹同意他來這裡，他打死都不回京城，否則一回去就要被逼著讀書往上考。

寫完手邊的憑證，景皓轉頭左右看了看，好奇道：「你家的小仵作人呢？怎麼沒看到她？」

應青雲提筆的手頓了頓，沒理會。

雲澤撓撓頭。「小的也不知道，沒看到她人影呢。」

景皓嘀咕。「這裡這麼忙，她也不知道來幫忙，怕不是偷懶吧。」

她要是在場，他不就能鬆快鬆快了嗎？

雲澤不贊同這話。「封姑娘是仵作，職責是驗屍，現在又沒有驗屍的活需要她幹，她來不來都行。」

仵作和衙役不一樣，不用嚴格遵守輪班制，若是沒有屍體要驗，可以不必整天待在衙門裡。

「話是這麼說沒錯啦，但之前她不都是整天跟在你家大人後面查案嗎，跟個小跟班似的，儼然一個女知縣，怎麼今天突然就不見了？」

雲澤也覺得奇怪，轉頭去問應青雲。「少爺，封姑娘是不是有什麼事啊？」

應青雲專注地寫憑證，淡淡道：「不知。」

「您也不知道？」雲澤一臉無奈。「那等中午小的去看看吧。」

應青雲沒說話。

封上上倒不是故意不去衙門，畢竟她不會將私人感情帶到公事中，再怎麼樣都不會耽誤公務。她起床之後，先是幫朱蓮音洗好衣服，再把家裡的水缸打滿，這才步行去衙門。

走到半路，封上上突然被人給攔住了。

攔她的是三個男子，一人在前、兩人在後，後面兩人明顯是為首之人的手下或下人。

為首者是個三十多歲的男人，個頭不高、其貌不揚，滿臉遮掩不住的戾氣，看著封上上的時候帶著打量貨物的眼神。

男人上上下下地掃了她兩遍。「妳就是封上上？」

「你誰？」

男人眼中露出滿意之色，嘴裡道：「看來沒騙我，的確很有姿色，不錯，很不錯。」

封上上後退一步。「你到底是誰？」

「我是誰？」男人邪邪地笑了。「是妳相公。」

封上上不屑地說道：「我還是你爹呢！」

男人臉色一沈。「妳敢這麼跟老子說話?!」

「傻逼。」封上上懶得跟他廢話。「好狗不擋道，給我讓開。」

男人用食指指著她。「妳這性子在我面前最好收一收，我可不喜歡性子太硬的女人，不然婚後別怪我動手，我沒有不打女人的習慣！」

封上上終於察覺出不對了，抬頭看他。「你說什麼？婚後？誰跟你婚後？」

「怎麼，妳爹娘還沒跟妳說？」男人嘴角揚起。「妳爹可是收了我的聘禮，答應把妳嫁給我，如果妳原本不知道，那我現在已經告訴妳了。準備準備吧，等過幾天，我就來娶妳。」

她爹？原主的親爹老早就過世了，唯一剩下的就是——封天保。

封上上瞬間明白發生了什麼事，一股怒氣在胸腔間翻騰，她死死咬著牙才沒把到嘴的髒話噴出來。

她深吸了一口氣，一字一句地從牙縫裡擠出來道：「封天保可不是我爹，誰收了你的錢你去找誰，反正跟我沒關係。」

「妳耍老子呢！」男人的食指就要碰到她的鼻子了。「妳爹可是收了二十兩銀子，要是敢賴帳，老子讓你們一家吃不完兜著走！」

封上上一把拍開他指著自己的手，沈著臉再次聲明。「再跟你說一遍，我爹不是封天保，我跟他沒有任何關係，他管不到我頭上。封天保有親生女兒，你要娶便去娶，別來找我，要是再煩我，我也讓你吃不完兜著走！」

男人自然知道封上上不是封天保的親生女兒，也見過封小靈，跟封上上相比，封小靈的長相就太寡淡了，他看不上。再來，封天保可是說了，封上上在衙門裡當差，跟知縣大人熟得很，要是娶了她，他就能跟知縣大人搭上話，對他的賭坊大有幫助，這也是他願意花二十兩銀子娶個鄉下姑娘的原因。

他懶得理什麼親生不親生，只知道自己給了錢，就要娶到人。

「老子不管這些，老子已經給錢指名娶妳，妳要是不想嫁，就加倍賠老子的聘金，不還錢就乖乖上花轎，否則就是告到知縣大人那邊，也是老子有理！」

男人扔下這番話，帶著人轉身就走。

第二十八章　正面迎擊

封上上站在原地不動，知道他說得沒錯。這時代講究父母之命、媒妁之言，父母可以決定子女的婚姻，既然收了聘禮，女兒就得嫁，就是告到官府也是這麼個理。

名義上，封天保是她的爹，不管實際上對她如何，在外人看來他就是將她撫養長大，養育之恩大於天，他收了人家的聘禮，人家就能逼著她嫁。

呵，她真是小看了封天保此人，竟然敢在她的婚事上插手，這是知道沾不了她的光，改成賣她賺錢了？

好啊，很好……

封上上的拳頭漸漸握緊，直到心中的怒意再也壓不下去，似乎下一秒就要氣炸了的時候，她仰天大叫一聲，轉身走到街上，雇了一輛馬車，直奔柳下村。

是不是她封上上表現得太善良了，他們一個個的都當她沒脾氣?!

到了柳下村，封上上讓車伕在村口等自己，然後便往封家走。

村民們看到她回來，紛紛打招呼。

「呀，上丫頭回來啦？妳不是去縣裡過好日子了嗎？」

「上上，聽說妳現在在衙門裡辦差，是不是真的啊？衙門能收妳這個姑娘家？」

「哎喲上丫頭，不是嬸子說妳，妳也太不孝了，怎麼能自己去過好日子，把親娘丟在這裡呢？老天可是會懲罰的啊！」

「上上，妳如今過得好了，可不要忘了我們這些叔伯、嬸子！」

封上上一概不理這些人，逕自走到封家，往半掩著的門板上重重一踢，門板發出一聲巨響，下一秒，門板轟然倒地。

這動靜不光把圍觀的村民們嚇了一跳，也把裡面的人給驚了出來。

董涓慌忙跑出來，看見是她，眼裡一片欣喜。「上上，妳回來啦？」

封上上左右看了看。「封天保呢？」

「妳找妳爹……不不，妳找妳封叔啊？他出去殺豬了，一會兒就回來，妳先進來，娘給妳倒水喝。」

封上上直直盯著她，一字一句地問：「封天保把我賣了，收了人家二十兩銀子的事情妳知道嗎？」

董涓的笑容一僵，迴避她的眼神，雙手緊張地攥住衣角。「我、我……」

封上上還有什麼不明白的，這一刻她氣得聲音都在抖。「董涓，人家都說虎毒不食子，妳這心肝夠狠啊，親生女兒說賣就賣，妳就不怕將來去了地下，我親爹找妳的麻煩?!」

董涓臉色一白，慌張地擺手。「不，上上妳聽娘解釋，妳封叔他給妳找的那個人很有錢，是家裡的獨子，城裡有大房子不說，手上還有產業，妳嫁過去不用受苦。」

「是嗎？這話妳也信？」封上上狠狠地盯著她。「有這麼好的人他會不留給他親女兒，反倒留給我？他對我怎麼樣，妳心裡真的沒數嗎?!」

董涓被她銳利的眼神看得如芒在背，後退一步。「我……我……」

封上上前一步逼近她。「董涓，我跟你們已經徹底沒了關係，你們憑什麼插手我的婚事？誰給你們的膽子！」

董涓又往後退了退，眼睛泛起淚花，滿是哀求地望著她。「上上，妳別這樣對娘……」

「封上上——」封小靈從外面跑了進來，惡狠狠地瞪著她。「妳回來幹什麼！」

見到封小靈，封上上前一步，抓住她的領口，一手將她提了起來，高高舉起。

封小靈就這麼被硬生生地舉到半空中，她踢著雙腿，臉色憋得通紅。「妳、妳放、放開我……」

對於她的喊叫，封上上置若罔聞，她轉頭向在外面看熱鬧的人群說道：「去把封天保叫回來，不然她女兒的小命我就收了！」

大夥兒被她凶狠的神色嚇了一跳。記憶中，封家這個繼女是個唯唯諾諾、半天說不出一句話的人，誰知道發起火來這麼恐怖！

意識到她是來真的，立刻有人跑去叫封天保，也有人在一旁勸封上上不要動手。

封上上一概不理，就這麼舉著封小靈，走到一旁將她按在牆上，任她又哭又叫也不管。

董涓嚇哭了，揪住封上上的衣袖苦苦哀求。「上上，妳別亂來，快放下小靈，有什麼話好好說──」

「滾開！」封上上對董涓徹底沒了耐心，用另一隻手推開她，董涓被推得一個踉蹌，直接摔倒在地。

兩個嬸子趕忙過來扶起董涓，一臉譴責地望著她，斥道──

「上丫頭，妳怎麼能連親娘都打！這是過好日子把腦子都過渾了吧！」

「妳不能過上好日子就不知道自己姓什麼了，妳過得再好，也是妳親娘把妳生出來的，是妳爹娘把屎把尿將妳拉拔大的，生養之恩大於天，妳連親娘都不要，也不怕天打雷劈?!」

這兩人封上上認識，一個叫錢冬，一個叫邢花，是封天保的本家弟媳，自然站在他那邊。這麼多年來，封上上在封家過的是什麼日子，她們選擇性忽略，只將養育之恩掛在嘴邊，時不時地念叨。

封上上冷眼看著她們，嗤笑道：「我就在這裡等著老天爺打雷，看看祂是先劈死我，還是先劈死封天保這畜生！」

邢花怒斥道：「妳──妳真是混帳至極！那可是妳爹，雖不是親生的，卻把妳養這麼大，妳現在有出息了，當然該回報，怎麼還能喊自己的爹畜生，就憑妳這樣，浸豬籠都不為過！」

「浸豬籠？封天保苛待繼女，不把她當人看，還把她用二十兩銀子賣給不三不四的男人，這樣不善、不慈、不義之人都沒浸豬籠，輪得到我?!」

「妳妳妳——」說不過她，錢冬只好道：「什麼賣給不三不四的人，妳爹那是給妳找了個好人家！」

「好人家？那要不要把妳們的女兒嫁過去享福啊？我讓給她們吧！」

錢冬跟邢花這下不敢接話了，因為她們心知封天保不會把封上上嫁給什麼好人家。

就在此時，人群裡不知誰喊了一句。「封天保回來了！」

大家不約而同轉頭看去，就見封天保陰著臉、氣勢洶洶地從遠處走來，眾人自動給他讓了條道。

看見封天保回來，封小靈瞬間找到了主心骨兒，又鬧騰了起來，嘴裡大喊：「爹，救我——」

封天保看見封上上將封小靈舉在半空中的樣子，大喝道：「還不把小靈給我放下來！」

他身材魁梧、聲若洪鐘，一嗓子暴喝，嚇得旁人一個激靈，不禁離他遠了一點。

有些心善的人看他怒目橫眉的可怕模樣，不由得擔心起封上上那細胳膊細腿的，扛不扛得住他的攻擊。

封上上冷笑一聲。「好，我給你放下來。」

語畢，她用力一扔，把手上的封小靈跟顆石頭一般扔出去，直直地砸向封天保。

封天保下意識想躲，可那畢竟是自己的親女兒，只好咬牙張開手臂去接，但封小靈從小吃得好、睡得飽，體態很豐腴，又被封上上這麼猛力一扔，那力道不是一般人能承受的，就算是封天保也不行，他直接被封小靈撞倒，父女倆狠狠地摔在地上，激起一地灰塵。

董涓嚇得尖叫一聲，踉蹌著跑上前去扶他們。「當家的，小靈，你們沒事吧?!」

「死丫頭，我看妳是活膩了！」封天保站起來，狠狠地推開董涓，朝封上上撲去，就要搧她巴掌。

「我看你才是活膩了。」封上上一隻手抓住封天保的手腕讓他動彈不得，另一隻手一抽，巴掌狠狠地甩在他臉上。

瞬間，封天保臉頰上留下五個指印，下一秒，嘴角流出血來。

封天保被打得腦子嗡嗡響，眼前一片白光，一個沒站穩就栽倒在地。

人群發出一陣驚呼，所有人都難以置信地望著倒在地上、模樣狼狽的封天保，懷疑自己眼花了。

封天保是誰啊，這附近最高、最壯、力氣最大的男人，普通人在他手裡就跟小雞似的毫無還手之力，沒人敢惹他，如今卻被一個瘦瘦弱弱的小姑娘給一巴掌拍到地上，半天爬不起來。

大家看封上上的眼神都變了，這根本不是他們認識的那個封家繼女！

封上上才不管他們怎麼看自己，封天保這次真的惹到她了，今天這口氣要是不出，她就不叫封上上！

她抬起腳，狠狠踩住封天保的背，將他剛要爬起來的身子再次壓下去，看著他憤怒屈辱的樣子，她扯了扯唇，一字一句地警告道：「封天保，你給我記住，我跟你沒有任何關係，你無權過問我的事，要是再敢插手我的婚事，胡亂把我指給一個爛人，我就把你的親生女兒賣給老頭子，讓她好好去伺候人家！」

「封上上，妳這個賤人！」封小靈大叫。

封上上朝她咧嘴一笑。「你們父女倆大可以試試，要是再敢惹我，我絕對說到做到，就是死，我也要把你們拉下去給我當墊背的！」

這一笑宛如惡魔，封小靈嚇得後退一步，不敢去救自己的親爹。

「上丫頭，妳給我住手！」村長丁偉氣喘吁吁地跑了過來，看到封上上猶如一個女土匪般把封天保踩在腳下，差點一口氣沒喘過來。「上丫頭妳瘋了不成，他再怎麼說也是長輩，妳不能這麼做！快鬆開！」

「長輩？就他也配這兩個字？我在封家過的什麼日子，起得比雞早，睡得比豬晚，不光要幹家務活，田裡活也一把罩，我一個姑娘家，還要幫他一起殺豬，這是姑娘家該幹的事情嗎？啊？

「我累死累活地幹，卻連個房間都沒有，只能睡在柴房裡，別說沒一床被子了，還不准我吃飯，只能用他們吃剩下的菜湯蘸一點鍋巴吃兩口，餓了只能喝水，村長，我這樣的日子比得上畜牲嗎？」

丁偉震驚地瞪大了眼睛。以前他只知道封上上過得不太好，但具體情況並不清楚，畢竟封家人不會在外宣揚自家如何苛待繼女。

村民們也不知曉內情，過去他們對封天保的做法都表示理解，畢竟哪有男人能真正接受妻子和前夫生的孩子，能同意董涓把拖油瓶帶過來，給口飯吃把她養大，已經很不錯了。

然而，現在聽封上上親口說出在封家的日子，大夥兒都覺得她過得還不如畜牲。

「村長，您可以算算，我從十二歲起幫他殺豬，若是按照他請人的工錢算，我幫他賺了不少，這些錢完全夠我在他家好吃、好喝、好睡吧，可我依然過得豬狗不如。

「我決心靠自己，和他徹底斷絕關係，結果他瞞著我收人聘禮，要把我嫁給一個人渣，那人不僅帶著人來攔我，跟我說些下流的話，還揚言婚後要打我。村長，這樣的人真的擔得起『長輩』這兩個字嗎？啊?!」

人打了，村長也來了，封上上知道戲該收場，轉而爭取眾人的同情。哼，她可不是受了委屈會默默吞下的人！

「混帳！」丁偉跺了跺腳，恨鐵不成鋼地看著地上的封天保。「你簡直是糊塗！誰讓你這麼幹的?!快點把錢還給人家，別把上丫頭給推到火坑裡！」

聽封上上說了這些話，有些明事理的人聲討起封天保來。

「我說封兄弟，這就是你的不對了，上丫頭雖不是你親生的，但這麼多年好歹叫你一聲爹，你哪能這麼坑害她呢，這太喪良心了！」

「做人不能這樣，雖說兒女的婚事由父母作主，但一般父母只想給兒女找個好對象，哪能把上上嫁給這樣的人呢，換成你家小靈，你捨得嗎？」

「換成小靈他當然捨不得，說到底是親生的，這人啊，心就是偏的，但也不能喪良心，不然死了都得下地獄！」

封天保被眾人你一言、我一語給說得抬不起頭，差點噴出一口血來。

他封天保橫行了這麼多年，還沒吃過今天這種虧，他養了這拖油瓶這麼多年，如今她發達了，竟不想著回報他，還欺負自家的女兒。他憑什麼不能決定她的婚事？他就是把她嫁給畜生，她也得乖乖地嫁，告到衙門他還是有理！

然而，封天保知道這話不能當著這麼多村人的面說出來，他很識時務地沒吭聲，看上去就跟認錯了一般。

見他如此，丁偉連忙勸封上上。「上上啊，妳爹他知道錯了，妳氣也出了，趕緊放開他吧，不然就是妳的不是了，聽話。」

封上上點點頭，把腳挪開。「行，村長，我聽您的話，但希望村長您多跟他說說，不要再找我麻煩了，我只想好好過自己的日子。」

丁偉憐惜地說道：「行，我多跟他說說，好孩子，妳好好過。」

封上上朝丁偉點點頭，轉頭往門外走去，看都沒看哭著呼喚她的董涓。從今以後，她和董涓也沒任何關係了，董涓帶著原主改嫁的這份恩情，耗完了。

至於封天保，他那憤恨不甘的眼神她看得一清二楚，她不信他會就這麼算了，封天保一定會去衙門告她，理由就是她毆打父母，有違孝悌。

大魏崇尚孝道，不孝之人甚至連官都無法當，子女若是不孝，被告到衙門去，輕則板子伺候，重則面臨牢獄之災。

封天保抓住了她這個把柄，絕對不會輕易放過，因為她是真的動手了。

無所謂，她奉陪便是。

回到縣城，剛好午時，現在回去吃飯朱蓮音肯定會問是怎麼回事，封上上不想把這些糟心事講給老人家聽，讓她跟著一起生氣。

想了想，她往衙門走去。

這個時間正好是縣衙飯堂開門的點，一進去，就見大家正坐在位子上吃飯。

雲澤看到封上上來了，忙站起來招手。「封姑娘，您一上午跑哪兒去了？我還準備吃完飯去找您問問呢！」

封上上笑了笑，邊走邊隨口說道：「沒什麼，處理一些私事。」

「沒事就好，快吃飯。」雲澤道。

封上上應了一聲，入座後，頭一偏，恰好對上應青雲的視線。

她下意識地想像往常一樣對他笑，但突然想到不久後也許就要在公堂上與他相見，到時他是官、她是民，光想就挺尷尬，封上上乾脆移開視線，什麼都沒說，埋頭吃飯。

應青雲拿筷子的手緊了緊，垂下眼眸。

景皓一邊吃飯、一邊對封上上道：「妳下午來幫忙，我寫了一上午字，手都快瘦死了，輪到妳了。」

封上上一臉無語地說道：「不去，卑職是仵作，又不是文書官。」

「嘿，我也不是文書官啊，我可是巡檢大人，被抓來當文書官的時候說什麼了嗎？我沒有。」

「卑職又沒被人抓去當文書官。」

景皓眼睛一瞪，轉頭去看應青雲。「下午把她抓去，讓我歇一歇，不然我不幹了。」

應青雲沒看他，只淡淡地道：「你爹給我來信了，問我你在這裡的表現。」

這麼一句話，令景皓瞬間蔫了。

封上上差點噴笑，默默欣賞著景皓垂頭喪氣的模樣，一直等到吃完飯，才道：「你真的想讓卑職幫你啊？」

景皓瞬間提起精神，眼巴巴地看著封上上。

「想讓卑職幫你也不是不行，這樣，你答應個條件，卑職就幫你。」

「妳說，只要不違背我的原則都行。」

「聽說你馬術很好，只要你教卑職騎馬就行，怎麼樣？」

來到這裡之後，封上上最不習慣的除了通信不便，就是交通工具落後，老百姓出門全靠一雙腿，腳底都走出老繭來了。有錢一點的會坐轎子，但轎子的速度真是慢得可以，遇到急事很浪費時間。唯一能快點的便是騎馬，騎良駒可日行千里，要是學會騎馬，很多事情都會變方便。

衙役們多數會騎馬，但男女有別，且他們大多有家室，教自己一個姑娘家騎馬不太合適。沒成家的就六子和雲澤，但這兩人可是朱蓮音看好的孫女婿人選，天天盯著呢，她要是讓他們教自己，朱蓮音估計就要給她準備嫁妝了。

思來想去，就景皓不錯。

景皓一聽這話，毫不猶豫就答應了。「我還以為是多難的事情呢，太簡單了，只要妳接下來幾天幫我幹寫文書的活，我就教妳騎馬，保證讓妳馬術精湛，他人望塵莫及。」

「行，就這麼說定了。」

第二十九章　顛倒是非

景皓的精神又抖擻起來了，得意地看著應青雲道：「你也聽到了，我已經是你家小仵作的師父，徒兒幫師父幹活是天經地義的事，你這個知縣大人不能多說什麼，所以你可不能跟我爹說我懶。」

應青雲抿緊嘴角，視線投向封上上，但她已轉身朝外走去。

他垂下眼眸，頓了片刻也邁開步子走出飯堂，算是默認了景皓的話。

下午，封上上代替景皓寫文書，應青雲問貨郎話，她在一旁記錄，兩人配合起來倒是比景皓在的時候還快。

一直忙到了酉時三刻，天色漸晚，最後一位來登記的貨郎也取得憑證，他高興地摸了又摸那張紙，對應青雲感謝道：「多謝大人，大人實在是好官，草民早就想有個代表身分的東西了，免得那些不知道從哪兒竄出來的阿貓阿狗來攪和生意。」

應青雲眉梢微挑，聽出這番話有些不對勁，問道：「你話中何意？」

名叫駱群的貨郎一愣，以為是自己說的話惹知縣大人不悅，慌忙道歉。「草民沒什麼意思，就是隨口那麼一抱怨，大人別跟草民一般見識。」

「本官並未生氣，只是聽你說有人搶你生意，說說看具體怎麼回事。」

見知縣大人真的沒生氣，駱群鬆了口氣，解釋道：「咱們貨郎都有自己的賣貨範圍，不會跑到別人做生意的村子賣貨，避免同行之間生出矛盾來。這麼些年都好好的，但前段時間草民在經常賣貨的村子裡看過一個陌生貨郎，不知道是哪兒來的，草民都氣壞了。」

應青雲眸色一凜，急問道：「哪個村子？什麼時候？」

「就騾下村，大概是半個月前看過一次。」

封上上一顆心重重一跳，當即從椅子上站了起來。騾下村，不就是黃芽兒的村子嗎?!

「當時是什麼情景，一一說來。」應青雲道。

駱群不明白此事怎麼引起知縣大人這麼大的反應，但他不敢問，只老老實實回答。「那天草民去騾下村賣貨，結果走在路上，恰好看到另一個貨郎迎面走來，那人看到草民立刻低下頭，加快步子離開了。

「草民當時就覺得他肯定是搶了草民的生意，畢竟那條路只通騾下村，草民氣得不行，心想騾下村的人肯定都買過東西了，草民去了也做不好生意，於是拐個方向去另一個村子，省得白跑一趟。」

「那人是不是戴著斗笠？」

駱群點頭。「對對對，的確戴著頂斗笠。」

斗笠，看來那就是拐走黃芽兒的人。

應青雲神情一凝。「那人大概幾歲？什麼樣子？」

駱群撓撓頭。「看身形像是三十多歲，個子不高，比草民瘦一點，但長相說不上來，當時就迎面看了這麼一眼，草民沒在意，他又遮著臉，壓根兒看不清……」

封上上急道：「真的一點都不記得了？那人就沒有什麼特徵之類的？」

「特徵……」駱群努力回想，突然間像是想到了什麼，眼睛一瞪。「草民想起了一些，但也不算是特徵吧……」

「直說便是。」

「那人有點駝背，走路還帶著外八。」

駝背、走路外八……幹多了農活的漢子，被擔子壓彎了背脊的比比皆是，走路外八的人就更多了，同時擁有這兩點的男人著實不少，光憑這些特徵，很難從茫茫人海中找出那個貨郎來。

然而，無論如何，總算是多了一點線索。

封上上和應青雲都很高興，兩人習慣性地對望了一眼，封上上眨了眨眼，率先收回目光，將這些訊息記錄下來。

應青雲抿抿唇，又問駱群。「還有別的特殊之處嗎？」

駱群搖搖頭，其他的他真的想不起來了。

今天算是有意外收穫，應青雲叫來景皓，將這些訊息告訴他，讓他的人在巡邏時注意一些，一發現駝背、走路外八的男人便帶回來，同時再派人去崇明山一帶巡查，看看有沒有符合這兩項特徵的男人。

駝背加上走路外八的男人，隨便一個村都能拎出來幾個，想憑此找到一個人不是容易的事，更何況，人可以刻意改變自己的走路習慣。

過了兩天，人還沒找到，縣衙的鼓倒是先被敲響了。

鼓聲響起，衙門裡的人同時抬起頭，心裡不約而同「咯噔」一下，直接敲鼓，這是有大冤屈啊。

田松從外面跑進來，抱著拳，頭也不抬地對應青雲稟報道：「大人，外面來了一對夫妻，說要狀告自己女兒不孝，對父母動手。」

「竟然有這種女兒，也太不是人了吧！」雲澤嘀咕道，滿臉鄙夷。

應青雲瞥他一眼，眸裡帶著厲色。「雲澤，還沒有了解事情的經過，不要輕易評判他人。」

雲澤懊惱地垂下頭。「知道了，少爺。」

應青雲對田松道：「將人帶到公堂，即刻審理。」

田松卻沒有急著走，反而一臉猶豫，似乎是有什麼為難的事。

應青雲挑了挑眉。「還有何事？有話直說。」

田松滿臉複雜地看向在一旁埋頭寫字的封上上，支支吾吾地道：「那人、那人要告的是……是……」

封上上寫完最後一個字，擱了筆，從座位上站起來，淡淡地道：「是我對吧？」

田松點了點頭。

雲澤的眼睛瞬間瞪得比銅鈴還大。「什麼？封姑娘，您在說什麼？」

應青雲神情微變，眼神直直投向她。「怎麼回事？」

封上上朝他拱了拱手。「大人，來的人應該是卑職的繼父，前兩天卑職確實與他動了手。」

看她一副波瀾不驚的樣子，似乎早有預料，應青雲皺了一下眉，沒急著開堂，而是問：「到底怎麼回事？與我細說清楚。」

封上上與應青雲對視了幾秒，看清他眼裡掩藏不住的關心和擔憂，心底對他的那點氣便徹底消散了。其實他沒錯，沒人規定自己喜歡對方，對方就要喜歡自己，人家也有拒絕的權利嘛，大不了再接再厲便是，她就不信拿不下他。

這麼一想，封上上詳細說起了自己與封天保此次發生的衝突，然後道：「大人，卑職的確是衝動了，很多人都看見卑職打他，卑職賴不掉，也沒打算賴，該怎麼判就怎麼判，卑職都接受。」

應青雲定定看著封上上，良久沒開口。

封上上笑笑，轉身朝門外走去。她現在是被告人了，待會兒也得上堂接受審問呢。

應青雲升了堂，就見公堂中央跪了兩人，一男一女，皆是三十多歲，女人清瘦膽怯，不敢抬頭；男人魁梧高大，滿臉橫肉，一看便知很不好惹，然而此刻他半邊臉紅腫青紫得厲害，讓他顯得有些滑稽。

應青雲已經知曉這兩人的身分，也知道他們前來的目的，但還是開口問道：「有何冤屈，細細道來。」

「大人，您看看草民臉上的傷，背後還有一大片呢，草民的婆娘身上也傷了，這都是草民那不孝女幹的，她對我們向來不滿，甚至不願意跟我們住在一起，兩天前竟然還跑回來動手！草民夫妻倆扶養她長大，就換來了這麼一個下場！」封天保一臉悲憤。

要不是衙門眾人剛剛先聽過封上上解釋，還真的會被封天保的說辭給說動，跟著一起罵這不孝女，但既然明白這是怎麼回事，就只能說封天保此人是避重就輕的好手。

應青雲面無表情。「你女兒為何突然要跑回家對你們動手？」

封天保吸了吸鼻子，彷彿受到天大的誤解般。「草民這女兒快二十歲了，卻還待字閨中，草民與婆娘天天操心得睡不著覺，一直想著給她找個如意郎君。

「前幾天草民給她看中了一個，想定下她的婚事，哪想到她不滿意那人，覺得是草民故意害她，就跑回家大吵大鬧，把家裡人都打了一遍。

「大人有所不知，草民這女兒天生力氣大，連草民都比不過她，所以只能被她打。大人，草民不想跟女兒對簿公堂，但她實在是太不孝了，我們已經管不了她，還望大人教教她。」

瞧瞧，這人多會顛倒是非，說得自己都是為了封上上著想似的，要是不知情的人，絕對會被他一腔慈父心腸給感動。

公堂外站著不少來看熱鬧的老百姓，此刻聽到封天保說的話，紛紛朝站在外面的封上上罵起來，罵她白眼狼、不是人，還有人說要把這樣的不孝女沈塘。

應青雲一拍驚堂木，眼神掃過聽審的老百姓，厲聲道：「肅靜！」

議論紛紛的老百姓們這才閉上了嘴。

應青雲將視線重新投向封天保，說道：「聽聞你是繼父？」

這句話是問句，但他的語氣卻是肯定句。

封天保咬了咬牙，知道這事情瞞不住，便大大方方地承認。「是，草民的確是繼父，與她娘是半路夫妻。草民娶她娘時那丫頭才六歲，草民看她可憐，便允許婆娘帶著她一起過來，從此供她吃住，將她養大成人。

「草民雖不是她親生父親，卻做了一個父親該做的，可沒想到這丫頭一心覺得草民要害她，早知道她不願意讓草民插手她的婚事，草民就不管了。」他一臉悔恨懊惱的樣子。

應青雲看了封天保幾眼，吩咐衙役將封上上帶進來。

封上上走進公堂，在堂前跪下，看都沒看封天保和董涓，倒是董涓不停地拿眼瞟她，一副欲言又止的樣子。

應青雲問道：「封上上，妳爹娘狀告妳毆打父母，可有此事？」

封上上點點頭。「兩天前確實發生了衝突，但民女並未毆打他們，是他先要搧民女的臉，民女才回手的。民女早就與那個家斷絕關係，此人卻背著民女收了一個混混二十兩銀子，要將民女嫁給那人，明顯居心不良。民女一時氣不過找他們理論，從而發生衝突，此事許多村民都知曉，大人可以找他們了解情況。」

一旁的封天保急忙道：「大人，草民夫妻都是為了她好，那人家裡有錢，手中還有產業，長得也不算醜，都要二十歲的姑娘了，能找到這樣的人已經很不錯，草民就想替她定下來。

「至於二十兩銀子……草民承認是要得多了點，但草民是想等她出嫁時把這錢給她，讓她壓箱底，以後有個保障，哪想到她一心覺得草民害她，還對我們動手。」

為了增加可信性，他還拉了拉董涓。「孩子她娘，妳說是不是？妳是她親娘，總不會害她吧？」

董涓攥著衣角，頭都不敢抬起來，支支吾吾、幾不可聞地道：「是。」

封上上都要氣笑了，她頭一次知道封天保口才如此了得，當個屠戶真是屈才了，他該去當狀師的。

「大人，封天保本就不喜民女，民女六歲去了封家，他的親生兒女每日吃喝玩樂便成，而民女卻天天都要幹家務活，還得下地幹農活，要是敢歇一會兒，他便沒有好臉色。

「不光如此，民女還不能進房間睡，只能睡在家中的柴房，地上鋪了些稻草與一張破床單便是床，連被子都沒有，就這麼睡了十幾年。

「民女還沒權利跟他們吃一樣的飯菜，每日只能用他們吃剩的菜湯配兩口鍋巴，餓了只能喝水，試問大人，這樣的人會好心到替民女找戶好人家，還幫民女攢嫁妝？有這等好事，他不留給親生女兒？」

封上上曾稍微提過自己是拖油瓶，吃不飽，日子過得也不好，但應青雲沒料到情況這麼糟。

說這些話的時候，封上上面無表情，好似沒什麼大不了，可應青雲卻不由自主地想像著一個小小的人兒縮在柴房裡，無床可睡、無被可蓋，凍得瑟瑟發抖的模樣，還有獨自一人縮在角落裡看別人吃飯，餓得嚥口水的樣子。

這一刻，應青雲覺得心臟被什麼東西給揪住了。

封上上剛剛只說她被賣給一個混混的事情，卻沒說從小過的是這般生活。

聞言，封天保暗道不好，立刻插嘴道：「大人，草民承認對她的確沒有對親生兒女一般好，不過這也是人之常情，畢竟有多少人二娶能像草民這樣願意扶養妻子前夫的女兒呢？只是大人，草民對她可沒有她說的這麼壞，她在家裡的日子還過得去，不信您問她親娘，孩子的親娘總不會撒謊吧？」

封天保拽了拽董涓的衣袖，董涓身子一顫，低著頭，聲如蚊蚋。「是……」

見狀，封天保連忙道：「大人您看，我們對她還是不錯的，她這是想誣賴草民。」

應青雲定定地看著在地上跪著的董涓，眼裡沒了溫度。

董涓的雙眸完全沒跟應青雲的目光對上，卻是被看得一抖，頭埋得更低了。

封上上本來就沒期待董涓會站在自己這邊，所以也談不上失望，她又道：「那到了十二歲，你就讓我跟你去殺豬，什麼髒活、累活都叫我幹，這件事許多人家都知道，辯解不了吧？你要是個慈父，能讓一個姑娘家幹這種活？你難道不知道我快要二十歲仍未嫁，就是因為跟著你殺豬？誰願意娶一個殺豬的姑娘？」

聽完這些話，封天保漸漸冒了汗，他用袖子擦了擦額頭，道：「妳力氣大，我想著妳能幫忙，這樣就不用請人，給家裡省點錢，讓你們幾個過得更好。

「因為殺豬耽誤妳婚嫁，我也後悔了，的確不該讓妳幹這活。但我再有不是，妳也不能暗暗生恨，對我跟妳娘動手啊，哪有子女打長輩的道理？我不是妳親爹，妳打我就算了，可是妳娘生妳、養妳，妳也下得了手，妳太……唉……」

封上上笑了，暗想封天保還挺聰明的，知道讓她去殺豬這點他無法狡辯，就咬死她不該對父母動手，再怎麼說，大魏都崇尚孝道，父母再怎麼不是，子女也不能不孝。

在外面圍觀的老百姓便是這麼想的，有人道：「雖說繼父做得是不好，但畢竟養了她一場，不該隨便動手，甚至連親娘都不放過，真不怕天打雷劈哦！」

封上上自動忽略那個人的話，冷靜道：「大人，民女在他家做牛做馬多年，光是幫他殺豬掙的錢，就超過民女在他家花的錢，這些錢足以償還他們對民女的那麼一點撫育之情，民女與他們斷了關係，也算兩清。

「民女承認自己動手打人，大人怎麼罰，民女都認了，但民女不覺得他有資格背著民女胡亂訂親，這樁婚事民女絕不服從，他封天保定的人家就讓他自己女兒去嫁，跟民女無關，還望大人給民女作主。」

封天保咬了咬牙，心想毀約要賠那麼多銀子，便道：「大人，自古以來子女的婚事都由父母作主，哪有孩子自己作主的，這不是胡鬧嗎？草民不是她親生父親，但她娘卻是親娘，總能替她作主吧？」

在場所有人都盯著應青雲，看他怎麼判這案子。

應青雲表情嚴肅，他尚未開口，邵勳就從外面走了進來，將一張紙遞給他。

打開看了看，應青雲就對封天保道：「姜五，年三十有二，開一賭坊，平日吃喝嫖賭樣樣不缺，嗜酒如命，曾娶妻兩次，酒後多次毆打妻子。第一任妻子被打到小產多次，最後一次失血過多身亡；第二任妻子被他打得瞎了眼，她娘家鬧到衙門，兩人才得以和離。」

隨著應青雲說出來的話，門外的老百姓都瞪大了眼，心道這封天保陰險得很，竟給繼女找了這麼一個「不錯」的對象……

封天保背後也出了汗，緊張地直嚥口水。

「但凡疼愛女兒的都不會將她嫁給這種人，封天保，你口口聲聲為女兒著想，卻把她許給這樣的人家，真的是疼愛她嗎？」

封天保急忙磕了個頭，解釋道：「大人，草民真的不清楚他是這種人啊，草民只聽說他人不錯，要是知道的話，絕對不會說這個親的！」

「哦？嫁女兒連這些基本的消息都不打聽，只道聽塗說便決定了女兒的婚事？」應青雲反問道，明明他語氣正常，卻聽出濃濃的諷刺來。

封天保嚥了口口水。「草、草……草民一個普通百姓，哪來那麼多途徑打聽消息呢，這才差點害了她……」

「既然知道自己選錯了人，就將這門親退掉，打聽不好消息，以後便不要輕易決定繼女的婚事。」

應青雲加重了「繼女」兩個字的音，算是警告封天保以後不要再插手封上上的未來。

第三十章　有意試探

「大人！」封天保急了，要是退掉婚事，那可是要加倍還銀子的啊，他哪來的錢?!

應青雲提了提眉。「怎麼？你還不想退，就這麼看著女兒踏入火坑裡？」

封天保哪敢說不想退啊，剛剛還說是為了女兒好，拒絕退婚不是自打臉嗎？

他知道知縣大人肯定偏著封上上那死丫頭，但他來之前就想好了，要是知縣大人偏袒她，他就大聲嚷嚷，讓老百姓們評評理，再往上面告狀。

於是封天保準備再次提起封上上對父母動手之事，若是知縣大人不罰那個死丫頭，那就捉住他的把柄了，當著全縣百姓的面，看他怎麼辦！

然而，不等封天保開口，應青雲又道：「至於封上上，對父母動手，犯了不孝之罪，罰二十大板。」

二十大板可不算少，既符合律法，又讓人指摘不了分毫，看熱鬧的老百姓都讚他判得好。

封天保整個人呆住了。「大人……」

應青雲挑眉道：「怎麼，你對本官的判決有何不滿？」

封天保說不出不滿來。二十大板，連一般男人都受不住，他要是還有意見，不就是存心為難繼女嗎？

「沒、沒不滿。」他咬牙擠出這句話。

應青雲知道，眾目睽睽，封上上的身分又特殊，他必須公正、公開，不然就是害了她。

揮了揮手，應青雲讓衙役將封上上拉到一旁行刑，當著眾人的面打板子。

封上上自己主動趴到長凳上，對打板子的兩個衙役笑了笑，道：「別有負擔，只管打就是，我受得住。」

大庭廣眾之下，兩個衙役就是想放水也放不了，只能儘量控制力道，打皮肉而不打骨頭。

「啪、啪、啪……」

一聲聲板子和身體的碰撞聲，聽得人頭皮發麻，但封上上硬是悶不吭聲。她早已料想到這個結果，被打板子她心甘情願，只要過了這一劫，往後封家就真的再也沒辦法干涉她的人生了。

雲澤卻眼眶都紅了，不忍再看，偏頭看向自家少爺，只見他面無表情，似乎根本沒聽到打人的聲音一般，不由得在心裡暗暗責怪他太不近人情。打幾板子意思意思一下不就行了，為何要二十大板，一個姑娘家怎麼受得住？

然而雲澤並不知道，應青雲縮在袖中的雙手緊緊攥了起來，手背青筋畢現。

等到二十大板終於打完，封上上整個人猶如脫了層皮一般癱在那兒，疼得全身麻木，動彈不得。

等閉了公堂，封天保夫妻不得已離開之後，眾衙役便一窩蜂地跑上前去關心她怎麼樣了。

封上上露出笑容。「沒事，之前只看過別人被打板子，今日體驗了一下這個滋味，人生也算多了些閱歷。」

見她還有心思開玩笑，大夥兒哭笑不得，不約而同鬆了口氣，能開玩笑就好，人沒被打壞。

唯有應青雲，臉色似乎比剛剛還差，盯著她一言不發。

封上上朝他笑了笑，露出兩個甜美的梨渦，張嘴無聲道：「沒事。」

應青雲緊抿唇角，神情依然沒有好轉。

雲澤找來一塊大木板，和幾個衙役小心地將封上上移到上面，再把她給抬回家。

朱蓮音看見封上上這個樣子，差點嚇暈了。

封上上趴在床上，一邊看朱蓮音抹眼淚，一邊跟她說了事情的前因後果，現在她人都半癱了，不老實交代也不行。

朱蓮音站在床前，氣得咬牙切齒，又跺腳、又拍大腿，惡狠狠地道：「一家子壞胚子！怎麼不打道雷把他們給劈死！」

封上上的嘴角差點失守，心想：奶奶，您知道您現在的樣子特別像潑婦罵街嗎？

「妳還笑得出來？」朱蓮音戳了封上上的額頭，恨鐵不成鋼地說：「妳怎麼就這麼笨，想打人就悄悄來啊，從後面給他套個麻袋，蒙著他的頭使勁打嘛，打完就跑，誰也不知道是妳打的，偏偏妳當著全村人的面打，這怎麼逃得掉？」

封上上再也忍不住，「噗哧」一聲笑了出來，這奶奶真是太可愛了，普通家長都讓孩子不要打架，她反而教小孩避著人偷偷打，還套麻袋……幸好她已經長大了，不然准被她教成熊孩子。

她笑得停不下來，扯到了臀部的傷口，疼得「嘶」了一聲。

朱蓮音趕忙固定住封上上的身體。「妳這孩子笑什麼笑！快別笑了！」

「哦……」封上上咬住唇，強迫自己不要笑，結果憋得眼淚都流下來了。

應青雲進來的時候，看到的就是封上上咬著嘴唇默默流淚的樣子，他的心一緊，疾步走到床邊，看了她的臀部一眼，又迅速移開目光。「……很疼嗎？」

封上上沒想到他會來，眨巴眨巴眼睛，將眼裡的笑意收起，無縫接軌成苦情女主角的臉，然後吸了吸鼻子，小聲地道：「疼。」

說有多可憐，就有多可憐。

應青雲眉頭深深皺起，從衣袖中掏出一個精緻的小瓷瓶遞給一旁的朱蓮音。「這是金瘡藥，止疼、消腫、化瘀的效果很好，每日搽兩次。」

朱蓮音見識過好東西，一看就知道這瓶金瘡藥價值不菲，她猶豫了一下，看了看封上上，又瞧了瞧應青雲，終究還是接了過來。「謝謝大人，大人您坐，老身去給您倒杯茶來。」

不等應青雲拒絕，她便火速離開，轉眼房裡就只剩兩個人了。

應青雲在一旁的椅子上坐下，看著封上上，一言不發。

封上上明顯感覺到他的情緒不太好，於是逗他道：「大人，您老這麼看著卑職，是不是卑職的美貌讓您無法自拔了？」

應青雲沒有笑，過了一會兒才出聲道：「打妳二十大板——」

「卑職知道。」封上上打斷他的話。「卑職本來就該受這二十大板的，只不過——」她話鋒一轉，突然嘆了口氣。「這幾天卑職是下不了床了，也不能出門，唉，本來還想吃無相齋的雲片糕呢，現在也吃不成了。」

應青雲說道：「我去買。」

封上上立刻道：「您不會是準備叫雲澤去吧？那就算了，雲澤也挺忙的，哪好意思麻煩他，等卑職傷好了再自己去買吧。」

應青雲靜默片刻後，說道：「我自己去。」

封上上眨眨眼，十分做作地推辭道：「那太麻煩大人了，大人日理萬機，怎好讓您親自跑去買糕點，折煞卑職了。」

應青雲盯著封上上看了一會兒，雖然知道她是故意的，但看著她趴在那邊不能動的樣子，還是道：「不麻煩。」

「那……辛苦大人了。」

「妳好好養傷，我先走了。」

目送那高大的身影在門口消失，封上上不禁將臉埋入臂彎裡，嗤嗤笑了起來。

「喲，這麼高興啊？」

封上上笑聲一頓，悄悄抬起頭，就見朱蓮音正坐在床邊斜眼看她。

「哈哈，奶奶您什麼時候回來的，都不出聲。」

朱蓮音依然斜眼看她。「妳笑得太認真了，當然聽不到我的腳步聲。」

「呵呵……」封上上笑著道：「這下子封天保沒辦法打我的主意了，我高興嘛，當然要笑一笑。」

「是嗎？」朱蓮音哼了哼。「難道不是因為有人去給妳買糕點，太高興了所以笑？」

封上上也切換成斜眼看人模式。「奶奶，您偷聽啊？」

「我需要偷聽？在門口就聽見妳那裝模作樣的話了！」朱蓮音捏了捏嗓子。「這幾天卑職是下不了床了，也不能出門，唉，本來還想吃無相齋的雲片糕呢，現在也吃不成了。」

封上上一時無語。這個奶奶，怎麼這麼會酸人呢？

「我直到今天才發現妳這心思呢。」朱蓮音戳了戳她的頭。「妳是不是對知縣大人動心了？怪不得我說妳怎麼看不上雲澤和六子，敢情妳要找長成那樣的？」

「那樣的不好嗎？」封上上也不打算瞞著了。「既好看，又有學問，還潔身自好，更是個好官，不好嗎？」

「是太好了，好得奶奶都不敢打他的主意。人家可是官老爺，再怎麼樣也得找個官家千金吧，會找個鄉下姑娘？妳不能不看清現實啊！」

封上上揉了揉自己的臉蛋。「我覺得我挺漂亮的啊，萬一我的魅力征服了他呢？」

「世上多得是漂亮姑娘，再美的顏色也就只會新鮮個頭兩年，最後看的還是家世，特別是官場上的男人，最重視岳家能不能對自己有所幫助，光看臉有什麼用？」

封上上承認朱蓮音說的話很有道理，但她總覺得應青雲不是這樣的人，不然就憑他的學問，加上那張臉，京城裡的官家千金們還能放他來西和縣這種地方？

她拉住朱蓮音的手。「奶奶，我難得喜歡上一個人，不想隨便放棄，只要我努力爭取過，就算最後不成功，也沒遺憾了，是不是？人這一輩子，能遇上個自己喜歡的人，真的很不容易。」

她上輩子活了三十幾年，也沒遇到讓自己動心的。

朱蓮音神色複雜地看了她一會兒，嘆了口氣。「罷了罷了，隨妳去吧，只盼最後妳能坦然接受結果，不要傷到自己。」

封上上抓起朱蓮音的手親了一口。「愛您喲，奶奶。」

朱蓮音一把抽回手。「噁心死我了。」

無論如何，朱蓮音沒再表示反對，等應青雲從無相齋買來糕點的時候，朱蓮音給他倒了杯茶，便藉口買菜出去了。

應青雲將油紙包遞給封上上。

「謝謝大人。」封上上笑著伸手接過，小心地將油紙包解開，誘人的香味瞬間鑽入鼻中，引人口水直流。

封上上也不算胡說，她確實想吃無相齋的雲片糕了，因為實在是美味得很，讓人吃了還想吃。

她拿起一塊塞入嘴中，一股奶香味在嘴裡擴散，這雲片糕入口即化、甜而不膩，嚥下去後齒頰留香，讓人回味無窮。

看封上上吃得眼睛無意識地瞇起，像是隻吃到魚兒的小貓咪，應青雲嘴角往上提了提。

封上上吃完就拿起一塊遞給應青雲。「大人，這家的雲片糕真的很好吃，您也嚐嚐。」

應青雲搖搖頭。「不用，我不愛吃甜食，妳自己慢慢吃。」

「您嚐一塊，真的很好吃，不吃後悔。」封上上直接將糕點湊到他嘴邊。

應青雲盯著雲片糕猶豫了一下，還是伸手接了過去，又看了一下，這才慢慢塞入嘴中。

封上上覺得應青雲好像是把一顆狗屎塞入嘴裡般，稱得上是視死如歸。

看他咀嚼兩口便迅速嚥了下去，完全沒有享受的感覺，封上上忍不住問：「您覺得好吃嗎？」

應青雲一頓，而後點點頭。「還行。」

封上上笑了出來，他那表情像是在吞炸藥，哪來的「還行」？看來世上真的有人不愛吃甜食，人生不知道失去了多少樂趣。

想到這裡，封上上沒再給應青雲吃糕點，而是自己一塊接著一塊吃，吃到剩一半時停了嘴，慢慢將油紙包收好。

「不吃了？」應青雲以為按照封上上的胃口，一次就能吃完了。

封上上看了看他。「有點渴……」

應青雲站起來，走到桌邊，拿起水壺倒了一杯水，轉身回來遞給她。

「謝謝大人。」封上上接過來一口氣乾了，將杯子還給他。

應青雲一看就知道她沒喝夠，又去倒了一杯。

封上上也沒客氣，接過來再次乾了，這才道：「好了。」

應青雲不好在女兒家的閨房待得太久，見她吃好、喝好，便提出告辭。

封上上也知道應青雲這麼克己復禮的人能待這麼久已是難得，笑著道：「大人慢走，案子要是有什麼進展，記得告訴卑職一聲。」

「嗯。」應青雲應了一聲，轉身離去。

「欸，大人……」在他的身影快要出門之際，封上上喊道：「明天卑職想吃奶糕！」

應青雲頭也不回地走了，也不知道聽沒聽到。

這廂封上上還在琢磨明日能不能吃到奶糕，那廂朱蓮音就進了門，朝她的額頭狠狠戳了戳。「今天吃雲片糕，明天要奶糕，妳的臉皮怎麼就這麼厚！有妳這樣的姑娘家嗎?!」

封上上揉了揉頭，噘起嘴。「我這是製造機會，否則明天他不就不來了嗎？」

「妳這麼好吃，哪個男的會喜歡？我就沒聽說哪個男的喜歡饞嘴婆娘的。」

封上上反問道：「那他明天要是來了呢？」

朱蓮音想了想。「要是真的來了，我就相信妳不是一廂情願、異想天開，以後全力支持妳，但要是沒來，妳以後就絕了這心思，好好找個門當戶對的過日子。」

封上上眨眨眼，點頭答應。「成，就這麼說定了。」

第二天，封上上把脖子伸得老長，一個勁地往外頭看，朱蓮音就坐在她旁邊，一邊做鞋子、一邊往外面看，大門都要被祖孫倆給看穿了。

然而，從早上盯到中午，再從中午盯到日落西山，也沒見著那人的身影。

封上上眼裡的光芒漸漸消散，心想難不成真的失策了，那人對她就只有一份雲片糕的愧疚和耐心？

她真是自作多情了？

朱蓮音放下手裡的鞋子，揉了揉自己的脖子。「行了，人不會來了，妳以後收收心思，別再想著自己搆不到的東西了。」

封上上閉上眼睛，將臉埋入臂彎中，不想說話。

朱蓮音站起來往外走。「我去做些好吃的給妳，妳想吃什麼？」

封上上哼了哼，不開口，心想：我都這麼傷心了，哪有心思吃好吃的。

「糯米雞吃不吃？」朱蓮音問。

封上上絲毫不為所動。

「雞汁辣魚呢？」

「……」

「芙蓉肉呢？」

「……」

「梅菜扣肉呢？」

「……吃。」甕聲甕氣的聲音終於從封上上臂彎中傳出。「都想吃。」

朱蓮音笑了，轉身就要往廚房走，但才剛走出房門口，就差點撞上一個人，定睛一瞧，竟是應青雲，手裡還提著一包點心。

這一瞬間，朱蓮音的話卡在了喉嚨。

「叨擾了。」應青雲對朱蓮音點了點頭，將糕點遞給她。「這是奶糕，麻煩奶奶交給封姑娘。」

朱蓮音神色複雜地看著他。「大人怎麼這麼晚了還過來看上丫頭？」

「今日衙門事多，抽不開身，才會這麼晚來。」

除了調查拐賣一案，衙門裡雞毛蒜皮的小事也不少，吵架的、鬧和離的、欠債不還的，應有盡有，今日這些小案格外多，甚至還有個女人跟丈夫在衙門裡當堂打起來，那場面，就算應青雲再淡定也忍不住額角抽痛。

這麼忙還趕去買了奶糕來……一時之間，朱蓮音內心五味雜陳，既失望，又高興，最後全化成一句嘆息，她指了指裡面道：「老身要去做飯了，大人自己進去拿給上丫頭吧。」

應青雲頓了頓，頷首，提著奶糕進入房間。

看到他，封上上的雙眸又亮了起來。

應青雲將油紙包遞給她，也不開口說話。

封上上笑咪咪地伸手接過，當著他的面打開，捏起一塊奶糕送進嘴裡，瞬間一路從嘴巴甜進心裡，甜得讓人一顆心都快融化了。

嗯，這是她吃過最好吃的奶糕。

封上上捏起一塊奶糕遞給他。「大人，吃嗎？」

應青雲搖搖頭。

封上上也不勉強，送進自己嘴裡，邊吃邊問：「大人，那個貨郎有消息了嗎？」

「還沒有。」應青雲道：「光憑駝背和走路外八這兩點，符合條件的太多了，加上不知道相貌，想找到人不是一朝一夕之事。」

「吳捕頭那邊也還沒找到進山的密道？」

應青雲搖頭輕嘆。「沒有，崇明山範圍太廣，地勢險峻，一時半刻搜不到。」

運氣不好的話，可能一年半載都找不到這樣一條隱秘的密道。

封上上何嘗不知道這個道理，也跟著嘆氣。這次的案子線索太少，調查的區域又太複雜，想在茫茫人海中找到那個假扮貨郎的人，難。

見她養傷還跟著憂心，應青雲道：「案子的事妳別操心，先把傷養好再說。」

封上上低低「嗯」了一聲。她現在負傷在床，就是想做點事也沒辦法，只能寄望衙役們繼續調查，看能不能找到更多線索，早點把案子破了。

不談案子的事，兩人一時沒了話，應青雲抿了抿唇。「那我先走了。」

「好。」封上上乾脆地朝應青雲揮揮手，沒再說要吃什麼。知道他忙，哪還好再折騰他，有了今天這一遭，她已經很滿足了。

應青雲走到門口時腳步一頓，出聲道：「明日還有何想吃之物？」

封上上頓時愣在當場。

第三十一章　暗巷遭擄

應青雲抿抿唇，視線投向外面。「明日我可能沒空，想吃什麼可讓雲澤送來。」

封上上揚起嘴角，眼睛都瞇了起來，聲音也控制不住地帶了笑意。「卑職想吃臭豆腐、綠豆沙、豆花、芙蓉酥、楊枝甘露……」一口氣報了十來種吃食。

應青雲不曉得該怎麼反應，最後他什麼都沒說，頭也不回地走了。

封上上趴在床上，笑得差點讓人以為她是個傻子。

第二天果然是雲澤來送吃食，他帶了一盒芙蓉酥跟一份楊枝甘露，美得封上上合不攏嘴。

第三天、第四天……雲澤每天都會送兩樣吃食來，全都是封上上想吃的。

也不知道是不是吃得太好了，抑或是心情舒暢，封上上的傷好得格外快，趴了幾天便能起身走動了。

這一能動，封上上便再也躺不下去了，再躺下去，她的胸就要從小土丘變成盆地了。本來就已經不大，她可不想變得更悲情。

就算朱蓮音看著，封上上還是想辦法溜了出去，走到大街上呼吸新鮮空氣，活動一下僵硬的四肢。

走到西市附近，封上上想起羅陽巷裡有個豆腐西施，做的豆腐跟豆腐腦特別好吃，一想到那味道饞勁就上來了，她腳步一轉，直奔那家豆腐店而去。

在豆腐店裡美美地吃了兩碗豆腐腦，封上上這才往回走，心想要是再不回去，奶奶就要跳腳了。

之前封上上常來這裡吃豆腐腦，所以對這一帶算熟悉，知道穿過某條小巷就能回到主街，能節省不少時間，於是便走了那裡。

剛拐進去走沒兩步，封上上就看到一個貨郎從一戶人家門口走出來，挑著很大的擔子，重量似乎不輕。

封上上瞥了一眼便移開目光，繼續走自己的路，然而剛走沒多久，她忽然眸光一凝，轉頭再去看那貨郎，就見那人背駝得厲害，走路還有嚴重的外八。

駝背、走路外八……封上上一顆心撲通撲通狂跳。

眼看那貨郎就要走出巷子，她開口大喊：「那邊的貨郎，我要買東西！」

那貨郎似乎沒聽到，埋頭繼續往前走。

封上上確定自己的聲音夠大，除非他是聾子，否則不可能聽不到。

眼神一暗，封上上加快了步伐朝貨郎跑去，喊道：「哎呀，我要買東西，你別走啊——」

封上上快速追上去，從後面拽住貨郎的衣服，滿臉怒氣地道：「我說你這個貨郎耳朵是不是不好啊？我喊那麼大聲你都沒聽見？你怎麼做生意的！」

貨郎被她拽住，臉色先是一沈，但下一秒便笑臉相迎。「對不住、對不住，剛剛走神了沒聽見，姑娘您要什麼？我拿。」

封上上不動聲色地將視線落在擔子上。「我要一瓶頭油跟一盒胭脂。」

「好咧，您稍等。」貨郎彎腰打開其中一個箱子，從裡面掏撿半天才掏出一瓶頭油，然後又去找胭脂。

封上上的目光在箱子裡梭巡，裡面亂七八糟地堆了好些東西，頭繩、針線、零食、調料……雜亂無章，好像是把所有東西隨手扔進去一般。

她的視線又移到另一個緊緊閉上的箱子……

「姑娘，胭脂您拿好。」貨郎將好不容易找到的胭脂遞給封上上，見她看著箱子，笑了笑道：「早上出門急，沒來得及收拾，東西有點亂。」

封上上淡淡一笑，接過胭脂，假裝好奇地指著另一個箱子道：「你那個箱子裡是不是也裝了不少好東西，給我看看吧，我想挑挑，說不定還有想買的。」

「那個箱子裡沒什麼，跟這個箱子裡的東西一樣，看了也是白看。」貨郎將打開的箱蓋卡上。「姑娘，要是沒什麼別的要買我就走了，我還要去其他地方賣貨呢。」

「你這貨郎也太急了吧，我都還沒看好，你走什麼啊。」叫住他的時候封上上只有兩分懷疑，但現在她有六、七分確定，這個貨郎有問題！

貨郎好脾氣地笑道：「姑娘，我這裡有兩大箱子貨呢，急著賣。」

「我突然想起我的頭繩壞了，得挑兩根才行，我再看看。」封上上裝出不太禮貌的樣子，直接就去掀那個一直緊閉著的箱子。

「住手！」就在封上上要碰到箱蓋的時候，貨郎突然大吼一聲，眼明手快地抓住她的手腕，力道大得她覺得自己的手骨要被他捏碎了。

封上上眼神一沈。「你幹什麼！」

貨郎立即放開了手，滿臉歉意地點頭哈腰道歉。「不好意思，我剛剛太急了，怕您把箱子裡的東西給弄亂，到時候又要花工夫收拾，您要頭繩是吧，我拿。」

「你這貨郎真是……」封上上噘著嘴抱怨，揉著手腕後退了一步。

貨郎掀開原先那個箱子的蓋子，在裡面翻找起來。

見他彎腰背對著自己，封上上便想偷偷將那個緊閉的箱子打開，但看了看這空無一人的巷子，若是裡面真的有個被迷暈的姑娘或孩子，該怎麼辦？

她一個人倒還好，但如何帶著一個說不定昏迷的人從貨郎身邊逃走呢？她身上的傷還沒好個徹底，萬一弄巧成拙，被這人逃跑，可能就再也追不到了。

封上上最終放棄了掀開箱子揭穿這個貨郎的想法，心想等會兒可以偷偷跟在此人後面，看他到底要去哪裡。

思緒翻轉間，那貨郎站起身來，將兩根頭繩遞給她。「姑娘，您看看這行不行？」

封上上點點頭，接過頭繩。「行，就這個了。」她掏出錢來給了貨郎。

貨郎笑著接過錢。「謝謝姑娘。」

封上上將東西收到自己的衣袖裡轉身離開，逕自走到巷子盡頭，然後右轉，拐入另一條巷子，腳步不緊不慢。

身後的腳步聲一點點靠近，很輕微，輕微到不仔細聽根本聽不見，但封上上知道，那人跟過來了。

肯定是懷疑她了。

封上上迅速思考接下來該怎麼做，她現在不能彎腰和做大動作，就連跑也不行，雖然勉強能從這人手底下脫身，但想救出可能被困在箱子裡的人，並且把那貨郎抓到衙門裡，簡直是天方夜譚，因為從他的力氣來看，身手不一般。

今日若是被他逃了，可能會打草驚蛇，下次再遇到，不知道還要等多長的時間。

怎麼辦、怎麼辦、怎麼辦……

就在封上上思考間，一隻壯碩的手突然從後方伸過來，死死地卡住她的脖子，下一秒，另一隻手拿著一塊帕子覆蓋到了她的口鼻上。

迷藥！

封上上第一時間屏住呼吸，接著下意識地閉上眼，裝作吸入迷藥昏迷的樣子，往地上一倒。

身後之人立刻接住了封上上，壓根兒沒懷疑她是裝暈，抱起她，左右看了看，見周圍沒人，直接把人抱回擔子旁，將裝滿貨物的箱子打開，倒出裡面的貨物，然後把封上上放進箱子裡，蓋上蓋子。

直到四周陷入黑暗，封上上這才敢睜開眼睛——箱身側邊開了一個小小的開口，微微透進光線與空氣，應該是怕人在裡面缺氧。

側耳聽著外面窸窸窣窣收拾東西的聲音，她思考起接下來的行動。

這人肯定要把她帶到某個地方去，說不定黃芽兒等被拐走的人都藏在那裡，若是她能一路留下線索，讓應青雲順利找到她，就能將那些人都救出來，還能把對方一網打盡。

可是，要怎麼不著痕跡地留下線索呢？

此時擔子突然被挑了起來，並開始晃動，封上上明白，這是人販子挑著他們離開了。看來她的判斷沒錯，他力氣的確不一般，前後挑兩個人，一百多斤的重量都能走，幸好剛剛她沒有硬碰硬。

必須立刻留下線索，不然應青雲就找不到她了。

想了想，封上上將自己裙襬的內襯扯開一個口子，儘量用不發出聲響的方式慢慢地撕，直到撕下一根布條，再仔細觀察外面的動靜——人販子還在繼續走，並未發現哪裡不對勁。

她吁了口氣，將手指塞進嘴裡，使勁一咬，用血在布條上寫了一個「昭」字。這是應青雲的字，要是他看到這根布條，肯定會知道是她留下的線索。

寫好了字，封上上悄悄地掀開箱蓋，露出一小條縫隙，從縫隙中能看到一截繩子，還有一截扁擔——謝天謝地，運氣不錯，她此刻處在後面的箱子裡，也就是說，人販子此刻背對著她，毫無防範。

好機會！

她立刻把布條從箱身的開口往外丟，等布條全丟出去之後，她就繼續撕扯裙襬內襯，撕成一根根布條，用血寫上「昭」字，每隔一段時間就丟出去一根。

過了大約半個時辰，人販子突然停了下來，封上上立刻屏住呼吸、閉上眼睛，假裝自己還暈著。

果然，人販子走了過來，打開箱蓋看封上上，確定她還處於昏迷中，這才蓋上箱蓋，又去察看另一個箱子。

見另一個箱子裡的人也沒動靜，人販子放了心，拿著水壺轉身離開。

聽到他離去的腳步聲，封上上悄悄掀開箱蓋，從縫隙中往外看，就見那人販子正背對著自己在不遠處的小溪邊盛水喝。

她轉移視線，觀察現在所處的環境，只見周圍都是茂密的樹林，杳無人煙，只能聽到蟲鳴鳥叫聲，根據樹木的種類，她能猜出這屬於崇明山的範圍。

這人果然是崇明山裡的村民，他此刻走的一定是他們苦尋不到的密道！

此時，人販子喝完水轉身回來，封上上趕緊合上箱蓋閉好眼睛。

人販子沒再檢查箱子，而是坐在旁邊歇了一會兒，直到歇息夠了，才挑起擔子往前走。

封上上再次從箱身的開口往外丟了一塊布條，然後悄悄掀開箱蓋往外看，看到人販子順著一條小道往上走，走著走著，突然頓住，從小道上往右一拐，直接鑽進沒路的密林之中，在密林裡穿梭了一會兒，前方突然沒了路，只有一片荊棘與綠葉覆蓋的山壁。

見狀，封上上不禁納悶，這人怎麼走了死胡同，前面根本沒路，是要去哪兒？

然而令人驚訝的一幕發生了，只見人販子放下擔子，走到山壁前某一處，確定左右無人，便用手扒開山壁上密不透風的植被，露出下方一個黑漆漆的山洞。

封上上捂住口鼻不讓自己發出聲音，心臟卻瘋狂亂跳。她總算知道旲為他們為什麼到現在還沒找到密道，因為那壓根兒不在輕易可見的表面，而是藏在山洞裡，就算有人來到此處，也不會想到掀開這片植被，更無法發現底下的秘密。

要不是親眼所見，讓她來搜一百年也搜不到這處密道。

封上上趕忙丟出一根布條，留下記號。

人販子挑起擔子鑽入山洞中，接著十分小心地將植被恢復原狀，才再次挑著擔子往裡走。

山洞裡什麼都看不到，人販子掏出一個火摺子點燃蠟燭，封上上這才看到有一條狹窄的階梯，一路往上，不知通往哪裡。

人販子沿著階梯往上走，走了大概一炷香的工夫，周圍突然出現了亮光，人販子將蠟燭熄滅，繼續往上走。

封上上從箱蓋的縫隙裡看到已經走出山洞，前方是一個細小的峽谷，兩邊都是山壁，距離近得似乎馬上就要合在一起，只允許一個人通過，山壁上方是一線天，光便是從這狹窄的縫隙裡照進來的。

人販子順著階梯一路向上走，走走歇歇，歇歇走走，差不多過了一個多時辰才又看到一個山洞，從山洞鑽出去，便進入一個村子。

一進村，馬上有人迎了過來。「老龐你回來了？抓到人了嗎？」

叫老龐的人販子笑了一聲。「我出馬你們還不放心？」

「喲，這是抓到了？太好了，這下人數齊了，我們不用擔心了。」

封上上心裡「咯噔」一下，看來最不好的情況發生了，這個人販子不是單打獨鬥，他有同夥，而且貌似不少，說不定……整個村子都是知情者。

「別再說閒話了，趕緊把人送去關起來，不然一會兒該醒了。」老龐說道。

其他人附和著，走向擔子，一把將箱蓋給掀開。

「哎喲老龐，這是怎麼回事？為什麼有兩個女人？」有人驚訝地叫道。

老龐指著封上上回答。「本來我已經得手了，但要走的時候這個女人突然找我買東西，問個不停，還想掀我的箱子，我怕她發現什麼去報官，為了避免麻煩，就把她也帶回來了。」

「這麼做是對的，那個知縣大人好像盯上咱們這裡了，一定要小心小心再小心，要是被抓到，咱們就全完了。」

「我知道，今年的人數已經足夠，這一票幹完就能收手了，咱們也好避避風頭。」

「都怪剛子，要不是端陽節那天晚上失手了，衙門加強巡邏，弄得咱們下起手來特別彆扭，還被衙門給盯上。」

「你就別怪剛子了，他哪裡能想到會被個女人追上，不把孩子給丟下，他也得折進去，他折進去了，全村都得完蛋。」

「我覺得最該怪的就是虎頭他們，竟然讓那孩子給跑了，要不是這樣，衙門怎麼會懷疑到我們這裡。幸好那孩子摔死了，不然真讓他供出我們，咱們早就完了。」

封上上聽著他們的對話，想起端陽節那個晚上追人販子的事，那人應該就是他們口中的剛子。剛子那晚丟了孩子，之後衙門因此加強巡邏，他們才在第二天對小翔他們下手，而抓到小翔跟小女孩之後，看守的人不小心讓小翔給跑了，這才發生後面的事情。

一切都是那晚她追人販子引起的連鎖反應！

思索間，封上上被一個男人給抱了起來，那男人看了看她的臉，忍不住對旁邊的人小聲道：「我長這麼大還沒見過這麼好看的姑娘呢，老龐，這姑娘能不能給我——」

「閉嘴！」老龐喝道：「你不知道咱們村的規矩嗎？這是想獨吞姑娘？要是讓村長知道，你還能活嗎?!」

「我、我想要個媳婦……」

「誰不想要媳婦？可是按咱們村的情況，能嗎？」老龐罵了兩句，又拍了拍他的肩膀。「別想了，好好努力，爭取讓人給你懷個孩子，也算有後了。」

男人不說話了，只是看著封上上的臉嘆了口氣，眼中滿是遺憾和不捨。

之後男人抱著她走了很長一段時間，封上上不敢睜開眼睛，只聽到開門聲，接下來是解鎖聲，再來是鎖鏈碰撞聲、開門聲，最後，她似乎被放到了一張床上。

一雙男人的手在封上上臉上留戀地摸了又摸，摸得她恨不得跳起來搥爆他的狗頭，但為了探聽到更多消息，她硬生生忍住了。

封上上暗暗咬牙，等到案子破了，她一定要把這人的鹹豬手變成真的豬手。

「好了，你就別再摸了，再摸也不能給你一個人。」旁邊有人說道。

摸著她的男人還是不捨得放手。「這麼漂亮的姑娘，我真是看著都要硬了，要是我媳婦，天天作夢都能笑醒。老元，你說村長應該不會把這姑娘獻給祖神吧？」

「按理說人數夠了，這個姑娘也許能留下來，到時候不就可以……不過，就算不能留下來也沒什麼，反正我們還有時間，抓緊一點的話，也不是沒希望。」

「說得也是，那我想當第一個。」

「你想什麼呢，上面的人那麼多，哪輪得到你當第一個？」

「話不能這麼說啊，每次都是那些人，什麼時候能換我們?!」

兩個人邊說邊走了出去，關門聲響起，接下來又是一陣鎖鏈碰撞聲，門應該是被鎖起來了。

封上上依舊不敢睜眼，只是在心裡思索他們的話。人數夠了是什麼意思？祖神又是誰？難道說，這些村民把人抓回來並不是為了拐賣換錢，而是為了獻給一個叫祖神的人？祖神……一聽感覺就怪怪的。

「嗚嗚嗚……」

此時封上上耳邊突然響起一陣啜泣聲，聽聲音很年輕，就像是在她旁邊發出來的一般。

這地方還有別人?!

第三十二章 禽獸不如

封上上悄悄睜開一條眼縫，假裝剛從昏迷中醒過來那般迷糊不清，用半睜不睜的眼神向四周掃視，結果這一眼將她嚇了一跳，她以為自己是在一個房間中，其實是一間牢房裡！

牢房一面靠牆，其餘三面都是粗厚的木頭做的柵欄，牆對面的那一面柵欄用一根嬰兒手臂粗的鎖鏈鎖了起來。

這些人，竟然私設牢房！

哭聲是從隔壁傳出來的，封上上定睛一看，就見隔壁的床上躺著一個衣衫不整的姑娘，那姑娘背對著自己，正一抽一抽地在哭泣。

封上上看到那姑娘身上只披了一件外衣，下面連條褲子都沒有，兩條腿便這麼露在外面，裸露在外的皮膚上遍布紅痕和指印，特別是大腿內側，青紫一片。

身為在訊息時代長大的人，封上上當然知道這些痕跡代表什麼，她忍不住在心裡問候了那些人的祖宗十八代。

封上上又往另一邊的牢房看了看，床上同樣躺著一個女子，女子雙目緊閉，一動也不動。她猜測這女子應該是跟她一起被抓來的，迷藥效果還沒過去，所以仍然昏睡著。

這裡的牢房都建在同一排，牢房對面是一堵牆，牆上只有一扇大門。

此刻封上上只能看到自己左右兩側的牢房，再往邊上似乎就沒其他地方關著人了，現在唯一能溝通的對象就是正在哭泣的姑娘。

「姑娘，姑娘——」封上上朝她喊道：「妳別哭，能跟我說說話嗎，我今天剛被他們抓進來，什麼都不知道。」

姑娘的哭泣聲頓了頓，但她並未回過頭，也沒從床上坐起來，依然躺在那裡哭。

封上上聲音放得很輕柔。「姑娘，我現在什麼都不知道，妳跟我說說話吧，我們一起想辦法，好嗎？哭解決不了問題，要想辦法逃出去才行。」

哭泣聲漸漸停止，過了許久，才傳來一道悶悶、帶著哽咽的聲音。「逃不出去的……」

見她終於肯開口說話了，封上上立刻說道：「天無絕人之路，只要肯努力，總能出去的，妳別放棄希望啊！」

「妳剛來，根本不了解情況。」那姑娘說話的時候，慢慢轉動身體，把臉轉向封上上這邊。

看到她的臉，封上上瞳孔微縮，脫口而出。「黃——」

話剛出口，封上上便意識到不妥，這裡看起來沒這個村的人，但不能掉以輕心，要是被人知道她認識黃芽兒，肯定會引起懷疑。

「妳怎麼知道逃不出去？」封上上換了話題。

黃芽兒怔怔地望著門上的鎖鏈，眼裡滿是絕望。「這裡根本不是在地面，而是在地下，就算官府來了人，也找不到這裡的，只有他們自己人才能進來。」

地下？怪不得這裡那麼暗，照明都需要蠟燭，也沒窗戶。

難怪吳為他們明裡暗裡查訪了那麼多次，都沒發現任何不對勁。

封上上不知道應青雲能不能順利找到這裡，但是黃芽兒已經很絕望了，她不能再說洩氣的話，只能給她鼓勵，讓她堅持下去。

想了想，封上上安慰黃芽兒道：「妳別怕，聽說現任知縣大人是個好官，上任沒多久便破過大案，現在他在查拐賣的案子，他一定能救我們出去的。」

「真的嗎？」黃芽兒眸中有一道光芒閃過。

「當然是真的，這個大人很厲害，聽說有個被拐賣的小孩死在了山裡，知縣大人還帶著人查呢。」

黃芽兒一下子坐了起來。「那個小孩就是從這裡跑出去的！」

封上上故作驚訝。「什麼？妳說他也是被他們這夥人給拐來的？」

黃芽兒點頭，眼中淚花閃動。「那個小孩跑了出去，可是卻死了，從那以後他們看守得更嚴，我們連牢房的一步都踏不出去。」

「聽說那個小孩死在崇明山裡，我們現在也在崇明山嗎？」

「是嗎？」黃芽兒茫然地搖搖頭。「不知道，我一醒來就在這裡了，根本不知道外面的情況。」

「我也是突然被那貨郎給捂住口鼻迷暈了，什麼都不知道，醒來就在這裡了。」封上上看黃芽兒的情緒慢慢穩定了下來，又問道：「妳也是被那貨郎給抓來的？」

黃芽兒點頭，似乎是想起那天的情景，泫然欲泣。「我在家裡做飯，門口突然來了個貨郎跟我討杯水喝，我就給了，哪想到他突然用一塊帕子捂住我的臉，接著我就什麼都不知道了……」

封上上假裝害怕地抱了抱自己的身體，低聲問：「那妳知道他們要把我們賣去哪裡嗎？」

黃芽兒吸了吸鼻子。「他們根本不是要賣我們，而是要把我們獻給什麼祖神。」

「不是要賣掉我們？他們不是人販子嗎……」封上上喃喃道：「祖神？那是誰？」

黃芽兒搖搖頭。「我不知道那是誰，但他們很尊敬祂，說祂能保佑村裡。」

「那我們什麼時候會被獻給祖神？」

黃芽兒還是搖頭。

封上上的心不禁一沈。既不知道祖神是誰，也不知道什麼時候會見到祖神，見到祖神之後，她們又會遭遇什麼？

她不由得想起各種傳說中的邪神，人們靠獻祭活人求得邪神保佑，包括她在內的女子便是供品，下場難逃一個「死」字。

若是在被獻給祖神之前應青雲沒找到她們，那該怎麼辦？她能順利逃出去嗎？

封上上不說話了，黃芽兒也沈默下來，空氣瞬間安靜，靜到能聽到蠟燭燃燒的聲音。

經過不知道多長的時間，黃芽兒突然幽幽道：「其實有辦法不被獻給祖神的。」

封上上一驚。「什麼意思？」

黃芽兒又不開口了，望著那道鎖鏈，再次發起了呆。

封上上沒催促黃芽兒，過了許久，久到封上上以為她不會再跟自己說話的時候，她再次輕輕出聲道：「要是懷了他們的孩子，就不用被獻給祖神了。」

「什麼——」封上上怔住。

黃芽兒道：「妳看到我身上的痕跡了吧。」

封上上沒答腔。

「我被那些畜生給糟蹋了。」她的聲音聽起來格外縹緲，在燭火映照下表情顯得有點嚇人。「他們一個個來，一個個糟蹋我，說要在我身上留種。他們說，要是我在被獻給祖神之前孕育孩子，就可以留下來。」

封上上感覺一陣寒意從腳底竄了上來。

「妳也逃不掉的。」黃芽兒說這話的時候沒看封上上，她的眼神沒有焦點。「獻給祖神的時間快要到了。」

封上上不知道該怎麼接她的話，在黃芽兒遭遇那種事之後，無論什麼言語都是蒼白而無力的。

黃芽兒接下來沒再出聲了，就盯著某處，眼睛一眨也不眨。

剛剛黃芽兒哭泣的時候封上上還覺得她是個正常的姑娘，但她此刻這副模樣，心理應該是出現了一點問題，要是再不把她救出去，她的精神應該就要撐不住了。

應青雲找到她一路留下來的布條了嗎？他能順利識破山壁前的遮擋物，進入山洞嗎？

就在封上上沈思的時候，跟她一起被拐來的姑娘有了動靜，她先是嚶嚀了一聲，然後慢慢睜開了眼睛。

封上上朝她看去。

這姑娘茫然地看了四周好一會兒，然後像是想起了自己昏迷前的事情，突然跳了起來，驚慌大叫。「這是哪裡?!我為什麼會在這裡！」

封上上提醒道：「妳別大喊大叫的，把人招來了可會吃苦頭。」

這句話吸引了那姑娘的注意力，她看向封上上，急忙問：「妳知道怎麼回事嗎？我為什麼會被關起來？這裡是哪裡？」

封上上言簡意賅道：「我們被拐賣了，拐賣我們的就是那個貨郎。」

「拐賣，拐賣……」那姑娘似乎一時難以承受，連著念叨了好多遍，直到大腦終於接受了這個事實，才放聲大哭起來。「為什麼是我，我怎麼會遇到這種事……」

她哭得很傷心，封上上說什麼都不管用，只好任由她哭。

黃芽兒好似什麼都聽不到一般，一眼都沒往哭泣的姑娘那邊看，依舊定定地盯著某處發呆。

封上上嘆了口氣，乾脆躺下聽那姑娘哭，一邊聽、一邊思考接下來該怎麼辦。按黃芽兒所說，那些男人會在把她們獻給祖神之前凌辱她們，企圖讓她們懷上孩子，雖然不知道他們為什麼要這麼做，但接下來肯定會輪到她以及正在哭泣的這個姑娘。

封上上倒是不擔心自己，她力氣大，那些男人要是敢碰她，她會讓他們以後跟她當姊妹，但黃芽兒和那姑娘怎麼辦？總不能眼睜睜地看著她們在自己眼皮子底下被玷污吧？可是她們被分開關著，要怎麼救？

時間在封上上的思索下慢慢流逝，那姑娘漸漸哭累了，停止了哭泣，看向躺在床上睜著眼睛的封上上，沙啞著嗓子問：「我們該怎麼辦？」

封上上沒回答這個問題，反而問：「妳叫什麼名字？」

「我叫劉蓉蓉。」

「好，那我叫妳蓉蓉吧。」封上上坐起來看著她，安撫道：「那些人暫時不會把我們帶走，我們要在這裡待一陣子，這段時間妳要冷靜，千萬別慌，知道嗎？」

她從容的姿態感染了劉蓉蓉，劉蓉蓉覺得沒那麼害怕了，點點頭。「那我們就一直等下去嗎？」

「嗯，等著，一定會有人來救我們的。」

劉蓉蓉又點點頭，視線穿過封上上所在的牢房看向黃芽兒，想問些什麼，但又怕被她聽到，最終沒有開口。

封上上也沒再說話，三個人就這麼在沈默中細數時間的流逝，不知道過了多久，外面突然傳來了動靜，緊接著，一直緊閉的大門被打開，一個滿頭白髮的老太太拎著一個大籃子進來了，籃子裡是一些吃食。

看到老太太那張臉的同時，封上上的瞳孔緊縮了一下。

這個白髮老太太她認識，叫路梅，曾經去過衙門接受審問，她的老伴是那個駝背老爺爺。

封上上還記得，這兩個老人家的兒子與媳婦都生病去世，孫子也死了，家裡就剩他們兩人活在世上，因為怕沒辦法活到孩子長大，所以才沒有抱一個孩子來養。

當時他們沒有從兩個老人家的話語裡察覺到任何不對勁，就這麼放了他們回家，可他們卻是知情者，甚至是參與者！

封上上深吸一口氣，不管內心多震驚，還是讓自己表現出第一次看見她的樣子，她很慶幸審問時她和應青雲待在暗房裡，這個白髮老太太根本沒見過她，不然就露餡了。

路梅先是走到黃芽兒那邊，將一碗粥和兩個包子放到牢房前的地上，用手拉了拉鎖鏈，沈著臉道：「起來吃飯！」

黃芽兒一動也不動，彷彿沒聽見一般。

路梅似乎被她這樣的態度給氣著了，猛力敲打著柵欄，惡狠狠地道：「別敬酒不吃吃罰酒，以為自己是大小姐呢，怎麼著，還要人伺候妳吃?!待會兒我就找幾個男人來伺候妳吃！」

封上上盯著路梅的臉，只見她橫眉怒目、凶神惡煞，還帶著一股刻薄，神態和那天在衙門裡接受審問時的模樣完全不同，那時候多善良、多善解人意、多和藹可親啊。

此等落差，封上上都想給她豎個大拇指了，這演技可真是牛逼，要是放在現代，妥妥的影后水準！

路梅凶完了黃芽兒，又走到封上上的牢房前，瞇著眼看了看封上上，見她不吵不鬧的，不由得詫異地挑了挑眉。

盯了封上上半晌後，路梅什麼話都沒說，將吃食放到地上，哼了聲。「吃飯。」

說完她走到劉蓉蓉的牢房前，見她雖然雙眼紅腫，但並未吵鬧號哭，便滿意地點點頭，將吃食放到地上，沒像訓斥黃芽兒一般訓斥她。

路梅發完了食物也不走，拿了張放在大門邊的椅子擺在牢房外，就這麼坐在椅子上，看來是想盯著她們吃飯。

封上上倒是不在乎她的盯視，逕自走下床，在門邊找了塊乾淨的地方，席地而坐，端起地上的食物便吃了起來。

路梅大概是頭一回見到第一天進來就這麼毫無心理負擔吃飯的姑娘，看著她的眼神不由自主地浮現出詫異。

劉蓉蓉也十分驚訝地看著她，大概是不明白為什麼有姑娘被人給拐了，關在暗無天日的牢房裡，還能這麼自在地坐在地上吃飯，她就不憂心嗎？

封上上沒空理會她們的想法或看法，反正她很確定這些飯菜一定沒問題。根據各種邪教組織的理論，作為要被獻給祖神的供品，模樣一定不能差，也不能沒精神或瘦巴巴，不然邪神會怪罪的。要是飯菜有問題，她們吃下以後出了毛病，還怎麼獻給祖神？再說了，看黃芽兒的狀態就知道，她在吃食上沒出過狀況。

既然食物沒問題，幹麼不吃，不吃哪有力氣反抗？

封上上慢悠悠地把一碗粥和兩個包子給吃光了，但對她的飯量來說，這麼點東西還不夠半飽，吃得不盡興是最難受的，所以她朝路梅道：「我沒吃飽，再給我來點吧。」

路梅的眼珠子差點瞪了出來，看她的眼神像是在看一個腦子不太好的傻子。

封上上用碗敲了敲門。「我沒吃飽，再給我拿五個包子跟兩碗粥來！」

路梅半晌沒動，直直地盯著她，滿臉審視。

封上上知道她此刻肯定滿心疑惑，便拍了拍地面，用嬌蠻又充滿自信的語氣道：「你們不是要把我獻給祖神嗎？我長得這麼漂亮，祖神一定很喜歡我，妳連飯都不給我吃飽，小心我找祖神告狀，讓祂打妳！」

這話說出來顯得特別不正常，像是個腦袋缺根筋的傻子般，這反而讓路梅稍稍鬆了口氣，看她的眼神由「這人怕不是傻子吧」變成「果然是個傻子」。

路梅出去拿食物了，等她一走，封上上立刻對劉蓉蓉和黃芽兒說：「妳們快吃吧，不吃飽哪有力氣堅持到最後呢，別還沒逃出去，身體就先垮了。」

劉蓉蓉聽了，覺得有道理，點點頭，也挪到門邊，學封上上的樣子吃了起來，黃芽兒卻沒動，像是睡著了一般。

封上上嘆了口氣，越發擔心她的狀態。

路梅過一會兒又送了一次食物來給封上上，等她吃飽之後，收拾好碗筷便離開了。

過了大概半個時辰，大門又一次被人打開了，這次進來的是兩個男人，一個大概二十多歲，另一個三十多歲，兩人皆身穿布衣、腳踩草鞋，皮膚是農民特有的粗糙黝黑，一看便知道是莊稼漢，誰能想到他們的真面目呢？

兩個男人的視線分別在封上上和劉蓉蓉臉上掠過，年長的那個直接走向封上上所在的牢房，嘴裡道：「這個歸我。」

年輕的那個立刻不滿道：「憑什麼這個歸你，我也想要這個。」

「我是你哥，當然我先選。」叫趙大的男人一邊開鎖、一邊道：「下次把這個給你，這次先讓我。」

叫趙二的年輕男人雖然不滿，但最終還是沒說什麼，眼神不捨地在封上上身上流連了許久，這才走去開劉蓉蓉那間牢房門鎖。

劉蓉蓉嚇得瘋狂尖叫。

趙二像是習慣了一樣，上前一把抓住劉蓉蓉的手臂不讓她動，然後從兜裡掏出一塊不怎麼乾淨的布，揉成一團塞進她嘴巴裡，瞬間讓她消音。

接著他又用繩子綁起劉蓉蓉的手，綁好之後，趙二開始脫自己的褲子，邊脫還邊抽空往封上上這邊看，似乎是想瞧瞧她是怎麼被對待的。

封上上心中直冒火，這簡直是一群披著村民外皮的禽獸，竟然就這麼旁若無人地欺侮起了姑娘，還各幹各的，連最起碼的遮蔽都沒有。怎麼，這樣互相看著對方當個人渣，很刺激嗎?!

趙二見封上上也看著自己，似乎頗為遺憾地嘖嘖兩聲，然後便這麼脫掉褲子，將自己的下體暴露在空氣中，還耀武揚威地往前拱了拱。

操你媽的——封上上在心裡狠狠地罵了一句髒話，迅速脫下自己一只鞋子，對準年輕男人的下體狠狠地砸了過去。

由於封上上出手的速度實在太快，加上沒人想到一個姑娘家會這麼做，別說趙大來不及阻止了，趙二也壓根兒沒想到要避開，鞋子就這麼穿過柵欄，直接砸中了趙二的重要部位。

第三十三章 孤注一擲

「啊——」趙二瞬間發出一聲慘叫，雙手捂著下半身，拱起身體疼得縮成一團。

這下子，在場所有人都是一愣，無法反應過來發生了什麼事，包括準備對封上上下手的趙大。

封上上裝作害怕地退到牆腳，驚恐地盯著趙二的下體，像是一個不諳世事的少女般惶恐。「那是什麼東西，又小又醜，我好怕——」

捂著下身慘叫的趙二狠狠一震，叫聲瞬間一頓，抬起頭瞪向封上上，那眼神像是恨不得把她給生吞活剝，他從牙縫裡擠出一句。「賤人，妳說什麼?!再說一遍！」

封上上驚恐地指向他。「呀，你那個怎麼更小了？」

「賤人，我殺了妳！」趙二的確是不行了，而且此刻怎麼都硬不起來，這對他來說簡直是奇恥大辱，一股怒氣直沖頭頂。

他衝出隔壁牢房，直奔封上上這間牢房而來，舉著拳頭就要上前打她。

趙大趕忙伸手拉住他。「你冷靜一點，這女人哪禁得住你兩拳頭，打壞了怎麼辦？」

「你放開！我今天非得教訓她不可！」趙二掙開他的牽制，衝到封上上面前就要揮拳。

「啊——救命啊——」封上上放聲尖叫起來，似乎恐懼極了，手腳撲騰著亂打亂踢，其中一隻腳狠狠地踹上趙二的重要部位。

趙二又是一聲慘叫，後退好幾步摔在地上，臉色瞬間變得慘白，捂著下體在地上痛苦地翻滾。

一旁的趙大嚇了一大跳，看出趙二傷得不輕，表情也變了，撲過去著急地問：「怎麼樣？有沒有事？」

「大哥，快，快……」趙二說不出話來，疼得直哆嗦。「給我找個大夫，我下面……好疼……」

趙大懷疑趙二廢了，一顆心往下重重一沈，回頭瞪向還在持續尖叫的封上上，惡狠狠道：「臭娘兒們，妳給我等著！」

封上上身子狠狠一顫，整個人縮到了床腳，把頭埋在臂彎裡瑟瑟發抖，還發出壓抑的哭聲，嘴裡喃喃道：「別打我，別打我……」

趙大沒時間出手教訓封上上，他將趙二往外拖去，急急忙忙地鎖住牢門，便帶著他看大夫去了。

大門被關上之後，牢房裡瞬間只剩下封上上的哭聲。

黃芽兒不知道什麼時候坐了起來，她轉過身子，一眨也不眨地盯著封上上，雙眸奇異地冒出了一絲光亮。

劉蓉蓉蹦到兩間牢房中間的柵欄處，擔心地看著封上上。「妳沒事吧？別怕，他們走了。」

封上上的哭聲一頓，下一秒，她抬起頭看向劉蓉蓉。

劉蓉蓉驚訝地捂住嘴巴，指著封上上說不出話來，因為她臉上壓根兒沒有淚水，連眼睛都沒紅。

封上上朝她無聲一笑，慢吞吞地走到柵欄邊，伸手將劉蓉蓉手腕上的繩子給解開，然後用氣音對她說：「如果他們還要傷害妳，不要怕，學我剛剛的樣子，攻擊他的下體，那裡是男人的弱點，記住，要狠，一擊即中。」

劉蓉蓉瞪大眼睛看著她，似乎是聽到了什麼驚世駭俗的話，一時之間回不過神來。

「聽明白了？」封上上問道。

劉蓉蓉吞了吞口水，好半晌才點頭。「聽、聽明白了。」

「乖。」封上上摸摸她的頭。

劉蓉蓉抿抿唇，擔心地看著她。「妳惹了他們，萬一他們來打妳怎麼辦？妳一個人，哪能打過那麼多人呢？」

封上上笑了笑。「沒事，他們不會把我怎麼樣的。」

劉蓉蓉不解。「妳為什麼這麼肯定？」

封上上也沒解釋，只是要劉蓉蓉放心。她之所以這麼說，是有理由的。

按照目前掌握的訊息來看，封上上推測這個村中十分缺少女人，所以才要動用獻給神明的女人幫助他們延續後代，女人一旦孕育孩子便不用被獻祭，這說明他們渴望擁有自己的血脈。

所以她才敢惹他們，因為那些人頂多讓她吃吃苦頭罷了。

事實證明，封上上猜得沒錯，當天晚上並未出現劉蓉蓉想像中一堆人過來揍封上上的情況，她安安穩穩地睡了一覺。

倒是劉蓉蓉擔心得整晚沒怎麼睡，早上起來兩個黑眼圈格外顯眼。

封上上睡是睡好了，卻面臨著一個重大問題——這些人壓根兒不讓她們出牢房，直接把便桶放到牢房裡，讓她們在裡面解決。

吃喝拉撒睡都要在一起，不僅會被其他人看到，味道還會全員共享，這讓封上上接受不了，比不吃飯還難受，那個便桶都快被她盯得著火了。

劉蓉蓉跟她差不多，拉不下這個臉，憋得臉都紅了也沒上廁所，差點急哭了。

倒是黃芽兒十分淡定，似乎早就習慣了——淡定地脫了褲子、發出聲音，淡定得讓封上上和劉蓉蓉更加難受。

還沒等封上上跟劉蓉蓉針對痛快解放、還是讓自己活活憋死這兩件事做出選擇，路梅又來送飯了，這次她一進來目光就死死地盯著封上上，好像恨不得把她處決了一般。

封上上回視著路梅，半點不慫，心想這老太婆肯定是知道了她昨天廢了那個男人的事情，心裡恨著呢。

路梅一邊瞪封上上，一邊將早飯放到黃芽兒的牢房門口，然後又放到劉蓉蓉那邊，直接略過封上上，坐到牢房外斜眼盯著她。

封上上也斜眼看著她。「我的早飯呢？」

路梅冷哼一聲。「有的人就是吃得太飽了才不老實，就得餓幾頓！」

封上上懂了，原來對她不老實的懲罰就是不讓她吃東西，餓得她沒了力氣才好任他們擺布。

她也不惱，不讓吃飯便躺回床上繼續睡覺，看都不看路梅一眼，讓準備好要接招的路梅有種一拳打到棉花上面的感覺，一口氣上不來、下不去，難受得緊，最後離開的時候臉比襪子還臭。

早飯沒得吃、午飯也沒得吃，晚飯依然沒有，封上上連續餓了三頓，肚子餓得咕嚕叫，幸好劉蓉蓉給她藏了一個包子墊肚子，不然都要餓暈了。

大概是看封上上餓得慘兮兮了，那些人終於有了行動，第三天一大早，牢房裡來了兩個漢子，這一次換人了。

為首的男子叫做高大明，身材很壯碩，他一進來就盯著封上上的背影，對身後比較矮小的男人道：「就她？趙二就是被這麼一個瘦巴巴的姑娘給搞成那樣的？他怎麼那麼廢物！」

叫秦修的矮小男人道：「聽說這婆娘瘋得很，亂打亂踢的，要小心點。」

高大明不屑地嗤了一聲。「好歹是男人，連個娘兒們都制不住，丟不丟人？再加上她餓了一天呢，能有什麼力氣？」

秦修的臉色變得不怎麼好看，但最終還是沒說什麼，掏出鑰匙打開劉蓉蓉那間牢房，嘴裡道：「行吧，那你弄那個，我弄這個。」

高大明也掏出鑰匙來，打開封上上的牢房，逕自朝背對著他的封上上走去。

封上上立刻翻身靠到牆邊，警戒地看向他。

看清封上上的臉，高大明雙眸瞬間發亮，下意識地嚥了口口水，找碴的氣焰收斂了不少。

隔壁的秦修也看到了封上上的模樣，頓時後悔自己沒選她，相較於長相普通的劉蓉蓉和黃芽兒，封上上那張臉簡直讓人走不動道。

封上上握著拳，害怕地大喊：「你不要過來！」

高大明說道：「姑娘，進了這裡就別想著出去了，我勸妳老實點，不然可是要吃苦頭的。」

封上上不語，就這麼戒備地盯著他。

劉蓉蓉也學著封上上的樣子靠在牆邊，警惕地看著秦修，只不過秦修此刻的注意力都在封上上那邊，倒是沒對她動手。

高大明不耐煩了，爬上床準備拉住封上上，結果剛到封上上面前，手還沒碰到她，便被胡亂揮舞手腳的封上上給一腳踢中了，正中靶心。

「啊——」高大明瞬間慘叫，從床上摔到地上，捂著自己的好兄弟滿地打滾，比昨天的趙二好不到哪裡去。

封上上看了他一眼，隨即放聲大哭。「嗚嗚嗚，好可怕，我要回家……」

秦修臉色一變，大步衝過來扶起高大明。「你怎麼樣？有沒有事？」

見高大明疼得說不出話來，秦修一手指著封上上，滿臉陰狠，一字一頓地道：「臭娘兒們，妳是故意的！」

封上上繼續哭叫，不理他。

秦修思索了一會兒，沒有動封上上，而是先找人把高大明給拖了出去，估計是急著讓他看大夫。

又逃過一劫，劉蓉蓉全身一軟倒在床上，滿臉感激地看著封上上，哽咽道：「上上姊，謝謝妳，又救了我一次。」

封上上擺了擺手，臉色凝重起來。「沒事，我也是自救，不過接下來可能要出事了。」

劉蓉蓉大驚。「怎麼了？要出什麼事了？」

封上上嘆了口氣，他們已經看出她是故意往他們下邊踢的了，肯定會來收拾她。

「馬上要來人了。」她說。

果不其然，過沒一會兒，牢房就進來五個男人，直奔封上上而來，一個個氣勢洶洶，手裡拿著鞭子、繩子等物，二話不說就上前要捉她。

封上上明白，一旦被捉住綁起來，限制住了手腳，接下來要面對的就不是她能承受的了，所以她必須掙脫。

毫不猶豫，封上上分別朝這些人踹去，一人一腳，半分不留力氣，這五個男人頓時被她踹得飛了出去。

趁他們還沒爬起來，封上上衝出沒鎖門的牢房，拎起那個老太婆每日坐的椅子朝那些人砸去，一人狠狠給了幾下，瞬間哀鴻遍野，血液流了一地。

封上上撿起他們帶來的鞭子，回頭看了劉蓉蓉和黃芽兒一眼，判斷自己沒時間打開她們的牢房，而且就算帶著她們，她倆也跑不遠，只會被捉回來。

咬咬牙，封上上決定稍後再來救她們，頭也不回地往外跑。

那些人大概沒想到會被她逃脫，根本沒鎖大門，封上上得以直接竄出去。

「不好，她要逃了，快追！」

五個人臉色大變，不顧自身的傷痛，踉蹌著追了上去。

封上上打開了大門，眼前是一排向上的階梯，她順著階梯往上跑，跑到盡頭，看到一塊蓋上的木板，想必是牢房的入口，她往上狠狠一撞，木板瞬間被撞開，露出外面的燭光。

「什麼人?!」

看守入口處的人一驚，看到竟然是封上上，馬上就要攔住她，但封上上的拳頭比他快了一步，一拳過去，那人慘叫一聲，昏倒在地。

趁這空隙，封上上往前奔去，打開不遠處的一道門，這才發現那是一個大衣櫃的門板，原來牢房入口在一戶人家的衣櫃裡。

封上上剛從那戶人家竄出去，迎面就撞上村裡其他人，大夥兒看到她，大驚失色，立刻就要捉她，一邊捉、一邊大喊——

「快來人，人跑了！」

「不能讓她逃了，快點來幫忙！」

這麼一喊，其他人全都跑了出來，開始追封上上。

瞬間，封上上被二十來個男人圍補，就算她再厲害，也不能一個人對付這麼多人。

她感覺到自己臀部的傷口裂開，濕濕的，應該是流血了，但現在她顧不得這些，一邊跑、一邊甩鞭子，朝身後追來的人狠狠地抽打。

封上上看不見誰被抽到了，也不知道誰在叫號，只管往村外衝，只要她逃了出去，找到應青雲，這些人就別想跑了。

村民也知道絕不能讓封上上逃走，拚了命地追她，甚至分成好幾批，從不同的方向圍堵她。

封上上力氣雖大，但速度並不是她的強項，她拚盡全力跑也甩不開追兵，漸漸的，雙方的距離越來越短、越來越近。

奔跑間，封上上看到家家戶戶門口都有草垛子，靈機一動，轉身朝草垛子跑去，掏出藏在小衣裡的火摺子，迅速一吹，往草垛子一放，火勢瞬間蔓延。

燒了一個，封上上又往前面的草垛子跑去，如法炮製地一連點了十幾個草垛子，村子裡一時火光沖天、濃煙滾滾。

追她的人看見著火了，頓時大驚，急著喊人滅火，要是不滅的話，說不定會把全村都燒了。

一部分人跑去滅火，另一部分跑得快的繼續追封上上。

封上上覺得肺要炸了、呼吸也快停止了，但她不敢休息，只能咬牙狂奔，眼看就要出村了，結果不知何時有人繞到了村口，攔住她的去路，與她身後之人呈夾擊之勢。

眼看他們朝自己撲來，封上上立刻轉了方向，往唯一有缺口的西邊衝去。

她一直跑、一直跑，抵達盡頭之時，卻看見一片三面環山的巨大水潭——沒路了！

封上上的心跳差點暫停，往後一看，那些人已經追了上來，個個手裡拿著刀和鋤頭，看著她的眼神凶狠嗜血，很明顯，他們一定不會放過她。

掉頭跑是沒機會了，前是水潭，後是追兵，只能擇其一而行。

思索間，身後之人逼近，揮著刀朝她砍來，封上上沒辦法，只能「撲通」一聲跳下水。

追。

那些人見封上上跳了下去，神情全都怪異起來，站在岸邊往水潭裡看，沒一個人下水去

「村長，怎麼辦？」有人朝一位長者問道。

他問的人名叫穆合，是這秋山村的村長，他曾多次跟衙門打交道，聲稱自己什麼都不知情。

穆合眼神狠戾地盯著水潭，神色陰沈，半晌後道：「咱們就在這兒守著，她一上來就抓住，要是她不上來，那就是自找死路了，怪不得人。」

封上上跳進水裡，不敢冒頭，只能在水下游動。她諳水性，但程度普通，無法在水下長時間憋氣，只能游到水潭中央，在憋不住的時候冒個頭，狠狠地呼吸一下新鮮空氣。

看到岸邊站著很多人，一個個表情陰狠地看著她，卻沒有一個人追過來。

封上上覺得不對勁，心想他們為什麼不跳下來抓她，偏要等她氣力放盡、自動沈潭？這水潭一定有問題！

封上上腦子裡閃過一個想法，她深吸一口氣，直直往潭底潛去，當她的腳觸到底部時，感受到的不是柔軟的泥土，而是一片凹凸不平的堅硬物品。

她看不清腳下那些到底是什麼，只能彎腰伸手去摸，這一摸，直接摸到了一根類似棍子的東西。

封上上的眼睛瞪大，當法醫這麼多年，她一碰便知自己摸到的是人骨。

這潭底，密密麻麻的全是人骨！

封上上狠狠地打了個激靈。

這一瞬間，她什麼都明白了。那個祖神根本沒有具體形象，是村民們幻想出來的，而那些被獻祭給祖神的人，全被投入了這水潭中。

封上上很想知道他們這麼做的原因，然而此刻不是思考這個問題的時候，岸邊那些人正等著她耗盡力氣，若是一直這麼在水潭中游著，不出一刻鐘便游不動了，到時她就會沈入潭底，與這些屍骨相伴。

怎麼辦、怎麼辦……怎麼做才能撐到應青雲找到這裡？

封上上一邊游、一邊思考起了辦法，不知道游了多久，她的手臂越來越沈重，漸漸沒了力氣，身體也開始發冷。

好不容易撐到了這個地步，然而封上上知道自己堅持不了多久了，等應青雲找到她的時候，說不定看到的就是一具面目慘白的浮屍……

嗯？浮屍?!

封上上靈機一動，想起了落水者的自救法，她停止活動手腳，仰面朝上，深吸一口氣，然後屏住呼吸，慢慢打開雙臂，讓自己呈大字型。漸漸的，她浮在了水面上，可以自由呼吸空氣，卻不會往下沈。

遠遠地看，封上上像是一具浮屍，站在潭邊的人察覺到她的情況，一個個大驚失色。

「村長，她是淹死了嗎？」有人問。
有人反駁。「人淹死後怎麼可能馬上浮起來？最起碼要兩天時間。」
「可她就是浮起來了啊，不是淹死的，又是怎麼回事？」
「我們要不要去看看？」
「你找死啊？進去水潭裡祖神會怪罪的，到時候收了你的命！」
「那怎麼辦？」

第三十四章　大難不死

「夠了，都閉嘴！」穆合被他們吵得心煩，猶豫了半晌，才道：「不能下水，不然祖神會怪罪的，你們留幾個人在這裡看著她，有什麼狀況就來報告，其他人跟我走，得盡快把那幾個供品轉移地方，這女人鬧出這麼大動靜，萬一被官府的人找上門就麻煩了。」

「沒事的村長，咱們村口有人放哨，衙門的人來了會提醒，現在沒人來通知一聲，說明衙門的人沒發現不對勁。」有人自信地說。

「對，隔那麼遠呢，他們哪能看見草垛子著火？沒事，他們不會來的，再說，就算來了，他們也發現不了什麼。」

關於隱蔽性這點，原本穆合也很有自信，但不知道怎麼回事，總覺得心很慌，必須轉移那些供品才能安心，於是匆匆忙忙地帶著人趕去牢房。

然而，他們才剛朝那邊接近，就被不知道從哪兒冒出來的官兵和衙役給團團包圍了，留在村裡滅火的人皆被綁起來扔在地上，被人用刀架著脖子。

最重要的是，知縣大人也來了。

穆合心中大驚，但面上卻露出一副害怕茫然的樣子，朝著應青雲問：「知縣大人啊，這是怎麼了？好好的為什麼要綁住大夥兒？咱們可都是老老實實的農民啊！」

應青雲冷冷地看著他，嗓音沙啞地道：「你們剛剛追著跑的姑娘如今在哪兒？」

穆合滿臉詫異，急忙道：「知縣大人，草民怎麼聽不懂您在說什麼啊，咱們怎麼會追什麼姑娘呢？」

吳為上去就給了穆合一腳，拔出腰間的刀架到他脖子上，厲聲喝道：「你還裝！這些草垛子就是被那姑娘燒的吧，你們這又是刀、又是繩的，是在追誰?!」

穆合嚇得渾身發抖，但還是努力辯解。「不是，吳捕頭您誤會了，草垛子是村裡的孩子調皮給燒著的，咱們剛剛帶著人把火滅了。」

「你還嘴硬！」吳為又狠狠地給了穆合一腳，踢得他半天爬不起來。

應青雲的視線在著火的草垛子上停了一下，又看往村口的方向，腦中想像出封上上逃跑時會遇到的情況，眼神一定，便邁步往西邊走去。

吳為見狀趕忙跟上。「大人您去哪兒？」

應青雲大步大步地往前走。「她往那個方向去了。」

吳為不明白自家大人為什麼會篤定封姑娘在西邊，但也沒問，帶著幾個衙役跟在他身後一路往西趕。

應青雲越走越快，到最後幾乎是用跑的，吳為差點沒跟上，不由得心驚。

自家大人一向處變不驚、淡定沈穩，似乎什麼事都不能讓他失態，然而此刻，他卻慌忙地跑了起來，看來他真的很看重封姑娘，只希望封姑娘沒事！

一行人一路往西，結果盡頭沒路了，只有一個巨大的水潭，而潭邊正站著好幾個拿著傢伙的村民。

吳為二話不說地帶著幾個衙役拿下這群村民，回頭正要找應青雲，就見他已經跳下水，逕自往深處游去。

「大人——」吳為大驚，也跟著往下跳。

應青雲一路往水潭中央游，游得比任何時候都快，快得吳為都追不上。他心急如焚，心臟不受控制地狂跳，滿腦子只有一個念頭：她不能有事。

一路游到封上上身邊，看她緊緊閉著眼睛，嘴唇和臉龐都白得毫無血色，身體也很涼，應青雲的心狠狠一抖，一把托起她的頭，一邊帶著她往岸邊游，一邊呼喚。「封上上！封上上！」

然而無論怎麼喊，她都沒反應。

應青雲死死咬著牙，加快游水的速度，最後由岸邊的衙役們合力將他倆給拽了上去。

顧不上喘口氣，應青雲一面讓人去叫大夫，一面捧著封上上的臉一遍一遍地在她耳邊呼喚。「封上上，醒醒！醒醒！」

應青雲一直呼喚，卻始終不敢將手指放到封上上的鼻前看她還有沒有呼吸。

「大人，卑職醒啦……」不知道呼喚了多少遍，封上上終於慢慢睜開眼睛，笑著看向他。

應青雲定定地看著封上上，狠狠地鬆了口氣，想說話，卻一個音都沒發出來。

封上上抓住應青雲的手臂慢慢坐起來。剛剛她的確失去了意識，隱約感覺有人來到她身邊，帶著她游動，但就是睜不開眼睛，眼前混混沌沌的一片白光，似乎有什麼在拉著她往深處沈淪。

她覺得好累，想徹底休息，但耳邊卻傳來一聲聲呼喚，有人在叫她，有人想要她醒來，她想不起來這是誰，不過潛意識裡似乎覺得這人很重要，不能讓他失望，於是她拚命睜開眼，努力讓自己醒來。

一醒過來就看到應青雲，封上上忍不住笑了，這人……的確很重要呀。

「大人，這個村的人全參與了此案，他們把人拐回來不是為了賣錢，是為了獻祭，那些人被投入這水潭裡，潭底都是屍骨。」封上上順了口氣便開始交代案情。「他們在地下建了個牢房，人都被關在下面，入口便是房間的衣櫃，那個房子的院子裡有棵梔子花，門口有兩棵柳樹，還有一個大水缸。」

應青雲朝吳為示意，吳為立刻帶著人去搜。

看著她，應青雲問道：「其他的交給他們，別操心，妳身上有沒有傷？」

封上上嘆了一口氣。「倒是沒被傷到，但是挨板子的傷在打架時裂開了。」

應青雲沒說什麼，說道：「還能起來走嗎？妳得盡快下山看大夫。」

封上上眨眨眼。「可是卑職渾身都痛，一點力氣也沒有。」

應青雲沈默。

「大人，不然您抱卑職吧，反正剛剛在水裡都抱了。」這話封上上是湊到應青雲耳邊小聲說的，畢竟旁邊還有兩個衙役，要是被他們聽到，估計會目瞪口呆。

應青雲看了她兩眼，轉身對身後的衙役吩咐道：「去村裡拆一塊門板，過來把封姑娘抬下山。」

兩個衙役立刻跑去拆門板。

無情！冷酷！封上上差點沒罵出口。

「人家都這樣了，您還這麼狠心。」封上上噘嘴，控訴地看著他。

應青雲盯著她，臉色有點冷。「妳為何故意跟來此處？知不知道這樣很危險?!」

封上上嘀咕。「卑職只是想找到密道，若是當時讓人跑了，還不知道要多久才能找到呢，就算把那人抓住了，他若是不肯供出同夥和藏人之所，那就找不到被拐走的黃芽兒等人了。」

「那也要先保護好自身安全，萬一妳一進來就被他們控制住了呢，妳想過要面臨的是什麼境況嗎?!妳以為妳力氣大就沒事嗎，自己身上的傷都還沒好就敢這麼衝動！」

封上上第一次看應青雲這麼生氣，不由得縮了縮脖子，用手抓住他的衣襟搖了搖。「您別生氣呀，這次是卑職莽撞了，下次會改。」

應青雲還是繃著臉。

封上上伸出食指在他手臂上戳戳戳，委屈兮兮地說：「人家都這樣了，您還繃著臉嚇人，卑職的傷口都要被您嚇得長不好了。」

這是什麼邏輯？應青雲無語。

封上上繼續戳戳戳。「卑職被他們關了起來，他們要欺負卑職，卑職拚死反抗，他們就餓了卑職三頓，整整三頓您知道嗎？餓得眼睛都冒金星了，卑職還拚命跑，又在潭裡游了那麼久不敢上岸，想想都覺得自己可憐，您還不可憐可憐卑職？」

應青雲突然間氣不起來了，抿緊的唇角不自覺鬆動，終是緩了臉色，問道：「可有被欺負？」

看他終於不繃著臉了，封上上鬆了口氣，笑著道：「當然沒有，倒是他們被卑職欺負了。」

應青雲挑眉。「怎麼被妳欺負了？」

封上上想起自己幹的那些事，咳了咳，轉移話題道：「您是根據卑職留下的布條，一路找過來的嗎？」

應青雲自然看出她是刻意不說，也沒拆穿，順著她的話道：「嗯。那天妳失蹤，朱奶奶去衙門找我，吳為帶人找了所有妳會去的地方，最後在西市的一條巷子裡找到妳留下的布條。」

他沒說的是，其實是他親自帶人去找，找遍了所有她愛吃、愛去的那些鋪子。

「然後呢？多久才找到密道？」

「費了不少時間，第三天才找到入口。」

封上上掀開自己只剩下一層外布的裙子。「這個時節的衣服還薄，卑職只能把內襯撕下來留布條，數量有限，的確是讓人難找了些。」

應青雲的視線只在她裙上停留了一秒便移開，嘴角掀了掀。「虧妳想得出來。」

「哈哈，卑職靈機一動就想出來了。」

「以後可別再『靈機一動』了，回去好好養傷，等傷徹底好了再出門。」

「那這潭底的屍骨怎麼辦？」

「讓張仵作來，這點小事不須妳操心。」

「哦。」封上上閉了嘴，看來她短時間內是別想出門了，奶奶估計要把她給牢牢綁在床上養傷。

唉，好不容易終於不用趴在床上了，結果沒高興幾天又要回去趴著，想到自己那並不優秀的胸，封上上一陣傷感。

很快的，兩個衙役就把門板給抬了過來，封上上自己挪了上去，背部朝上，免得壓到臀部的傷口。

後面的事情封上上就不知道了，她一路被送下山進了醫館，由大夫醫治過後又被送回家，接著被朱蓮音哭著罵了一頓，繼續過起養傷的生活。

封上上很想知道案子的後續，想知道秋山村的人為什麼要祭祀什麼祖神，也想知道黃芽兒還有劉蓉蓉怎麼樣了，更想知道其他孩子有沒有找到。

然而朱蓮音虎著臉，堅決不讓封上上出房門，她只能老老實實地趴在床上。

幸好，應青雲第二天便來探望封上上了，她才知道案子的來龍去脈。

原來秋山村的人都短命，不管是男人還是女人，大多數活不過四十五歲，給她們送飯的路梅和她的駝背丈夫席深是村裡最長壽的人。這兩人的兒子和孫子早早就過世了沒錯，可兒媳婦不想守寡，便偷偷跑出村，只是他們對外都說她死了。

秋山村裡生出來的孩子夭折率也很高，能順利活下來的少之又少，村子裡的人口數逐漸下降。他們不是沒想過檢查身體有什麼毛病，可大夫什麼都看不出來，錢沒少花、藥沒少喝，死的人卻越來越多。

由於人口越來越少，生產力不足，導致秋山村越來越窮，成為崇明山一帶最衰落的村子，外面肯嫁過來的女人不斷減少，到最後村裡的男人基本上娶不到媳婦，打光棍的比比皆是。

秋山村的村民們絕望而無助，就在此時，一個路過的道士對他們說，他們村是被詛咒了，若是再不想辦法，那後果便是滅村。

村裡人像是抓住救命稻草般客氣地招待這個道士，問他解決之道。

道士說自己能替秋山村請一尊祖神，讓祖神在村中神隱，只要他們好好伺候祖神，那麼祖神便會保佑村民，為他們去除災禍。

村民們大喜，立刻讓道士替他們請祖神，那道士選定秋山村最西邊的水潭，開壇作法將祖神請入水潭之中。

道士告訴他們，每逢祖神的誕辰，也就是端陽節之後一段時間，需要向祂獻祭兩個妙齡女子以及一對童男、童女，只要將人綁著石頭沈入潭底，那些人就會去祖神身邊伺候。但那些孩子不能是乞丐，否則就是侮辱祖神。

村民們深信不疑，很快就展開了第一次祭祀，為了保佑全村人，他們忍痛從村中選了一對童男、童女以及一對沒生過孩子的女子，將他們投入水中獻給祖神。

然而，村裡的孩子和女人本來就少，壓根兒無法持續祭祀，全村人聚在一起商討，最後決定派身強體壯、機靈些的人出去誘拐孩童與女子回來。

為了不被發現，他們集全村之力修建了一個地下牢房，至於密道，是村中本來就有的，他們又利用植物遮掩，外人便發現不了。

利用密道和牢房，他們成功地誘拐了許多孩童與女子，開始了一年年的祭祀，從未被人發現。

統計潭底撈上來的屍骨數量，他們一共害了孩童十二名、女子十二名，另有六名女子雖然因為懷上了孩子而倖免於難，卻被每日囚禁在屋內，出不得門一步。

變故就出現在今年的端陽節晚上，剛子被封上上追趕而失了手，衙門因此加強巡邏。村民們著急，不得不大著膽子在端陽節隔天一口氣拐了兩個孩子。

本來無事，但看守的人不小心讓其中一個孩子，也就是小翔逃了，那孩子摔死在山上，引起了官府的注意。

他們雖然怕被發現，卻更怕祖神發怒。由於小翔死後每戶人家都將孩子看得很緊，只能找自家村裡一個快病死的男孩頂上，又冒著被逮的風險抓了劉蓉蓉，直到在西市的小巷中碰到封上上這麼個不能惹的，導致全村被端。

聽完事情經過，封上上不禁感到匪夷所思。「這個祖神明顯是騙人的，就算祭祀再多姑娘和孩子，他們村的情況肯定沒好轉，怎麼就繼續信這個狗屁祖神呢？都沒腦子嗎？」

應青雲淡淡地道：「那些人只是需要在絕望時找到信仰和寄託罷了，有些事情可以選擇看不見也聽不到，可以為自己找到一百個理由。」

封上上想想也是，道：「他們大概知道不能坐以待斃，不然就不會欺辱被抓去的女子，想讓這些女子為他們孕育血脈。」

說到這裡，應青雲突然想起被抓的村民當中，有兩個傷到下體徹底「廢了」的男子，這麼說，傷這兩人的便是……

他終於明白她說的那句「當然沒有，倒是他們被卑職欺負了」是什麼意思了，只能說他們實在是倒楣，遇上了她這麼個厲害的瘋丫頭。

封上上還不知道自己露餡了，又問他。「這一切的根源都是那個胡說八道的道士，他們有沒有說他是誰？這種人就要抓起來打死才行！」

應青雲臉色微沈。「他們並不知道那道士姓甚名誰，只說是一個雲遊四方的老道，無人知曉他在何方。」

封上上捶了一下床沿。「肯定是個邪道，若是到處胡謅，還不知道要害多少人呢！」

應青雲沒說話，天下之大，想找到這麼一個人，太難了，基本上沒希望。

封上上嘆了口氣道：「算了，不說這人了，這個村的人到底得了什麼毛病？為何好好的會短壽？」

應青雲搖頭，神情帶著難得的疑惑。「大夫看不出什麼。」

封上上若有所思。她猜測秋山村的人應該是有什麼隱性的遺傳疾病，這個時代的醫術看不出來，而這種病會一代傳一代，導致孩子也短命，長此以往，村裡的人口便逐漸減少。

不過，這話封上上沒說出來，畢竟此時的人完全無法理解這種論述，包括聰明的應青雲在內。

「那個女孩呢？你們找到了嗎？」

「找到了，那間牢房一分為二，在關妳們的地方旁邊還有一個房間，女孩就關在那裡，除了瘦了點，其他的沒問題，我們已經把她送回她父母身邊了。」

「那就好，黃芽兒和劉蓉蓉怎麼樣了？昨天卑職逃跑的時候來不及帶她們一起走，回來也沒見到她們。」

「劉蓉蓉還好，就是黃芽兒……」

封上上明白黃芽兒想要恢復很困難，畢竟一個黃花大閨女，遇到這種事連她都不能保證想得開，更何況黃芽兒這樣從小生活在封建思想中的姑娘，再加上回去以後難免碰上流言蜚語、遭人指指點點，到時又是一大打擊。

最好的辦法就是黃芽兒的父母帶著兒女搬家，搬去一個誰也不認識他們的地方，然後一切重新開始，就是不知道她父母會不會這麼做。

正事說完，兩人忽然沈默下來，四目相對，空氣中似乎染上了一些曖昧的氣息。

應青雲率先移開目光，以拳抵唇輕咳了一下，站起來道：「妳好好養傷，我先走了。」

「不許走！」封上上嬌喝一聲。

她不想讓他就這麼走了，跳進那水潭的時候，她其實沒那麼有自信，很怕自己再也回不去了。

在水面漂到逐漸失去意識時，封上上真的以為她會就這樣死去。那時她滿心遺憾，遺憾沒親口說喜歡他，遺憾可能再也沒有機會和他在一起了，更遺憾以後陪在他身邊的那個人不是自己。

第三十五章　告白遭拒

這次大難不死，封上上突然感悟到生命的脆弱與無常，「人生苦短，及時行樂」這句話說得很有道理。

她中意他，想跟他在一起，這便是目前她最想行的樂。

應青雲腳步一頓，回過身來。

「那天我問你心裡是不是有喜歡的姑娘了，你說這是私事，不與我這個外人道。」封上上嘴裡的稱呼都改了，直視著他的眼睛。「如今你的想法還是一樣嗎？」

應青雲平靜地看著封上上，緩緩道：「那天……我說話不好聽，對不起。」

「那現在呢？」封上上還是一眨不眨地盯著他，努力掩飾自己的那一絲絲不自在。「你是個聰明人，應該知道我對你是什麼意思吧？」

這話一說出口，連封上上這個女漢子都有點臉熱，畢竟是第一次當面對男人表白。

她以前一直覺得自己會單身到老，就算不單身到老，也只可能是遇到了一個非常愛她、對她死纏爛打然後求她答應的男人，沒錯，就是這麼自信。

哪想到後來是自己看上了別人，開口對他表白，而這個男人的態度還讓人捉摸不透。

不過沒關係，她臉皮厚，主動也沒關係。

「我……」應青雲動了動唇，卻什麼都沒說，眼神晦暗不明。

封上上嘆了口氣，乾脆再直接一點。「應青雲，我喜歡你。」

聞言，應青雲似乎被人施了定身咒一般一動也不動，臉上的表情也是毫無變化，讓人看不出他在想什麼。

「你就沒什麼想跟我說的？」封上上納悶了。要麼就喜歡，要麼就不喜歡，面無表情又不說話是什麼意思？這話很難回答嗎？況且，說她自戀也好，她覺得他對她並非全無感覺，她出事的時候，他明明就很緊張、很慌亂，那可不是普通的上下屬關係能解釋的。

「我……」半晌後，應青雲終是開了口，語氣帶著一絲難以讓人察覺的艱澀。「我不像妳以為的這般好，跟我在一起，也沒有妳想像中那麼好。」

封上上不明白應青雲為何會這麼說，反駁道：「你是什麼樣子，我看得到，我覺得你很好。」

應青雲偏過頭去，目光不知落在哪裡，低低道：「妳根本不了解我，妳看到的只是表面，內裡如何妳又怎知。」

封上上突然想到什麼，神情古怪地盯著他，小心翼翼地問：「難不成你有什麼不良嗜好？你其實很好色？」

應青雲沒想到她會是這個反應，一時之間不曉得怎麼回，只簡單道：「沒。」

這麼多年，他連其他姑娘的臉都沒多看一眼，甚至打算一輩子孑然一身，談何好色？

封上上又問道：「那你……是有什麼很嚴重的疾病不成？」

應青雲搖頭。「也無。」

封上上的視線不由自主地由應青雲的臉往下移動，滑過修長的脖頸、勁瘦的腰，然後在某個部位定住。「難不成，你……不舉？」

饒是淡定如應青雲也被這句話給弄得哭笑不得，他雖然寡慾，但不代表不正常。他扶了扶額，過一會兒才擠出四個字。「當然不是。」

封上上狠狠地鬆了口氣，頂著他一言難盡的眼神，清了清嗓子，裝作沒事般說道：「哈哈，我開玩笑的呢……」

應青雲沒說話，就這麼無言地看著她。

封上上撓了撓頭。「那……莫非你從小就訂了娃娃親，有個未婚妻？又或者你爹娘眼光高，看不上我這麼個小小的村姑？」

「都不是。」應青雲低聲道。

封上上心中提著的那口氣徹底吁了出來，整個人放鬆了。只要不是好色或生了重病，不是已有對象，更不是爹娘反對，那其他的都不是問題，只要他願意帶她面對，她能陪他一起克服。

「既然以上這些都不是，其餘狀況我都願意接受，所以我實在想不通你到底是什麼意思。」封上上想了想，又道：「如果你不喜歡我，那就直接說出來，讓我別白費心思好了，找什麼奇奇怪怪的理由搪塞我！」

「我……」應青雲張嘴想解釋，可是話到嘴邊又猶豫了。她無所畏懼，他也能跟著毫無負擔嗎？明明知道那些人不會放過自己，真的要帶她一起涉險嗎？

應青雲承認自己對封上上動了心，她的一切都吸引他的目光，上次她生氣不理他，他很難受，忍不住在她養傷時心軟了，答應她各種要求，買許多她愛吃的給她。

他告訴自己是因為打了她板子，心懷愧疚才加以補償，可說一百遍也騙不了自己，他不過就是找藉口靠近她而已，明明知道不應該，但就是沒控制住自己。

面對封上上，他多年來引以為傲的自制力崩潰瓦解，現下已經錯了一步，接下來還要繼續這麼錯下去？

封上上等著應青雲的解釋，可等了半天也沒等到，心中的失望翻江倒海而來，氣得把頭轉向床內側，再也不看他一眼，壓抑著不快道：「我知道了，你走吧。」

「我……」應青雲看著封上上的後腦杓，幾次想說些什麼，可理智又阻止了他。最終，他輕輕一嘆，轉身離去。

見應青雲真的走了，封上上閉上了雙眼，努力把眼淚給逼了回去。

接下來幾天，應青雲沒再出現，封上上也沒提起過他，照常吃、照常喝、照常睡，就像忘了這個人一般，所以朱蓮音並未看出什麼。

這次的傷不像上次那麼嚴重，休養了幾天便沒事了，但封上上不想立刻回衙門報到，畢竟不是天天都有需要仵作驗屍的案子。

她想起自己打算學騎馬這件事，於是拎著一壺酒與一食盒飯菜前往景皓的居所，來一場請師宴。

封上上是特地找景皓休沐的時間上門的，他自然在家，景皓的貼身小廝把她請進了堂廳，沒一會兒景皓便匆匆趕來。

「桃花釀、紅燒肉、粉蒸排骨、荷葉雞。」景皓一進門就把視線定在食盒上，一連串地報出了菜名。

「我說景大人，你這鼻子未免也太神了吧。」封上上實在是佩服他，這人對美食的熱愛程度一丁點都不輸給自己，只能說是同道中人。

「嘿嘿……」景皓不客氣地打開食盒，嚥了口口水。「妳這是無事不登三寶殿啊，找我有事？」

「不是說請你教卑職騎馬嗎，這是請師宴，等學會了，再給你來個謝師宴，菜色比這更豐富。」

景皓笑了起來。「我就喜歡妳這樣會做人的，騎馬這事情好說，明兒個我就教妳。」

封上上也不打擾，起身告辭。

景皓拎著食盒走回書房，笑著對坐在裡面的人說：「今兒個有口福嘍！」

應青雲的視線落在他手裡的食盒上，微微出神。「她送你的？」

「當然！」景皓急忙把酒菜從裡頭拿出來，擺到一旁的桌子上。「小仵作還說了，後面有更豐富的。」

應青雲看向桌上的菜，半晌後才問：「她為何要送你飯菜？」

景皓得意洋洋地說：「你不記得了？前一陣子她不是說請我教她騎馬嗎，這不來請我了？這小仵作就是有眼光，知道我馬術好，一請就請個最厲害的。」

「她身上的傷都好了？能騎馬？」

「肯定是好了才來請我的啊，沒好怎麼可能學騎馬。」景皓說完，問道：「要不要跟我一起吃？這飯菜可香了。」

「不了。」應青雲站起身。「我還有事，先走了。」

「欸，調職的事情你不說了？你到底怎麼打算的啊？」景皓忙問。

應青雲沒應聲，逕自離開。

「這人真是的，多說句話會死啊。」景皓嘀咕，但很快就被飯菜的香味給吸引，低下頭大快朵頤起來。

第二天，景皓騎著自己的愛駒，帶著封上上去了城外一處寬闊平坦的草地，那裡可以當成馬場使用。

景皓雖然文這方面不行，但在武方面還是很厲害，騎馬便是箇中好手，馬兒在他手下別提多乖了，看得封上上恨不得能立刻跟他一樣厲害。

封上上沒有馬，景皓很大方地把自己的愛駒借給她培養感情，先是讓她拉著馬繩轉了一圈，然後又帶著她給馬兒餵食，半天下來馬兒便跟她混熟，也肯讓她碰，甚至願意讓她騎了。

景皓頗為驚奇地「嘿」了一聲。「我這馬兒平時脾氣大得很，不輕易讓人碰，這麼多年來我的貼身小廝都沒能騎上牠的背，沒想到才半天就讓妳騎了，妳這魅力不小啊！」

封上上說道：「你知道為什麼嗎？」

景皓好奇地問道：「為什麼？」

封上上道：「因為你這馬兒是公的，喜歡看美女，卑職又是美女中的美女，所以牠自然喜歡嘍。」

景皓忍不住翻了個白眼。「妳是我見過臉皮最厚的姑娘家了。」

「謝謝。」封上上照著他教自己的方式翻身上馬，馬兒很乖，穩穩地馱著她。

景皓牽著韁繩拉著馬兒走，一邊走、一邊道：「我先帶妳感受一下騎馬的感覺，妳的腿不要用力夾馬腹，放輕鬆。」

封上上依言照做，馬兒在景皓的牽引下馱著封上上慢慢地往前走。

「對了，妳家裡收拾好了嗎？」景皓隨口問道。

「嗯？」封上上不解。「收拾什麼？」

「妳不知道嗎？你們家大人升遷了，下個月便要去南陽府上任知府，自然要帶些用得慣的人手，妳這個厲害的小仵作，肯定在他的名單上啊。」

「升遷了？」封上上愣住，一時之間不知道說什麼。

「這件事其實多虧了顧將軍，據說他在聖上面前把青雲上任以來的功績都說了一遍，聖上這才想起他的，不然啊，好處最後都會落在他頂頭上司身上。」

應青雲一個堂堂的榜眼，硬是被人設法丟到西和縣這個鬼地方，他也真是不容易。

「不過啊，這表面看上去是好事，但其實是個燙手山芋，也是沒人敢接這差事了，青雲才有了機會。」

封上上訝異道：「什麼意思？」

景皓說道：「這話妳聽過就算了，可不能跟別人說啊。前南陽府知府在任內自盡，聖上震怒，既需要人頂上那個位置，又需要人查明他的死因，可誰都知道內情不單純，有背景的都不願意去，恰好聽顧將軍說青雲斷案厲害，於是選了他。他這一上任就面臨這麼大的考驗，要是幹得不好，說不定烏紗帽得掉。」

封上上一驚。「這麼嚴重？」

「是啊，那裡頭的水深著呢，所以他這次一定要帶些自己人去，尤其是妳，一定要去幫幫他，不然他獨木難支。」

帶她一起去？封上上不吭聲了。誰要跟這麼個三番兩次拒絕她的人一起去啊？他重新去找個仵作吧！

封上上花了兩天時間便學會騎馬，不過騎得還不熟練，需要多練習，於是她便借了景皓的馬，每天早上準備好乾糧，牽著馬到城外去，在草地上騎個大半天，傍晚再牽著馬回來，快樂得很。

以吳為為首的衙役們還牢牢記著封上上說的話，「每次破了大案之後便會給飯堂來幾個新菜式」，衝著這句話，他們辦案時都格外有勁。看看他們以前吃的是什麼，再看看現在吃的是什麼，那可都是封上上的功勞啊！

好菜不嫌多，前一次做出來的菜他們也吃了一段時間了，當然想嚐嚐新花樣，於是從把秋山村的人都逮回來那一刻開始，他們就在期待封上上的新菜式了。

哪知道封上上先是在家裡養傷，後來傷好了，她竟連續多天不到衙門露面，改去學騎馬了。

就為了學騎馬，他們的新菜式沒了！

不說衙役們，就連雲澤都覺得情況不太對勁，忍不住跟應青雲嘀咕。「封姑娘怎麼還不來，以前多積極啊，沒她的事也會來衙門跟著查案的……少爺，您可得說說她。」

應青雲埋頭寫文書，沒應聲。

雲澤又道：「少爺，您就快要去南陽府了，您跟她說要帶她一起去了嗎？」

應青雲拿筆的手一頓。「沒。」

「還沒說啊？」雲澤急了。「這一去，封姑娘可是要背井離鄉，是大事！您不提前說，讓人家考慮考慮，萬一她捨不得離開這裡怎麼辦，到時候都沒時間勸說。封姑娘那麼厲害，要是不跟著一起走，我們上哪兒再找個這麼好的仵作？」

應青雲繼續動筆，沒回答這話。

「不行不行，小的去說。」雲澤站起來就往門外走。「少爺您此番去不亞於進入龍潭虎穴，小的總覺得封姑娘是您的福星，有她在，任何案子都能破，無論如何都得把她給哄去，這樣小的心裡才踏實。」

應青雲抬起了頭，雲澤的身影已經消失在門口。

雲澤來到幼餘堂的後院，剛進去就聞到一股十分誘人的香味，他定睛一看，只見封上上站在院子中央，面前擺著好幾個火爐，爐子上架著「網狀的鐵盤」，鐵盤上擺著一串串吃食，五花肉、里脊肉、豬蹄子、雞腿、雞翅、馬鈴薯、茄子……

封上上正在一邊翻動這些吃食，一邊往上面撒東西。

雲澤壓根兒看不懂她在幹什麼，吃食不都是要放進鍋裡燒的嗎，把它們串起來放在鐵盤上是怎麼回事？這能吃嗎？

可為什麼用如此奇怪的方式弄出來的吃食會這麼香？

雲澤一臉茫然地走上前，一邊吸了吸鼻子，一邊問道：「封姑娘，您這是在幹什麼？」

「雲澤你怎麼來了？」封上上擦了擦額頭上的汗。「我還準備讓六子下值的時候喊你呢，沒想到你自己倒是來了，正好，吃完燒烤再回去。」

「燒烤？」雲澤指著她面前的東西。「您做的這個叫燒烤？」

「這些吃食都是在火上烤出來的，所以叫燒烤，夏天吃燒烤就著酒，那可是人間一大美事！」封上上說著說著自己先流了口水。

前世夏天她最喜歡的事就是下班後約同事或朋友吃燒烤配啤酒，那滋味簡直美得冒泡。後來為了方便，手殘的她還苦練燒烤技術，最終獲得一眾吃貨的一致好評。

不過到這裡來之後，封上上一頓燒烤都沒吃上，實在是饞了，於是跑去鐵匠那裡打了幾個烤肉網，準備自己烤東西來吃。

結果前兩天吳為等人跑來找她，不斷暗示她不要忘了破大案之後提供新菜式，那絞盡腦汁提醒她的模樣讓她肚子都笑得疼了，於是便把他們叫來，打算來一場燒烤盛宴。

吳為等人聽了很高興，雖然不知道什麼叫燒烤，但對封上上創造美食的能力還是很信服的，當下就各自跑去買了點食材送來，也就是她正在烤的這些。

雲澤聽完來龍去脈，忍不住笑了。「他們怎麼那麼饞啊，還好意思來找您。」

封上上倒是不覺得有什麼，笑著道：「民以食為天嘛。」

碰巧五花肉烤好了，封上上遞了一串給雲澤。「你嚐嚐看好不好吃。」

雲澤接過來，湊到鼻尖聞了聞，肉的香味一下子竄進鼻腔中，比紅燒出來的肉味還要香，香得讓人口水直流，也香得讓人短暫性失憶，反正雲澤是記不起自己為什麼來找封上上了。

他張嘴咬下一塊肉，又焦又嫩又香，多種滋味衝擊著感官，再由味蕾衝上大腦，整個身體乃至精神都獲得了享受。

雲澤豎起大拇指，嘴裡含著肉，口齒不清地道：「這樣做出來的肉太好吃了，封姑娘，論起吃我誰都不服，就服您。」

封上上毫不謙虛。「那是，論起吃，我都佩服我自己。」

「好啊，你倒先偷吃起來了！」門邊傳來一道怒喝，吳為帶著一眾衙役從外面飛奔進來，一看雲澤在享用美食，簡直不能忍，跑上前就要搶他手裡的肉串。

雲澤趕忙拿著肉串逃命，堅決守護自己的美食。

「好了好了別搶了，大夥兒都有，今天包准吃飽！」封上上喊道，將已經烤好的各種烤串擺到一邊的盤子上。「這些都能吃，你們先用，再來兩個人幫我一起烤。」

其他人聞言馬上放過雲澤，轉而飛快跑到封上上身邊，一人搶了一串往嘴裡塞，搶完後就地蹲下，不顧形象地埋頭狂吃，跟乞丐差不多。

第三十六章　一別兩寬

等雲澤吃完手上的肉串，也跑過來加入搶食大軍，但他沒搶過其他人，肉串都被搶走了，只剩一串烤蘑菇。

雲澤撇了撇嘴，不情不願地蹲在地上啃蘑菇，結果進了嘴才發現，就算是素食也很好吃。

我的媽呀，有福了！

一群人很快就把封上上烤的東西全吃光了，不得不親自上陣烤起來，他們按照封上上教的不停為食材翻面，由她負責往上面撒調味料，等到她說可以吃了，他們便立刻拿起來往自己嘴裡塞。

合著就是自己烤給自己吃，一點都不便宜外人。

雲澤吃到差不多飽了的時候，被美食給占據的大腦終於清醒了幾分，也總算想起自己還有一個少爺。他在這裡享用美食，他家少爺是不是還在廢寢忘食地看書？要是沒他提醒，少爺估計不會記得要吃晚飯吧？

唉，他怎麼能把自家少爺給忘了呢！

雲澤趕忙停下嘴上的動作，跑去搶了幾串食材放到爐子上烤，讓封上上撒好調味料，等熟了之後，又去找朱蓮音拿了個食盒，把烤串放進裡面，準備帶回去給自家少爺嚐嚐。

走到門口的時候，雲澤的腦子又清醒了幾分，這才記起自己今天來不是吃好吃的，而是跟封姑娘說隨少爺一起赴任的事情。

他都幹了些什麼啊……美食誤他！

雲澤拎著食盒跑回來，把正在桌前邊吃烤串、邊喝酒的封上上拉到遠一點的地方說話。

封上上手裡還拿著一碗酒在品呢，問道：「你幹什麼？」

「我今天來是要跟您說一件正事的。咱們大人升任南陽府知府，月底就要啟程赴任了，屆時他會帶點人過去，封姑娘您準備準備，跟我們一起走吧。」

「我？」封上上臉上的笑容垮了下來，轉身往回走。「我可不去，你們另找他人吧。」

雲澤大驚，趕忙拉住她。「您為什麼不願意去啊？去了南陽府，您的月銀可是現在的三倍呢，不知道多少仵作想去啊，您怎麼就不願意呢？」

「誰愛去誰就去，我覺得待在西和縣挺好的，等下一任知縣上任，我就繼續替他幹活。」

「不是，封姑娘您為什麼不答應啊，是因為捨不得離開從小長大的地方？」

封上上搖搖頭。

「那是因為擔心朱奶奶？您要是去了，可以帶著她一起啊！」

封上上還是搖頭。

「那您到底是為了什麼啊？總有個原因吧。」

封上上看了看他，突然右手握拳放於胸口，一臉認真道：「我立志輔佐新知縣，將西和縣打造成辦公高效、經濟富裕、人民幸福且犯罪率超低的全國第一強縣！」

等雲澤拎著食盒走到應青雲的書房時，還是沒琢磨透封上上剛剛在說什麼。

一見到雲澤，應青雲便微微蹙眉道：「去哪兒了，怎麼去了這麼長時間？」

雲澤羞愧地撓撓頭，將食盒放到桌上。「對不起，少爺，本來小的找封姑娘說去南陽府的事，結果一去就看到她在做燒烤，那味道太香了，小的一個沒忍住，就和吳捕頭他們一塊兒吃了起來……少爺，小的給您帶了一些回來，您嚐嚐吧，真的很好吃。」

應青雲沒看食盒裡的東西。「吳為他們也在？」

「是啊。」雲澤道：「他們那群人臉皮厚得很，跑去找封姑娘討新吃食，於是封姑娘就請他們吃燒烤，他們一個個吃得路都走不動了。」

應青雲垂眸，看向食盒裡那從未見過的食物，默然無聲。

雲澤將裡面的烤串拿出來。「少爺，您快嚐嚐吧，封姑娘就是懂得吃，做出來的東西雖然奇奇怪怪的，但味道真好，小的差點吃得把自己的舌頭都吞了。唉，她要是不跟著去，以後可就沒口福了。」

應青雲猛然抬頭。「她說不去？」

雲澤嘆了口氣。「小的什麼理由都說遍了，她就是不去，還說要留下來輔佐新知縣，打造什麼……什麼第一強縣，反正大意就是輔佐新知縣治理好此地。少爺，新知縣不是您的同窗禹寒禹大人嗎，小的記得他頗有才學，為人也謙虛沈穩，應該不會小瞧女子吧？」

說完，雲澤又輕嘆。「封姑娘不願意去南陽府也沒辦法，到時候大人您可以給禹大人寫封信，與他多說些封姑娘的本事，想必禹大人會很喜歡封姑娘，也會重用她。」

應青雲不語。

雲澤繼續說道：「小的雖然很希望封姑娘一起去，但也不能違背她的意願，她若想留在西和縣也行，反正封姑娘性格好，也有本事，在哪兒都討人喜歡，在哪兒都能過得好，不需要擔心。唯一的遺憾就是以後吃不到那些新菜式了，到時候只能便宜其他人。」

應青雲唇角緊抿，將食盒推遠，站起來道：「我出去一趟。」

「欸？少爺您去哪兒？不吃晚飯啦？」

「你吃吧，不用等我。」話音剛落，應青雲已消失在門口。

雲澤撓撓頭，總感覺自家少爺像是有什麼心事，但少爺的心思一向深，不願意說的事他根本猜不到。

封上上晚上吃得高興極了，她一高興就有點放縱，跟吳為等人拚起了酒，一個人便喝了一小罈，讓眾人看得目瞪口呆，直呼女俠。

大夥兒散去後，封上上躺在床上睡不著，大概是酒喝多了，感覺渾身發熱，於是悄悄打開門，去了後院的遊樂場中。

她有點暈，踉踉蹌蹌地走到鞦韆那邊，坐了上去，後退幾步一晃，鞦韆便慢慢盪了起來，微風拂面，帶來一絲涼爽，驅走了心頭的躁熱。

封上上有股想哼歌的衝動，在哼唱之前，她還不忘來一段自我介紹。「各位親愛的觀眾們，接下來這位選手很特別，她不光有美貌，還有智慧，不光有智慧，而且能歌善舞，堪稱全能型選手，這樣的人可不多見。好了，廢話不多說，讓我們期待她的表演，有請封上上選手帶來一首〈壁花小姐〉，歡迎她！」

說完，封上上假裝成觀眾，為自己鼓了半天的掌，然後右手握拳放到嘴邊，歡樂開唱。「……敷個臉，保濕面膜on my face，晶瑩剔透，洗好頭，柔柔亮亮，泡個澡，閃閃動人……」

唱到高潮處，她從鞦韆上下來，單膝跪地，一手握拳，一手指天，大聲唱道：「美男子都為我傾倒，蒼蠅在身邊繞啊繞……沒有誰能比我花俏，金乘五也神魂顛倒……」

若是原唱在此，大概要大吼一聲「你他媽給我閉嘴」，因為除了歌詞，就沒一個音是對的，說一句魔音傳腦也不為過，偏偏封上上本人自我陶醉、無法自拔，儼然以為自己在開演唱會。

直到一曲唱罷，封上上才緩緩地睜開眼睛，從地上站起來，朝四周鞠躬。「謝謝大家，謝謝你們喜歡。」

最後一次彎腰時，她察覺自己的視線裡出現了一雙黑色的靴子，腳有點大，像是一雙男人的腳。

封上上眨了眨雙眼，慢慢抬頭，一點一點往上看——修長筆直的腿、勁瘦的腰身、寬厚有力的胸膛、修長的脖頸，最後是一張帥得能閃瞎人眼的俊臉。

除了應青雲，很難有第二個人擁有這種長相。

「您……您什麼時候來的？」封上上艱難地嚥了口唾沫，回想了一下自己剛剛幹了些什麼，這一瞬間，她想當作自己不存在。

「就是……」他的視線投向天邊的皎皎明月。「妳說她不光有美貌，而且有智慧，不光有智慧，而且能歌善舞的時候。」

封上上捂住自己的額頭，哀嘆命運捉弄。

「那個，您這麼晚了來這裡做什麼？」她決定轉移話題。

「妳……應該聽說我要去南陽府的事情了吧？」

「啊。」封上上放下手，露出一個微笑來。「聽說了，還沒跟您說一聲恭喜呢，恭喜大人升職啊。」

應青雲臉上的一點笑意消失不見，看著她不說話。

封上上向他拱了拱手。「此去山高水遠，經此一別恐難再見，卑職在這裡預祝大人步步高陞、青雲直上。」

應青雲臉色慢慢沈了下來，看了她好久才說：「妳有大才，去了南陽府會有更多施展空間，為何不願隨我一道去？」

封上上擺擺手。「一個姑娘家，到哪兒不都是仵作，唯一特別的就是前面得加個『女』字，卑職哪需要什麼施展空間，在西和縣挺好的。」

「妳……」應青雲一頓。「妳是不是在生我的氣，所以才不願去南陽府？」

「不不不。」封上上笑著搖手指。「卑職哪有那麼小氣，您不喜歡卑職就算了唄，卑職也不是沒人要，為什麼要死纏爛打，以後還有更好的在等著呢，生氣幹什麼。卑職就是不想離開罷了，以後在西和縣找個男人成親，再生兩個孩子，這樣的日子光想就不錯。」

應青雲的話全被她堵在嗓子裡，再也說不出來，只覺得胸口悶得難受。

封上上又道：「不早了，大人趕快回去休息，卑職也要睡了，等大人走的時候，卑職會和其他衙役們給您送行。」

說完這句話，她轉身離開，步履不穩地回了房，獨留應青雲一人在原地。

月底，一輛馬車在縣衙門口停下，車簾被小廝掀開，從上面走下一個男子，二十出頭，樣貌清俊、氣質溫和，望著縣衙大門露出一個淡淡的微笑。

他走上前去，對守門的田松與邵勳溫和道：「煩勞進去向應大人通傳一聲，就說新任知縣禹寒前來拜會。」

田松與邵勳早就知道自家大人升遷了，過段時間會有一位新大人上任，但不曉得具體什麼時候會到。他們等了好一段時間，沒想到今日不聲不響便到了，而且就一輛馬車與一個小廝跟過來，低調得跟自家大人來時一模一樣。

聽說兩位大人是好友，沒想到連行事作風都一模一樣，說不定他也跟自家大人一樣是個好官。

思緒飛快閃過，田松與邵勳躬身向禹寒行了一禮，而後由田松將他請進堂廳，並飛快去通知應青雲。

應青雲正在書房看書，聽聞田松稟報，露出一個微笑來，放下手裡的書便前往堂廳，一進去就見這位同窗兼好友正看著牆上掛的字畫。

「明謙。」明謙乃是禹寒的字。

禹寒回過頭來，笑著迎上前，雙手交握朝他躬身行了一禮。「應大人，下官有禮了。」

「明謙，別取笑我了。」應青雲無奈地搖搖頭。

禹寒笑了起來。「我哪敢取笑你，我是敬佩你。本來你被調來這個地方當知縣，所有人都覺得你沒有出頭之日了，背後多得是人笑話你，說明明是榜眼之才，卻被推來這個誰都不願意來的地方。可誰又能想到，你來這裡不過幾個月就升遷了，以二十五歲之齡坐上知府之位，你算是頭一人，當初笑話你的人現在肯定眼珠子都瞪出來了。」

「別人不知情況瞎說，你就別跟著起鬨了。」應青雲嘆了口氣。「南陽府知府這個位置為什麼會落到我頭上，我不說你也知道，說不定再過幾個月，我就要摘掉頭上這頂烏紗帽了。」

禹寒搖頭道：「別如此悲觀，你能在西和縣站穩腳跟，短短數月就破獲兩個大案，還找到了顧將軍的嫡子，這說明你的能力超群，聖上也是相信你才委以重任，你若是草包一枚，就是再水深火熱，聖上也不敢用你。」

應青雲苦笑了一下，沒再多說。

禹寒繼續道：「我來之前研究過你上任以來破獲的大案，背後都曲折無比，光是看文字都知破案不易，但這些案子的驗屍報告十分出色，有這般驗屍結果作為依據，破案的速度因此大大提升。敬昭，實話與我說，你手下是不是有個很厲害的仵作？我十分想見見他，討教一些問題。」

「你的眼睛一向厲害。」應青雲對禹寒注意到驗屍結果這件事一點都不驚訝，禹寒一向心細如髮、頭腦聰穎，要不然他也不會向顧將軍開口，讓禹寒來當知縣。

禹寒有才識、有頭腦、有抱負，為人正直且心繫百姓，卻因為族人曾犯了大錯，導致整個家族的子弟不受重用，就算中了進士，也沒被授予一官半職，枉費了他一身才學。

這次應青雲要離開，著實放不下在這裡經營的一切，其中最掛心的便是幼餘堂，若是換個不作為的知縣，幼餘堂肯定難逃關閉的命運，到時那些無家可歸的孩童將再次成為流浪街頭的乞丐。

因此，應青雲想找個信得過的人過來接替他，想來想去就禹寒最合適，於是他寫信請顧將軍幫忙，把禹寒調了過來。

應青雲道：「這些案子能順利偵破，的確跟我手下的一名仵作息息相關，她的驗屍手段高超，推理分析能力也極為優秀，我剛上任時，對破案還有諸多不通之處，正是有了她的幫助，才能如此快速破案。」

「竟有如此厲害的仵作？」禹寒大喜，迫不及待地道：「幫我安排一下，我想趁你離開之前盡快跟對方碰面。你也知道我是憑你才當上知縣的，我一定要把西和縣管理好，除了政務處理，斷案方面我還要多多學習。」

應青雲嘴角下意識地抿緊，想起封上上選擇留在此地，胸口就發悶，可他無法再勸她同行，是他一次次拒絕她的喜歡，現在她放棄了，想在西和縣安定下來，他有何臉面讓她跟他一起走？那晚去找她，讓她跟他去上任，已經是他能做到的最無恥的事了。

「你怎麼了？身體不舒服？」禹寒見他突然沈默，有點擔心。

「無事。」應青雲搖了搖頭。「你不須如此著急，這仵作……會留在這裡。」

「留在這裡？你的意思是他會繼續待在西和縣縣衙任職？」禹寒又驚又喜。「這麼厲害的仵作，對你的仕途大有助益，你怎麼不帶走？」

應青雲眼神一暗。「這名仵作有自己的想法與規劃，我不好強人所難。今後她在你手下做事，你多照顧一些吧。」

禹寒沒再追問，只道：「有大才之人，我自當多照顧。」

「你誤會了，她有大才，其他方面不須你刻意照拂，只是……」應青雲說道：「這仵作是名女子，女子辦差多有不便。」

「竟是女子？」禹寒訝異不已。自古官門無女子，更何況是整天與屍體打交道的仵作？普通女子便是看到一隻老鼠都要害怕，又怎麼會選擇這個活幹呢？

應青雲道：「這世間很多女子並不比男子差，只是世道對女子諸多限制罷了，便是後宅女子，要相夫教子、打理家宅、疏通人際，也不是簡單的事情，許多男子都不一定能做到。」

禹寒想了想，覺得他說得很有道理，不由得道：「敬昭，還是你看得通透，怪不得老師說我有許多地方不如你。」

應青雲苦笑，他哪裡看得通透，在感情這件事情上，他一塌糊塗。

接下來幾天，應青雲將西和縣的情況一一與禹寒交代，等到禹寒掌握得差不多、交接完畢時，終於到了應青雲啟程的日子。

這次赴任，應青雲帶走了吳為和六子，加上雲澤以及一定要跟著他走的景皓，一共五個人，總共兩輛馬車，輕車簡從，低調地離開此地。

除了雲澤曾偷偷去跟封上上說過，只有禹寒知道他們在今日離開，其他人一概不知，因此只有他一人送行，一直送到城外二十里，才不得不停下來。

幾人下了馬車道別，應青雲往來時的路看了一眼，而後對禹寒道：「回吧，別送了。」

禹寒抱了抱拳。「敬昭，下次再見不知何時，此去一路保重。」

應青雲點頭。

「你放心，你一手建立起來的幼餘堂我會好好看顧，按照你的想法繼續經營下去，不會讓孩子們沒了棲身之地的。」

應青雲朝他鞠了一躬，鄭重道：「謝謝。」

「說什麼謝，因為你，我才有機會出仕，我還沒跟你說聲謝呢，你的恩情我都記在心上，咱們就別說謝了。」

應青雲笑了笑。

「好了，時間也不早了，你們趕緊上路吧，萬一晚上找不到客棧落腳就不好了。」

應青雲的視線再次投向禹寒身後，可那條路上並沒有那人的身影，至於那晚說的為他送行……也許當時她喝多了，醒來便忘了吧。

第三十七章　峰迴路轉

嘴角抿緊，應青雲頓了好一會兒才準備上馬車，吩咐雲澤趕車上路。

雲澤也往來時的路看了好幾眼，但沒看到封上上的人影，不由得抱怨。「封姑娘竟然沒來送我們，這一走以後可就見不著了，怎麼能不來見我們一面呢，真不夠意思！咱們好歹相處了那麼長一段時間，關係多好啊，我還特地跟她說我們今天走呢，她都答應會來送行了，結果卻沒出現，該不會是記錯日子了吧？」

「應該不會吧。」吳為也覺得納悶。「封姑娘不是這樣的人，說不定是被什麼事情給絆住了。」

「什麼事情能有見我們最後一面重要，之後說不定都見不到了。」景皓也嘀咕。「我好歹是她師父啊，師父要走都不送一下，有這麼當徒弟的嗎，真是的。」

想到這一分別可能真的再也見不到彼此了，眾人心中都有點遺憾，全提不起勁來，直到離西和縣越來越遠，才慢慢平復心情。

到了午時，一行人在路上看到一個茶寮，景皓趕忙叫停。「我又累又渴的，咱們去那邊歇一歇，順便弄點東西墊墊肚子，乾糧實在是啃不下去。」

應青雲本不想歇息，但見景皓一直嚷著餓，便停了下來，將馬車拴在茶寮旁的樹上，幾個人走了進去。

說是茶寮，其實是間簡易的飯館，不管喝茶、吃飯或歇腳都可以，大堂裡面擺了十來張桌子，環境還算不錯。

這會兒正是飯點，裡面歇了不少人，桌子都坐滿了，唯有角落裡有張桌子只坐了一個男子，看著還能擠一擠。

雲澤道：「少爺，小的去和那人說一下吧，讓他和我們併桌，請他喝壺茶就是了。」

應青雲點頭。

雲澤走過去，朝那男子拱拱手，客氣道：「這位小哥，您旁邊還有人嗎？若是無人的話，可否與我們併桌？」

「好啊，你們坐吧。」那男子回答得十分乾脆。

雲澤一愣，心想這人聲音怎麼這麼耳熟，一抬頭，就見他嘴裡的「小哥」正含笑看著他。

「啊！封姑娘！您怎麼在這裡啊？還這副打扮！」雲澤驚叫出聲，引得大堂內所有人都看向他。

「不是說過要給你們送行嗎，我能言而無信？」封上上指指他。「你小子是不是在背後嘀咕我不夠意思了？」

被封上上一語說中，雲澤臉紅了，不好意思地撓撓頭。「我沒有……」

景皓走過來拍了拍雲澤的肩膀。「我作證，他的確抱怨妳不夠意思，念叨了一路呢。」

雲澤立刻反駁。「哪有！小的就說了一句，而且景少爺不也嘀咕了嗎，還好意思說小的。」

景皓馬上轉移話題。「小仵作，妳可真給了我們一個驚喜啊！我還以為妳不來送我們了呢，幸好妳還有良心。」

吳為也跟著道：「就說封姑娘不是這種人。」

「我當然不是這種人。」封上上的目光從應青雲臉上一掠而過，從自己腳邊拎起一個超級大的籃子，打開蓋在上面的布，說道：「瞧瞧，我給你們準備了這麼多吃食，有糕點、油炸果、糖水、肉夾饃還有捲餅，你們先吃捲餅和肉夾饃，糕點和油炸果可以放得久一些。」

雲澤感動地說：「封姑娘，您太好了，有您準備的這些東西，接下來趕路不用只啃乾糧了。」

景皓高興道：「太好了，不枉妳我師徒一場。」

封上上不以為然地說道：「你總共就教了我一天，其他時間都是我自己練的，好意思說是我師父？」

景皓辯解道：「一天也是教，教了就是師父。」

封上上翻了個白眼。「我覺得我好像入了賊窩了。」

雲澤說道：「封姑娘您才發現啊！」

一群人互相打趣，好不快樂，唯有應青雲端坐在桌旁，一言不發，不過他平常話就少，大家也沒覺得有什麼不對勁。

很快的，小二將他們幾人點的吃食端了上來，封上上沒急著吃飯，而是拿起茶壺，在各自的杯子裡倒了茶水，接著端起自己那一杯，今天第一次和應青雲對上視線。

她笑了起來，露出嘴角兩個甜甜的梨渦。「大人，卑職敬你們一杯，今日一別，餘生恐難再見，卑職在這裡以茶代酒，祝你們一路順利，健康安樂。」

應青雲盯著手裡的茶杯，良久才端起來喝了一口，輕聲道：「謝謝。」

封上上放下茶杯，招呼道：「來來來，這是我們一起吃的最後一頓飯了，好好吃啊，都吃得飽飽的。」

這話讓眾人都有點難受，雲澤直接紅了眼。「封姑娘，您為什麼不跟我們一起走？」

封上上一頓，繼而哈哈笑道：「我可不想到外地去，人生地不熟的，我準備在西和縣安定下來。」

「我……」雲澤想勸，可話卻說不出口。

封上上擺了擺手。「好了好了，最後一頓要開開心心的，別搞得這麼悲情。」

景皓附和道：「對對對，都開心點，吃吃吃。」

大家都笑了起來，拿起筷子大快朵頤，像是之前一起在飯堂吃飯的樣子，找回了那時候的喜悅。

歡樂的時光總是短暫的，一頓飯終究會吃完，彼此也終將離別。

封上上站在茶寮門口微笑著看著他們上了馬車，笑著揮手。「後會有期。」

雲澤紅著眼朝她揮手道：「封姑娘，保重，有機會再來南陽府看我們。」

封上上點頭。「好，我們一定會再見的。」

明知道這句話基本上不可能實現，但雲澤、吳為與六子還是拚命點頭。

應青雲掀開車簾，就這麼直直地看著她。

封上上朝他笑了笑，又揮揮手。「大人，保重啊。」

應青雲微不可察地動了動唇，想說些什麼，卻沒發出聲音。

「大人，我們出發了？」雲澤小聲提醒一句。

應青雲低低「嗯」了一聲，慢慢將車簾放下。

雲澤揮了一下馬鞭，馬兒抬動馬蹄，馬車行駛了起來，將封上上慢慢甩在身後，直到再也看不見那道嬌小的身影。

馬車裡，景皓感傷地嘆了口氣道：「以後再也見不到小仵作了。」

應青雲握著一卷書靜靜地看著。

「她是我這輩子見過最有趣的姑娘了，這樣的姑娘以後不知道會嫁給什麼樣的男子，總覺得一般人都配不上她。」

應青雲不語，眼睛一刻都不曾從書卷上離開。

不過這不影響景皓自言自語。「你說，小仵作最後會不會跟禹寒看對眼啊？禹寒長得好看，一身才學，小仵作呢也漂亮，人又聰穎，男未婚、女未嫁的，長時間共事，很有可能湊成一對呢。」

應青雲終於將視線從書卷上朝他投去，但那眼神卻讓景皓覺得冷颼颼的。

景皓摸不著頭腦。「不是，你這意思是不贊同？可我覺得他倆挺配的啊，小仵作的條件那麼好，禹寒必定會看上她，說不定過一段時間咱們就收到喜帖了呢。」

應青雲用淡到有點冷的語氣說：「禹寒看上她，她就一定會看上禹寒嗎？」

景皓奇怪地看著他道：「我覺得很有可能啊，西和縣應該找不到比禹寒更好的青年才俊了吧，而且兩人朝夕相處的，很容易處出感情嘛。」

應青雲忽然閉上眼，將頭靠在車壁上，眉頭緊緊皺起，像是很不舒服的樣子。

景皓擔心地問：「你怎麼了？胃不舒服？」

應青雲微微搖頭。「我休息一會兒就行了。」

「那行，你休息吧。」景皓不再說話，一時之間車廂內很安靜，只能聽到車輪前進時發出的聲音。

目送他們離去，封上上噘了噘嘴，慢吞吞地轉身走到一邊，拍了拍拴在樹上、正在吃草的馬兒，接著摸了摸馬兒的臉，輕聲問：「好姑娘，妳吃飽了嗎？」

這馬是後來封上上去買的，畢竟原來那匹馬是景皓的，得跟著他離開。

馬兒打了個響鼻，低頭在她臉上蹭了蹭，癢癢的。

封上上低落的心情因牠這動作好轉了不少，笑著道：「還是妳貼心，比某人好多了。」

她不想騎馬，就解開牠的轡繩拉著，慢慢地往回走，一邊走、一邊與馬兒說話。「愛情這玩意兒果然不是什麼好東西，妳說對嗎？」

馬兒又打了個響鼻。

「妳也同意？」封上上歪頭看牠。「難道妳也有喜歡的小公馬了？妳的小公馬長得好看嗎？牠是不是也不太搭理妳？」

馬兒當然回答不了封上上這個問題，但這不影響她對自己絮絮叨叨。「我的心上人也很好看……不，是非常好看，好看得讓人腿軟，妳的小公馬肯定比不過他。

「只不過這人有點彆扭，老是猶猶豫豫的，我能感覺到他有什麼顧慮，但他就是不說，還狠心地把我拒於心門之外，讓我有點難過，但我還是喜歡他。我說要在西和縣找個人嫁了是騙他的，說不跟他去南陽府也是騙他的，我就是想逼一逼他，看他能不能想通。

「若是他想通了，那我就跟他走，若是他想不通……」說到這裡，封上上頓了頓，慢吞吞地道：「那我就等一等，要是過了很久我還是忘不了他，就去找他；要是我把他忘了，那就算了。

「不過……要等多久呢？他——」封上上話還沒說完就被一陣馬蹄聲給打斷了，身後傳來一陣風。

她下意識回頭一看，就見剛剛還在她嘴裡的人正騎在駿馬上朝她奔來。

封上上以為自己出現幻覺了，趕忙揉揉眼睛，可眼前的畫面並沒有消失，他們離得越來越近，直到他來到自己面前，一個翻身俐落地下了馬。

「您……」封上上本來想問「您怎麼來了」，結果出口就變成：「您怎麼會騎馬？」

應青雲的胸膛還在劇烈起伏，氣息也不穩，可以看出是一路狂奔而來的，他說：「跟我去南陽府吧。」

封上上眨眨眼，就這麼看著他。

「我……」他不太自在，耳根也有點紅，目光只敢放在她牽著的小馬身上，再次重複道：「我想讓妳跟我去南陽府，行嗎？」

封上上極力壓住嘴角想要上揚的衝動，板著臉道：「憑什麼您想讓我去我就去，您用什麼身分說這話的？」

「我……」應青雲攥了攥拳頭，耳根染上的紅逐漸蔓延到臉上，一片落葉剛好飄落到他頭上，他也沒發現。

封上上第一次見到應青雲這副模樣，讓他講個話就跟要他吞毒藥一樣，可她卻覺得怪可愛的，十分想笑。

嘖嘖，別看這人平時冷靜沈穩得很，其實臉皮的厚度連她的十分之一也沒有，跟她簡直是天壤之別，她怎麼就喜歡上他了呢？

然而他能這麼快追上來，已經出乎意料，她就不為難他了，於是封上上清了清嗓子，道：「我就問你一個問題，你如實回答我。」

到了這個時候，封上上已經拋開他們身分上的差異，不再客套了。

「嗯。」他應了一聲。

「你喜歡我嗎？」

應青雲用拳頭抵在唇邊輕咳了一聲，視線依然放在馬兒身上，輕輕地「嗯」了一聲。

要不是封上上耳朵好，差點把這一聲「嗯」給忽略了。

「不再覺得我不了解內裡的你了？」

應青雲頓了頓，輕聲道：「我跟妳說的那些都是實話，我以後的路不好走，本來打算自己一個人走下去的，從沒想過成家，所以妳說喜歡我的時候……我怕拖累妳，給不了妳安定的生活。」

封上上眨眨眼。「那現在不怕了？」

「怕。」應青雲輕聲道：「我還是怕會拖累妳，但是……」

他的臉更紅了，頓了好久才接著道：「我怕妳真的會在西和縣嫁給別人，生兒育女，再也……記不得我。」

當景皓說她可能會與禹寒看對眼時，他是真的慌了，因為禹寒的學識、人品、能力等方面都很優秀，很容易令女子心儀。她也許會在與禹寒的朝夕相處中漸漸忘了他，心裡再裝下另一個男人，畢竟沒有誰會在原地等另一個人一輩子。

想到他們兩人可能會相互喜歡，應青雲的心就像是被什麼東西給掐住了，疼得快喘不過氣來。那一刻，他內心對她的渴望破繭而出，再也壓抑不住，他甚至在心裡問自己，為什麼要顧慮這麼多，若是錯過了這個姑娘，將來後悔怎麼辦？

他不想再瞻前顧後，也想為自己活一次，於是他做了一件自己都匪夷所思、不像他會做出來的事情——騎著一匹馬獨自回來了，回來找她。

封上上的嘴角瘋狂上揚，再也忍不住笑了出來。「算你醒悟得早，不然你就失去我了！」

應青雲「嗯」了一聲。他也知道自己差點就失去她了。

封上上問道：「那……你能跟我說說，到底是什麼讓你怕拖累我嗎？」

應青雲沈默片刻，道：「此事說來話長，以後我再慢慢與妳說，行嗎？」

封上上也不勉強他。「行。」

應青雲又問道：「那……妳跟我走嗎？」

封上上的腳尖在地上踢了踢。「可我還沒收拾東西呢。」

應青雲鬆了一口氣。「沒事，我陪妳回去收拾，讓景皓他們等我們。」

「你突然跑回來，跟他們怎麼說的？他們一定覺得你很奇怪吧。」

「我說我忘了跟妳交代一件重要的事情。」怕封上上誤會，他又加了一句。「我沒別的意思，只是妳是姑娘家，這件事到底有礙妳的閨譽，等以後我們……」

後面的話應青雲不好意思說出來，但封上上卻懂了，他的意思是等他們談婚論嫁了再公開。這個人啊，還沒談起戀愛，就考慮起婚嫁了……她一顆心甜滋滋的，不由得暗暗唾棄自己，女人啊，就是容易被這些甜言蜜語哄騙。

封上上翻身上馬，朝他昂了昂下巴。「那走吧。」

應青雲也跟著上了馬，因為這個動作，他的雙腿露了出來，雖然有褲子在，但還是無法掩蓋那雙又長又直的腿。他似乎沒用什麼力氣，輕輕一躍便上了馬，那姿態可謂行雲流水、俊逸非凡，差點晃花封上上的眼。

她抓緊時間在他望過來之前多瞅了兩眼，然後迅速轉回頭去，恢復一本正經的表情道：「我以為文官都不會騎馬呢。」

「之前學過。」

封上上小聲嘀咕。「早知道你這麼會騎馬，我還找景皓教我騎馬幹什麼，直接找你得了。」

應青雲沒聽清封上上在說什麼，疑惑地看向她。

封上上自然不會說出來，她甩了甩手裡的馬鞭，對他道：「我們來比一比，看誰跑得快。」

看封上上興致勃勃的樣子，應青雲不想掃她的興，點頭說好，跟著揚了馬鞭，兩人同時騎了出去，只不過全程應青雲都落後她半步，不曾超過她。

半個時辰後，兩人回到了幼餘堂，封上上率先下馬，看了也跟著下馬的應青雲一眼，偷偷笑了笑。她當然知道自己的馬術不行，畢竟才剛學會沒多久，但他偏偏一直落後，明顯是讓著自己。

封上上沒拆穿應青雲，帶著他徑直走到後院，本來還絞盡腦汁想著怎麼跟朱蓮音說這事呢，哪想到朱蓮音看到她身後跟著應青雲，表情一點都不驚訝，只了然一笑，彷彿什麼都知道了。

說到要啟程前往南陽府一事，朱蓮音也沒多說什麼，很乾脆地去收拾行李，半天時間就把東西整理完畢。

兩人在這裡沒有親人，唯一牽掛的孩子們也有人照顧，所以把家當放進馬車中，跟禹寒打過招呼後，第二天一早便啟程了。

到了中午，他們便追上了等在原地的景皓等人，看到封上上還有朱蓮音來了，眾人又驚又喜。

雲澤的眼睛瞪得比青蛙都大。「封姑娘，您怎麼又來了？」

封上上說道：「我決定跟你們過去，連我家奶奶都帶上了。」

景皓一聲驚叫。「之前怎麼說妳都不肯走，怎麼突然改變主意了？」

封上上的眼珠子轉了轉，朝一旁的應青雲看了看，道：「因為應大人再三挽留卑職，還說到時候要給五倍的月銀，所以卑職就動心了唄。」

「啊？」景皓看向應青雲。「我說青雲，你說有重要的事情要跟小仵作說，不會就是指五倍月銀吧？」

應青雲以拳抵唇，咳了咳。「嗯。」

景皓點頭道：「真有你的。」

雲澤道：「少爺這法子成，把封姑娘給喊來了，是好事啊！」

封上上憋著笑，偷瞟了應青雲一眼，恰好和他的視線對上，頓了片刻，兩人又各自轉開頭。

應青雲收起眼裡的笑意，道：「咱們先吃午飯，吃完就繼續趕路。」

第三十八章　詭異村莊

此時他們停留的地點是郊外，前不著村、後不著店，想吃點熱的都不行，雲澤只好掏出乾糧準備給大家吃。

但朱蓮音卻擺了擺手，讓雲澤將乾糧收好，然後從自己的馬車裡掏出一個爐子和一口鍋來，笑著道：「有奶奶在，哪能讓你們吃乾糧。咱們吃熱的，奶奶什麼都帶了，至於這些乾糧就途中餓的時候墊墊肚子，不算浪費。」

「哦——奶奶您太好了！」

「謝謝奶奶！」

一群人看到鍋和爐子就跟看到漂亮姑娘一般，眼睛都直了，齊聲歡呼。

雲澤和吳為趕忙去找柴火和乾草，景皓帶著六子去附近的山林裡看看有沒有山菇或木耳什麼的，封上上則拿出行李中所有的水囊，看了應青雲一眼，一本正經道：「大人，咱們去打水吧，卑職一個人拿不了那麼多水囊。」

「好。」應青雲不疑有他，將她手裡的水囊都接過來，跟著她往河邊走。

兩人走了有一盞茶的工夫才看到河水的影子，此地遠離紮營之處，其他人都被甩得遠遠的。

確定不會有人看到後，封上上一步一步朝應青雲靠近，直到彼此肩挨著肩，她才慢慢伸出手拉住他的衣袖。

應青雲步伐一頓，輕輕掙了掙。「放開，被人看見不好。」

「哪裡有人看見啊，不就我們兩個人而已嗎？」封上上往四周轉了轉脖子，又道：「而且你現在可是我的情郎，我拉拉我情郎的袖子都不行？」

「情郎」兩字太過露骨，應青雲的耳根悄悄地紅了，他輕聲道：「以後在人前不要說這樣的話。」

「我不在人前說啊，就你我單獨相處時說說嘛。」

應青雲安靜了，也停止掙扎。

封上上嘻嘻一笑，把手從應青雲的衣袖上挪開，得寸進尺地鑽進他的袖子裡，小指勾住他的小指，輕輕地晃了晃。

應青雲身子整個一僵，直接停下腳步轉頭看封上上，可看了一眼又移開，目光不知道放在何處，微微用力想把手指抽回來。「別這樣，於禮不合。」

「不合就不合吧，我就想牽著你。」她舉起兩人的手在他面前晃了晃。

應青雲抿抿唇，偏過頭去，放棄了掙扎。

封上上得意地笑了笑，然後就這麼勾著他的小指往前走，應青雲邁著不自在的步伐跟在她後面，視線掠過兩人勾纏的手指，耳根發燙。

到了河邊，封上上也沒放開應青雲的手，直接將水囊遞到他面前，指揮道：「我一隻手不行，你把塞子打開。」

應青雲動了動手指，無奈道：「一隻手不行還不放開，這樣不覺得不方便嗎？」

封上上搖頭道：「我覺得很方便，挺好的啊。」

應青雲再次沈默，只得用自己的另一隻手拔掉塞子，然後看著封上上用一隻手打水，打滿了之後又把水囊舉到自己眼前。「蓋上。」

應青雲順從地把塞子蓋上。

接下來兩人就這麼配合著重複相同的動作，直到把所有的水囊都灌滿才停止。水囊打滿水之後太重，用一隻手沒辦法拿，封上上這才放開他的手。

應青雲悄悄動了動那隻被她勾了很長一段時間的小指，感覺手上還殘留著她的溫度，他不自在地抿了抿唇，拿著水囊往回走。

封上上咬唇笑了一會兒，這才跟了上去。

看到兩人一前一後地回來，朱蓮音微不可察地笑了笑，沒說什麼，接過水囊開始和麵。外出不便，這餐就吃好做的刀削麵，但是朱蓮音手藝好，再加上景皓與六子找回來的山菇鮮美，簡單的麵也做得香味撲鼻，比乾糧好上一百倍。

眾人圍坐在爐子邊，一人捧著一大碗刀削麵吃得香，幸福到不行，景皓朝應青雲豎起大拇指。「你這五倍月銀花得值啊！」

應青雲勾勾嘴角，輕聲道：「嗯，我也覺得。」

封上上看向應青雲，和他的視線對上，悄悄用嘴形問道：「真給五倍月銀嗎？」

應青雲眸中閃過一絲笑意，用嘴形回道：「給。」

封上上立刻低頭喝湯，遮住自己嘴角抑制不住的笑意。

媽呀，實在是太開心了，情場得意，沒想到事業也成功，人財兩收，她真是仵作界的楷模！

眾人吃飽喝足，收拾好灶具後便上路，一直行到傍晚，離最近的城池卻還遠得很。連夜趕路不安全，吳為只好騎著馬去探查，過了一盞茶的工夫便回來稟報說十多里之外有一處小村落，大概有幾十戶人家。

應青雲當即決定在這個村借住一晚。

然而當一行人走進村裡時，卻發現家家戶戶都已關上門，明明天還沒黑透，可整個村子卻一個人都看不到，甚至連一聲狗叫也無，村民家中更是連燈火都沒點，要不是偶爾還能聽到屋子裡有聲音傳來，他們差點以為這是個荒村。

「這村子的人睡得都這麼早嗎？」雲澤嘀咕。

景皓皺著眉道：「村民家裡還有響動，說明不是都睡著了，那為什麼這麼早就熄燈了？摸黑做事不會絆倒嗎？」

吳為回道：「會不會是為了省錢啊，以前卑職的娘也是這樣，早早就熄燈了，藉著月光幹活。」

封上上卻覺得不對勁，就算捨不得多耗費煤油和蠟燭，也不至於全村人一起節省吧，這個時段整個村子就一片黑，真的很少見。

應青雲道：「先找一戶人家借宿，然後問問情況。」

雲澤就近找了一戶還有動靜的人家，他上前敲了敲門，哪知道才剛敲兩聲，屋子裡就傳來一陣尖叫聲，好像遇到了什麼極為可怕的東西一般。

外面幾個人被他們叫得嚇了一跳，雲澤著急喊道：「你們怎麼了？出什麼事了啊？」

屋子裡的人聽到他的說話聲，止住了驚叫，過了半晌，門被打開了一個縫隙，一個男子露了小半張臉出來。

男子四十歲出頭，嘴邊有個大黑痣，此刻眼中滿是警戒與恐懼，戰戰兢兢地問道：「你們、你們是誰啊？」

雲澤忙道：「我們是路過的，離城門還遠，無處可歇，想借貴地歇息一晚，還望行個方便。」

男子的視線在一行人身上掃過，他猶豫了一下，拒絕道：「你們走吧，我們家沒空房間給你們住。」

「欸，這位——」雲澤還想再說，可門卻被迅速關上，還聽得到門栓落下的聲音。

「少爺……」雲澤回頭去看應青雲。

應青雲稍稍思索了一下，道：「換一家再問問。」

「那換誰家啊？」

封上上指著另一個方向的一處屋子道：「就那間吧，咱們去問問。」

雲澤一邊往那兒走，一邊問：「為什麼挑這間啊？」

「我看過了，這家的外在條件最好，我猜是村長家，可能有空房間借我們。」

雲澤恍然大悟，點點頭，往封上上指的地方走過去，伸手在大門上敲了敲，可裡面毫無動靜，像是沒人一般。

他加大敲門的力道，嘴裡喊道：「有人嗎？」

敲了好一陣子，裡面才傳來一陣響動，一個聲音透過門板傳來。「誰啊？」

雲澤又解釋了一遍，聽罷，裡頭的人說道：「我家不方便……不，咱們整個村都不方便，你們還是離開這裡吧。」

這話讓雲澤皺起了眉，不明白這些人怎麼都這樣。

應青雲走上前去，輕輕在門上敲了敲，溫聲道：「此地方圓五十里都無可借宿之處，還望您行個方便，我們不會白住的，住一晚給二兩銀子酬勞。」

二兩銀子這個數字一出，裡面的人不說話了，很明顯是在猶豫。畢竟普通農家扣掉日常花銷和人情往來，一年下來都存不了二兩銀子，如今讓人借住一晚就有二兩銀子，誘惑實在太大了。

過了一會兒，門被打開了，對方是個五十來歲的老者，他只露出小半個頭，聲音放得非常輕，像是怕吵到什麼一般。「既然你們真的找不到住處，那我就收留你們一晚，但是說好了，我家只有一個空房間，你們這麼多人只能擠一擠了。」

應青雲道謝。「那就多謝老丈了。」

老者小聲催促道：「你們快點進來，不要發出動靜！」

眾人雖然不明所以，但還是放輕手腳迅速進去，老者隨後火速關門，還在門內放了一個大石墩，生怕門會被人從外面打開似的。

景皓好奇地問：「老丈，這是發生什麼事了嗎？怎麼這麼神神秘秘的？」

老者看了他一眼，擺擺手，頗為冷淡地說：「這事跟你們沒關係，少打聽，晚上也不要亂跑，要不然出了事我可不負責。」

他這麼說，說明這個村中的確有事發生，只是沒人願意說。

老者把他們帶進一個房間，道：「你們直接休息，不要發出聲音，也不要隨意走動，不然我會立刻把你們趕出去的。」

封上上點頭應道：「老丈放心吧，我們一定安靜。」

老者滿意地點點頭，這才轉身回了對面的房間，把門關上，接著房間裡傳來小小的說話聲，應該是在跟家人解釋。

封上上輕聲對應青雲道：「你發現了沒有，他們家就一間房間有人。」

應青雲點頭道：「聽房裡的聲音，最起碼有四個人，看來是一家人擠在一起。」

明明有空房間能住，卻偏偏要擠在一個房間裡，不知到底是怎麼回事。眾人一邊覺得詭異，一邊將東西放好。

房間不大，就一張床與一張桌子，可他們有七個人，於是吳為道：「大人，卑職和六子、雲澤出去在馬車裡躺一晚吧，不然把馬車放在外面我們也不放心，被人偷走就不好了。」

應青雲點頭。「那你們小心一點，隨身帶刀。」

「大人放心。」

三人悄悄地走出去，為了不驚動這家人，他們直接翻牆而出。

剩下四人，景皓左右看了看，問道：「那我們怎麼睡？」

應青雲看了封上上一眼，說道：「上上和朱奶奶睡床上，我和景皓在地上應付一晚便是。」

景皓沒意見，也沒發現這句話有什麼不對，唯有封上上聽出這句話的不同之處：他喊她上上，這是他第一次這麼喊她。

不同於別人叫她時的感覺，從他嘴裡喊出來，她一顆心癢癢又輕飄飄的，「上上」這兩個字似乎顯得特別有意義。

她偷偷瞥向他，恰好和他的目光對上，下一秒，他立刻轉開視線。

封上上抿嘴一笑，然後一本正經道：「那不行，您是大人，卑職是屬下，怎麼能讓大人睡地上，我們睡床呢，這樣我們哪睡得著啊？大人您睡床吧，卑職和奶奶睡地上。」

朱蓮音不是倚老賣老的人，雖然她知道封上上和應青雲之間有點什麼，但畢竟沒成婚，在她心裡，他還是高高在上的大人，哪能讓他睡地上呢，所以她也道：「我們睡地上就行，大人你們睡床吧。」

應青雲道：「不行，上上是姑娘家，奶奶您年紀也大了，哪有讓妳們睡地上的道理。」

「那……」封上上眼珠子轉了轉。「乾脆大家都一起睡床唄，反正這床大，咱們一人一邊，卑職和奶奶只要占一點點位置就行了，地上就別睡了，卑職看地上不太乾淨，說不定還有老鼠或蜈蚣，農家這些東西最多，萬一被咬就不好了。」

「不用。」應青雲立刻拒絕。「出門在外不講究上下級，我隨意睡一晚就成。」

封上上想了想，將帶來的行李都擺到床上，一字排開，將床一分為二，然後指著床道：「這樣不就行了，卑職和奶奶睡這邊，你們睡那邊，互相挨不著。」

應青雲還是猶豫。

景皓聽到老鼠跟蜈蚣就發怵，突然不想睡地上了，對應青雲道：「你就別那麼多規矩了，出門在外要隨機應變，你啊，就是太老古板了，你不睡我睡。」

說罷景皓直接爬到床上一躺，看得應青雲額角一跳，壓著聲音道：「下來。」

景皓轉個身，裝作睡著了的樣子。

應青雲拿他沒辦法，又不能發出太大的動靜，無奈之下，只好跟著上了床。他把景皓往床最裡側踢，遠離那條分界線，然後自己和衣在分界線邊躺下，雙手搭在腹部上，一動也不動。

朱蓮音上床躺在最邊緣的地方，封上上見狀，便在僅剩的空處躺下，這一躺，她和應青雲之間便近在咫尺，僅隔著一排行李。她聽到了他平緩的呼吸聲，還聞到他身上的味道，像是檀香，又像是松香，很淡，卻很好聞，她好喜歡這樣的味道，忍不住深深吸了好幾口。

趕了一天的路，大家都累了，沒一會兒就聽到景皓的呼嚕聲，朱蓮音也呼吸平穩，想來是睡著了。

封上上卻難以入眠，偏頭看向旁邊的應青雲，只能依稀看到他緊閉的雙眼，也不知道睡著了沒有。

想起他喊的那聲「上上」，封上上就心癢難耐，忍不住悄悄把手從行李的縫隙中伸過去，一點一點地挪啊挪，慢慢蹭到他那邊，在黑暗中摸索片刻，終於摸到了他的手。

那一刻，應青雲的指尖一縮。

封上上感受到了，立刻就知道他也沒睡著，她無聲地笑了笑，伸出手指在他的手心上寫字。

她一筆一畫寫得極慢，寫了四個字：我——睡——不——著——

應青雲的手心既癢又麻，這種感覺一路爬上手臂，又沿著手臂竄進心裡。他有點慌亂，覺得這樣不好，可又不忍心拒絕她，就這麼僵著手任她寫字，一邊感受自己心臟跳得飛快，一邊還能分出心神辨認她在自己手心寫了什麼。

她睡不著，其實他也一樣，她就躺在自己身邊，近得能聽到呼吸聲。

他第一次跟姑娘躺在一起，而且還是自己心愛的人，他無法思考，心情也久久不能平復。

應青雲本來打算慢慢醞釀睡意的，或者就這麼一晚不睡也沒什麼，可沒想到封上上這麼皮，竟然把手伸了過來，手指在自己手心上戳來戳去的，讓他本就不平靜的心波動得更厲害了。

他應該把她的手拿開，讓她老實睡覺，但手卻沒跟從理智，就這麼任她胡鬧。

應青雲甚至學著在她的手心寫字：閉——眼——慢——慢——睡——

封上上覺得好玩，又在他的手上寫道：我——想——跟——你——牽——著——手——睡——

這八個字封上上寫了很久，寫完以後，應青雲一動也不動，完全沒反應，她等了半晌也沒等來半點動靜，以為他睡著了，便用食指在他手心輕輕地點啊點。

突然，應青雲手掌一收，握住封上上不停作亂的手，不讓她再動。

封上上知道他剛剛是不好意思了，偷偷笑了笑，用力掙脫他的束縛，然後將自己的五根手指嵌入他的手指中，手指收攏，與他十指相扣。

這一刻，應青雲的心都酥了。

封上上感受著應青雲手上傳來的溫度，覺得開心，就這麼握著他的手，慢慢閉上眼睛，心滿意足地進入夢鄉。

黎明時分，天還未亮，一陣哭叫聲打破了整個村子的寂靜。

封上上一驚，從睡夢中一坐而起，感覺到自己的手被扯住了，回頭一看，她的手還與應青雲的扣在一起。

應青雲也睜開了眼，但神色清醒，似乎一直沒睡一般。他看了兩人十指相扣的手一眼，趁其他人發現之前鬆開。

朱蓮音跟景皓也被驚醒，景皓一臉茫然地說：「怎麼了、怎麼了？我怎麼聽到一陣哭聲？」

封上上說道：「外面好像有人在哭。」

應青雲率先道：「我去看看。」說著就要下床。

大家全都睡不著了，跟著一起下地穿鞋，一打開門走出去，就見這戶人家待的那間房門也打開了，昨晚見到的那個老者率先走了出來，和他們迎頭對上。

他的臉色很難看，看到他們，什麼話都沒說，轉身就往大門外走，最驚人的是，他的身後竟然跟了七個人——四個大人、三個小孩，也就是說，他們一家八口人就擠在一間房間裡睡。

第三十九章　鬼神之說

封上上和應青雲對視一眼，心裡越發覺得這個村子古怪，但臉上都沒表現出來，裝作好奇的樣子跟在那家人身後往外走，想看看到底發生了什麼事。

這一家人看他們就跟在後面，也沒阻止，看樣子是沒心情。

走出大門，那陣號哭聲更加明顯了，有男有女、有大人、有小孩，順著聲音走過去，封上上就發現發出號哭聲的是昨晚拒絕他們投宿的那戶人家，此刻他們家門口圍滿了人，似乎全村的人都來了。

見老者到了，其他人像是有了主心骨兒，紛紛喊他「村長」，並主動給他讓路。

雲澤小聲說道：「封姑娘您猜對了，這人果然是村長。」

封上上沒回他的話，而是豎起耳朵仔細聽著周遭的小小議論聲。

「沒想到昨晚輪到郭大海家了，也是可憐，這上有老、下有小的可怎麼辦喲！」

「你還可憐他？說不定下次就輪到我們了。」

「這事情什麼時候是個頭啊，天天這麼擔驚受怕的，人都要瘋了。」

「能想的辦法都想了，還能怎麼辦呢？」

「就是說啊……」

封上上聽了半天，只知道在郭大海之前還有人出事，但具體什麼情況還是一頭霧水，光憑這三言兩語實在推測不出來，還須仔細看看郭大海的屍體。

思及此，封上上便跟著村長往裡面擠，村裡人不認識他們一行人，但看他們跟在村長身後，便沒說什麼，只是好奇地盯著他們看。

隨著村長進了這家的正房，封上上看到許多人正圍在床邊號哭，而床上正躺著個一動也不動、胸膛完全沒有起伏的男人，他不是別人，就是昨晚那個給他們開門、嘴邊還有顆大黑痣的男人。

原來他就是郭大海。昨晚還跟他們說話的人，一夜之間就死了。

一個婦人看見村長進來，立刻跑到他面前哭泣道：「村長，我家大海沒了！您讓我們一家怎麼活啊！」

村長唐盛看著躺在床上的郭大海，嘆了口氣，臉色更難看了。

旁邊有人多嘴道：「村長，您快想想辦法啊，再這樣下去，咱們都要死了！」

唐盛煩躁地搓了搓臉，道：「別急，我已經讓我家老大去請道士了。」

眾人一聽，這才閉上了嘴。

道士？封上上眉一挑，難不成這是鬧鬼了？

她的視線再次投向躺在床上的郭大海，他的衣服整整齊齊，看上去身體沒有外傷，臉色微白，整個人就像是睡著了一般，若不仔細檢查，甚至驗屍，根本看不出是怎麼死的。

所以……這些人以為郭大海是被鬼害死的？

封上上拽了拽旁邊一個看起來就喜歡跟人嘮嗑的大嬸的衣袖，用充滿八卦氣息的口吻問道：「大娘，這郭大海是怎麼了？人死了為什麼不報官，讓官府的人過來看看，反而找什麼道士？」

這大嬸上下瞅了瞅封上上，問：「你們哪兒來的？怎麼會在我們村裡？」

「我們是從岳安來的，到南陽去走親戚，昨天路過這裡，在村長家借宿了一晚，正準備走呢，哪想到會看到這情況。實不相瞞，昨晚我們其實找了這一家借宿，就是郭大海開的門，他說家裡沒空房間，哪想到今早卻……我看著心裡怪不對勁的。」

「呀，你們昨晚到郭家借宿了？」大嬸一拍手。「幸好沒住下來，不然死的可能就是你們了，你們啊，命真是大！」

封上上故作驚訝地問：「為什麼這麼說啊？」

大嬸左右看了看，湊到封上上耳邊小聲道：「因為郭大海是被厲鬼帶走的！」

封上上捂住自己的嘴巴，眼裡滿是驚恐。「呀——是鬼？」

大概是封上上的反應大大增強了大嬸的訴說慾，她嘰哩呱啦地說了起來。「可不是，妳看郭大海，是不是完完整整的哪兒都沒傷，看起來就跟睡著了一樣？」

封上上再看了郭大海一眼，配合地點頭。「可不是，我真以為是睡著了呢。」

大嬸一臉「就是如此」的表情。「這就是厲鬼作祟，厲鬼趁晚上來把魂魄給勾走，人就涼了。」

封上上好奇地問：「難道因為身上看不出外傷，就斷定為厲鬼作祟？不讓官府的人來察看屍體嗎，萬一有什麼隱蔽的傷處呢？或是不小心中毒了？」

大嬸道：「誰說我們沒查過，之前報過官，官府的仵作都來了，結果什麼都沒查出來，他們拍拍屁股就走了，說是突然暴斃。妳說說，連官府的人都查不出來，這不是厲鬼作祟是什麼？」

封上上看向一旁的應青雲，兩人無聲地交流了一下眼神，接著封上上就裝作害怕地捂住嘴道：「之前還有人被厲鬼給害了?!」

大嬸又往她身邊湊了湊。「可不是，郭大海已經是第三個了，我們村啊，被厲鬼纏上了，因為那厲鬼橫死，要帶走一些人的性命才願意下地府呢。」

封上上問道：「你們村怎麼好好的被厲鬼纏上了？這厲鬼是誰啊？」

「厲鬼就是——」大嬸正要回答，話還沒說出口，外面就進來了兩個人。

為首之人打扮得很普通，他背後跟著的人卻十分引人注意，那人身穿道服，左手拿著一把桃木劍，右手舉著一個三清鈴，鬍鬚濃密、眼神犀利、嘴角下垂，一副世外高人的模樣。

大嬸眼睛一亮，只顧著看那道士，把封上上的問題拋在了腦後。

「爹，我把道長請回來了。」為首之人正是村長的兒子，名叫唐彥。

唐盛趕忙朝那道士行禮，殷殷期盼道：「道長，求您救救我們吧。」

道士的視線在郭大海臉上一掃而過，摸了摸自己的鬍子，淡淡道：「事情本道已知曉，速速準備本道需要的東西，本道即刻作法，為你們壓住這厲鬼！」

唐盛一聽大喜，馬上讓人去準備這道士要用的物品。

封上上看向應青雲，無聲地詢問他接下來怎麼辦。

應青雲小聲道：「靜觀其變。」

於是，他們沒有表明身分，而是和村民們站在一起，看著這道士作法。

只見道士從兜裡掏出兩張黃符紙，一手一張捏在指尖，往外一揚，符紙無火自燃。

這一手把圍觀的人都嚇呆了，對這位道士的信任更上一層，一個個雙眼發亮地看著他，像是把所有希望都寄託在他身上。

道士用燃燒的符紙點燃供桌上的蠟燭，下一秒，抓一把糯米往空中一撒，嘴裡唸著經文，一手搖鈴，另一隻手執劍揮舞起來，動作虎虎生風，時而揮砍、時而戳刺，落劍時都會出現一種特殊的聲音，很像是劍穿過皮肉的樣子，他似乎正在砍殺什麼看不見的東西，看得眾人毛骨悚然又敬佩異常，就連封上上都覺得這道士挺有一套的。

過了大概一炷香的工夫，道士緩緩收了劍，拔開一個小瓷瓶對著一處停頓了一會兒才把瓶塞給塞上，緊接著長吁一口氣，道：「成了，那厲鬼已被本道制伏，大家可以放心了。」

唐盛小心翼翼地看著他手裡裝了厲鬼的瓶子，問道：「道長，這厲鬼真的不會再回來了吧？」

道士一副胸有成竹的模樣，摸了摸鬍子道：「自然不會。」

唐盛大大鬆了口氣，忙從兜裡掏出一個鼓鼓的錢袋子遞給道士，道：「那就好，辛苦道長了，小小心意，不成敬意。」

道士看都沒看錢袋子，隨意地接過來塞進兜裡，便施施然地離開了。

直到村民們都散去，郭大海家也開始搭建起了靈堂，吳為這才小聲對應青雲道：「大人，此事有蹊蹺，卑職不信有什麼厲鬼，估計是人在裝神弄鬼。」

應青雲盯著郭家的靈堂看，沒有應聲。

封上上稍稍湊近他，悄聲問：「這案子，咱們管嗎？」

應青雲偏頭看她一眼，微微勾唇。「自然。」

封上上笑了，就知道他會管這事情，於是她道：「那卑職得驗一下屍，看看郭大海是不是真的毫髮無傷。」

她不信一個人會無緣無故死去，外表若看不出來，也許是體內出了問題。

應青雲輕輕「嗯」了一聲，又道：「若此案真有隱情，為了方便調查，暫時不宜暴露我們的身分。」

幾個人表示明白，若這個案子真是人為，一旦他們暴露身分，凶手便會提高警覺，進而大大增加查案的難度。

「而且，這家人很可能不會同意我們驗屍。」應青雲又補充了一句。

「不管怎麼樣，卑職先去試試。」封上上走到靈堂前，對郭大海的媳婦鍾慧道：「我是一名大夫，想幫死者檢查一下身體，看看是什麼原因導致的。」

鍾慧傷心欲絕，一雙眼睛哭得腫如核桃，她抬頭看向封上上，突然跳起來狠狠抓住她兩隻手臂，神情近乎瘋狂。「是你們，就是你們！你們昨晚敲我家的門，我家大海就是因為開了門才被厲鬼盯上的！你們這些喪門星，我要殺了你們為我家大海報仇！」

她的兒子與媳婦們也在一邊惡狠狠地盯著封上上一行人，看樣子是記恨上他們了。

封上上的手臂被鍾慧抓得很疼，她皺起眉，正準備推開她，一道修長的身影忽然來到她面前，伸出手掌捏住鍾慧的手腕，硬生生地將她的手給掰開，再微微一推，鍾慧便往後踉蹌了兩步，徹底鬆開了封上上。

是應青雲。

「你竟敢對我娘動手！」

郭家人大怒，郭家大兒子郭達衝上來就要動手，應青雲馬上將封上上往自己身後一拉，抬腳就把跑上前來的郭達給踹退了一大步，一屁股摔在地上。

此時景皓、吳為與六子也衝上前來，這三人可不是普通人，尤其是景皓，武藝超群，他一腳踢起一個沈重的板凳，當空一踹，板凳便直接被踹斷，郭家人一看都傻住了，不敢再輕舉妄動。

「你們這是幹什麼！」唐盛收到消息匆匆趕來，見到這場景，臉都黑了，掃了封上上等人一眼，罵的卻是郭家人。「你們這是發什麼瘋！大海才剛走，你們就在他靈堂前鬧事！」

鍾慧哭得一把鼻涕、一把眼淚，委屈道：「就是他們這群人惹的禍！要不是昨晚他們到我家敲門，我家大海開了門，厲鬼就不會盯上他了，我還沒找他們算帳呢，他們竟然想動我家大海的身體……我呸！」

唐盛臉色一變，怒道：「胡說八道什麼！厲鬼殺人都是隨便挑的，誰說開了門就會出事的？這些人昨晚就住在我家，我親自開的門，怎麼厲鬼沒來找我?!」

郭家人哪知道這件事，一時之間啞口無言。

封上上乘機道：「我們家世代從醫，我也是大夫，只是想幫死者檢查一下身體，看看是不是因為什麼疾病才去世了。」

唐盛皺著眉，擺手道：「妳的好意我們心領了，但我們村情況特殊，你們外地人就別插手了，回去吧。」

封上上還想再說，卻被應青雲拉住，他搖搖頭，示意她不要再勸。

她只好閉了嘴，幾個人一道離開郭家，回到他們昨晚住的那個房間。

一進房間，封上上便道：「我們得找個藉口多留幾天，才能找機會查清這案子的來龍去脈。」

應青雲卻不回話，而是拉起她的手臂，表情陰沈。「傷到了嗎？」

封上上稍稍愣了一下，這才想起自己手臂疼的事情，默默地把自己的衣袖掀起來，就見兩條白嫩嫩的手臂上各有五道青紫的指痕，除此之外，皮膚上還有許多指甲印，是鍾慧剛剛用指甲掐的。

應青雲的臉色更沈了。

封上上也沒想到情況這麼嚴重，剛剛只覺得疼，卻沒想到那人用了這麼大的力氣，這是真的準備把她掐死吧。

應青雲回身對雲澤道：「去拿藥膏來。」

雲澤也看到封上上的傷了，馬上去行李中找藥膏，遞給了應青雲。

應青雲又看了封上上的手臂一下，再瞧向滿臉擔心的朱蓮音，把藥膏遞給了她。

朱蓮音接過藥膏，道了聲謝，心疼地拉著封上上坐到床上，指腹沾了點藥膏，輕輕地抹在傷痕上，一邊抹、一邊抱怨。「這些人怎麼這樣，好心給他們驗屍，竟不分青紅皂白就動手，要我說就別管他們了，隨他們讓厲鬼給嚇死！」

長期住在一起，朱蓮音早就知道封上上當初是騙她的，什麼給仵作打下手，她看是那姓張的仵作給她打雜還差不多，雖然不知道封上上是怎麼會驗屍的，但她並未多問。

「哈哈——」朱蓮音這護短的樣子逗笑了封上上，她笑問：「奶奶您真相信有鬼啊？」

「誰知道呢？」朱蓮音邊搽藥邊道：「村裡這種鬼故事流傳得可多了，講得跟真的似的，我也想信有鬼，這樣就能再見見妳那死鬼爺爺，但他都沒來找過我，搞得我也不知道到底是有鬼還是沒鬼。」

封上上道：「我看村民倒像知道這厲鬼是誰，說不定背後有什麼我們不知道的隱情。」

應青雲道：「我已經讓吳為去打聽了。」

才剛說到吳為，吳為就回來了，一進門就道：「打聽出來了，說是之前村裡一位陶老太太死了，她不是壽終正寢，而是被兒媳婦一推，撞到桌角頭破血流死的。這是橫死，村民說橫死之人死後要拉人下地獄，果不其然，這陶老太太頭七當晚就現身，把推她的兒媳婦給殺了。」

封上上好奇地問：「這個兒媳婦為什麼要害她的婆婆啊？」

吳為說道：「聽說陶老太太並不和善，平常就凶得很，對自己的三個兒媳婦尤其苛刻，稍有不順心就打罵她們，罵起人來能一個時辰不停，三個兒媳婦平時都是拚命忍著。

「那一天，陶老太太的大兒媳徐穎想跟她要點錢給自己的親娘過壽，陶老太太不給，還大罵特罵，連徐穎的親娘都罵上了，甚至用枴杖打徐穎，徐穎一時受不住，奪了枴杖還手，又推了陶老太太一把，陶老太太被推得往後好幾步，後腦杓正好撞在桌角上，當場血流如注，不幸喪命。」

「這陶老太太可真是惡婆婆啊。」六子原本還覺得這兒媳婦真不是人，竟然害死婆婆，聽了這番話，又覺得陶老太太實在是過分，怪不得兒媳婦反抗。

雲澤追問道：「然後呢，她殺了兒媳婦就算了，殺其他人幹什麼？」

「這個村的人說，陶老太太原本個性就不討喜，又是橫死，死後戾氣更重，殺一個人根本不滿意，得殺滿七個人，一直到她七七結束才肯罷休。」

景皓說道：「這麼說……昨晚是這陶老太太的三七？」

吳為點了點頭。

景皓突然覺得背後涼颼颼的。

封上上更關心陶老太太頭七現身這個說法，問：「村民們為什麼說她頭七現身把兒媳婦殺了呢？總不可能是親眼見到的吧？」

說到這個，吳為深吸了一口氣，一臉不可思議地說：「還真是親眼見到的，我聽村民說的時候都嚇了一跳。據說陶老太太頭七那天晚上，陶家養的狗不睡覺，時不時地就叫兩聲，可平時這狗晚上從不叫的。

「陶家人因為陶老太太去世，心情不太好，就沒太在意，哪想到三更半夜的，大家都睡熟了的時候，屋子裡突然響起了腳步聲，那腳步聲一走一拖，像是腳抬不起來、鞋底蹭在地上的聲音，跟陶老太太生前的腳步聲一模一樣。

「更嚇人的是，除了腳步聲，還有枴杖一下一下敲在地上的聲音，而他們家，唯一用枴杖的就是死去的陶老太太！」

聽到這裡，景皓忽然湊到應青雲身邊，緊緊地抓住他的衣袖。

應青雲冷眼看他，低聲道：「放開。」

「我就抓一下，別小氣嘛。」景皓死活不放。

封上上「噗哧」一聲笑起來。「景少爺，你一身武藝，還怕鬼呢？」

離開西和縣之後，景皓的官職也跟著撤銷，封上上便不再叫他「大人」了。

景皓挺起胸膛，嘴硬道：「瞎說，我不怕。」

封上上心道：在說這話之前，請放開拽著我男朋友的狗爪子！

第四十章　採取行動

「事情還不只這樣呢。」吳為繼續道：「陶家人說夜裡聽到陶老太太的咳嗽聲了，和陶老太太的聲音一模一樣，等到第二天醒來之後，就看到堂屋裡的一把椅子被搬到院子裡，放在平時陶老太太喜歡坐的位置上。

「而且，椅子旁邊還放著一個茶杯，這是陶老太太過去天天用來喝水的，陶老太太死之後就一起被埋進墳裡了，哪想到又會出現在家裡，當時他們就確定陶老太太頭七的確回來了。

「等到一家人吃早飯的時候，才發現徐穎沒起來，就問陶家老大陶木是怎麼回事，陶木也不知道，因為自從他媳婦把他娘推倒致死之後，夫妻倆就不說話了，還分了房睡。

「陶家人起初以為是徐穎害死婆婆，再加上是頭七回魂夜，她愧疚得不敢出房門，就沒去叫她，哪想到中午吃飯時她還是沒從房間出來，大夥兒覺得有點不對勁，於是讓徐穎的兩個孩子去叫她，兩個孩子這一叫，才發現他們的娘就跟睡著了一般躺在床上，已經沒了呼吸，身子早就涼了。」

「我的媽呀。」景皓小聲喊了一句。

六子倒是不怕，好奇地追問道：「然後呢？」

吳為道：「起先陶家人自然沒想到什麼鬼不鬼的，報了官府，官府來了仵作，結果徐穎身上什麼傷都沒有，也無中毒跡象，臉色也正常，就像是好好的人突然在睡夢中死去一般，後來大家就說是陶老太太報仇來了。村裡人都堅信這個說法，還說徐穎殺了婆婆，被婆婆帶走也是活該。

「陶家人也信了這個說法，悄悄將她下葬了。大家以為這件事到此結束，誰知等到陶老太太二七的那晚，村裡又死了一個人，跟徐穎的死法一模一樣，而且那家人也說在睡夢中聽到了陶老太太的枴杖聲和咳嗽聲，村裡人這才害怕起來，直道陶老太太成了厲鬼，要帶走七條人命才甘心。」

雲澤說道：「怪不得昨晚我們進村的時候全村都不點燈，村民的舉止還那般奇怪，原來是怕陶老太太回來勾魂啊。」

吳為點點頭道：「可不是？」

聽到這裡，封上上有個疑問。「既然夜裡都聽到了屋子裡有響動，怎麼就沒人起來去看看呢？」

吳為又道：「剛開始我也覺得奇怪，就問了問，結果陶家人說他們被鬼壓床了，意識是清醒的，卻怎麼都動不了，根本爬不起來，只能聽著外面傳來的聲音，沒辦法出去察看。」

「這麼邪門？」景皓身子不禁抖了一下。「我怎麼感覺很像真的呢，說不定真是厲鬼作祟……」

六子說道：「會不會陶老太太壓根兒沒死啊，只是瞞過了眾人，然後回來害人？」

雲澤點頭道：「有可能。」

吳為搖搖頭道：「不可能，他們說全村的人看著陶老太太下葬，都封棺了，難不成她還能從棺材裡爬出來？」

封上上補充說明。「就算她能從棺材裡爬出來，一個六十多歲的小腳老太太，能害得了誰？別忘了其他死者可是年輕力壯。」

六子撓撓頭，吶吶道：「那……那要麼就是真的有鬼魂，要麼就是有其他人在裝神弄鬼。」

封上上看向應青雲。「大人，您怎麼看？」

應青雲說道：「先想辦法留下來，在陶老太太四七之前查明真相，避免下一個人被害。」

景皓問道：「怎麼留？我們都說好住一晚就走，現在突然要待這麼多天，人家肯定會懷疑，除非我們有特別好的理由。」

「特別好的理由……」封上上抬頭看向景皓，笑咪咪地道：「也不是沒有。」

景皓感覺後背一涼，忍不住後退一步。「什、什麼辦法？」

封上上嘿嘿一笑。「若是我們中有人摔斷了腿，暫時不方便在路上顛簸……」

景皓心道：妳妳妳……看我幹什麼?!

「啊——我的腿！好疼啊——」景皓抱著右腿痛呼，聲音大得把全村的人都給引出來了。

吳為和六子抬著他往村長家跑，一邊跑、一邊安慰。

「兄弟，你堅強一點！」

「忍著點，很快就沒事了！」

一路跑到村長家，唐盛看到這個景象，頓時一驚，連忙問道：「這是怎麼了？剛剛不是還好好的嗎?!」

吳為解釋道：「我這兄弟剛剛不小心摔進水溝，弄傷腿了。」

唐盛一懵。大白天的，又沒有喝酒，為什麼好好的一個人會往水溝裡摔？但是看景皓叫得這麼慘，他沒好意思問出口，只道：「那我去把村裡的赤腳大夫給你們找來看看吧。」

吳為連忙擺手道：「不用不用，我們有大夫。」

唐盛想了起來。「是跟你們一起的那姑娘是吧？」

六子點頭。「對對對，就是她。」

等景皓被抬進房間，封上上就走上前去裝模作樣地把把脈，又看了看他的腿，嘆了口氣，搖頭道：「摔得很嚴重，骨頭都斷了，得接起來，接下來不能顛簸，不然骨頭長不好。」

景皓著急道：「那怎麼辦才好，我們還得趕路呢！」

應青雲沈吟半晌，最終道：「雖然急著趕路，但也不能拿你的腿開玩笑，等你好點了咱們再走吧，就是這住處……」

他看向站在一旁的唐盛，道：「村長，他需要養傷，我們一行人又有姑娘和老人家，一個房間實在住不下，能否麻煩您從村中再找戶有空房間的人家讓我們住一段日子，最好是有兩個空房間……當然，我們會付錢，住七天給五兩銀子。」

「這……」唐盛有些猶豫，不過看景皓的腿已經被木板夾著，用布一圈一圈纏了起來，只好同意道：「那我問問大夥兒吧。」

其實唐盛並不想讓他們留下來，畢竟自家村裡出現厲鬼，要是厲鬼找上這些外地人，到時惹上麻煩就不好了；但這些人出手闊綽，連他家老婆子都捨不得他們走，要不是自家實在沒兩個空房間，她肯定會留他們。

其他村民就更不用提了，這消息一放出來，衝著五兩銀子而來的人都快擠破頭了，哪怕自家房間已經很緊，也要騰出一個空房間給他們住。

唐盛把真正有空房間的人家選了出來，然後將情況一一告知應青雲，讓他自己挑一家。

應青雲聽到陶家也在列之時，假裝什麼都不知道般地說道：「這戶人家空了不少房間，正好夠我們住，不如就選這家吧。」

見他竟然選陶家，唐盛心頭一跳。陶家因為連續死了幾個人，房間都空了出來，現在是全村住處最寬鬆的人家，可是按照他們家的情況，根本不適合給這些外地人住。

「他們家最近剛辦過喪事，你們若是不忌諱的話……」唐盛隱晦地提了提。

應青雲聞言，不在意地道：「我們這些人一向不信鬼神之說，只要空房間多就成。」

唐盛的眼神閃了閃，心想這是他們自己選的，便不再多說，只道：「那行吧，你們收拾收拾東西就能搬過去了。」

「多謝村長。」

吳為和六子先把「在床養傷」的景皓給抬到了陶家，一行人隨後跟了過去。

陶家人都在家裡，看到他們來了，陶家老三陶山上前寒暄，還和他媳婦與孩子一起幫忙拿行李，態度很是熱情，封上上猜測這是五兩銀子的功勞。

應青雲又掏出二兩銀子，說道：「一日三餐能否和你們一起吃？我們會付二兩銀子的伙食費。」

陶山看著那二兩銀子，眼睛一亮，立刻點頭。「可以可以，只要諸位不嫌棄農家粗茶淡飯。」

「不嫌棄，那便麻煩了。」

陶山收下二兩銀子，立刻叫道：「大妞、二妞，妳們今天多炒兩個雞蛋給客人吃！」

角落裡兩個小姑娘應了下來。

封上上將視線朝那兩個小姑娘看去，大的有十三、四歲，頭上戴著一朵白花，無精打采、悶悶不樂的樣子；小的那個大概十歲，身材很瘦，眼神怯生生的，見封上上看她，立刻低下頭，不敢與封上上對視。

等二妞幫忙將行李拿進房間，封上上就看到一個三、四歲的小男娃跑到二妞身旁，他頭上戴著一頂小帽子，小胳膊緊緊抱著二妞的腿，一雙圓滾滾似黑葡萄般的大眼睛既害怕又好奇地看著封上上，像隻偷看的小貓咪一般，可愛極了。

見封上上朝自己一笑，小男娃先是往二妞腿後一躲，過了一會兒又慢慢探出頭來，悄悄地回了封上上一個小小的微笑，露出一口潔白的小乳牙。

封上上被他的模樣甜到了，從兜裡掏出幾顆糖來，走到小男娃面前，笑咪咪地問：「小傢伙，能告訴姊姊你叫什麼名字嗎？」

見她過來了，小男娃立刻把臉埋在二妞腿後，聽到這個漂亮姊姊問自己的名字，他緩緩露出半張臉來，咬了咬唇，抬頭去看二妞，見二妞點頭了，這才奶聲奶氣地答道：「我叫小虎子，我姊姊叫二妞。」

封上上立刻誇他。「小虎子可真聰明呀，連姊姊的名字都知道。」

被誇獎了，小虎子羞澀地放開二妞，改成捂住自己的小臉，手指打開一點點，從指縫中偷看封上上。

封上上將手裡的糖給他。「來，姊姊給你糖吃。」

小虎子長這麼大，別說吃糖了，連見到糖的機會都少之又少，他的目光一下子就被糖給勾住了，下意識地嚥了口口水，還舔了舔嘴唇，一副很想吃的模樣。

然而小虎子不敢伸手拿，而是仰頭看向自己的姊姊，問道：「姊姊，我可以吃這個姊姊的糖嗎？」

二妞看了封上上手裡的糖一眼，囁嚅著道：「謝謝姊姊……但是糖太貴了，我們不能吃。」

小虎子聽到這話，眼神一暗，但並未吵鬧，只是默默地把自己的小臉埋到姊姊腿後，像是不看那糖就不饞了一般。

封上上笑了笑，摸了摸兩個孩子的頭。「姊姊要住在你們家，所以給糖感謝一下你們。」

二妞搖頭，輕聲道：「可你們給了錢，已經感謝過了。」

好懂事的小孩……封上上越發喜歡了，想了想，又道：「那……姊姊請你們幫個忙，你們把房間打掃乾淨，姊姊就把糖給你們當謝禮好不好？」

剛剛她看了一眼，這個房間並不是多乾淨，還需要再仔細打掃一遍，換上自己帶來的床單與被套。

二妞想了想，點頭，小虎子也跟著姊姊點頭，邁著小短腿屁顛屁顛地跑到房間角落，拖出一把掃帚和一個簸箕，一副馬上就要打掃的模樣。

摸摸他的頭，二妞道：「小虎子，姊姊要先做飯，做完飯再一起幫這個姊姊打掃。」

小虎子眨巴眨巴眼睛，道：「那我先掃地，姊姊來了再擦桌子。」

二妞道：「好吧，你要小心一點。」

「嗯，我會很小心的。」小虎子信心滿滿地放下簸箕，抱著掃帚就認真掃起地來。

小傢伙還沒掃帚高，抱著掃帚格外吃力，但每一下都掃得很認真，還知道從裡往外掃，就連床底下他都鑽進去清掃，堅決不放過一個死角。

封上上被這小孩的細心給感動了，但這麼點大的小孩努力掃地，她哪裡看得下去，要這小傢伙把掃帚給自己，他還不願意，說他不掃地就不能吃她的糖。

見狀，封上上不禁感慨這兩個孩子可真懂事。

姊弟倆吃飯前把房間打掃得乾乾淨淨，還幫封上上把床單跟被套換了，這才接過封上上給的糖，歡歡喜喜地離開。

不一會兒，陶山的媳婦賀瑤就來叫他們吃午飯，還特地借了張桌子給他們用，桌子上擺著一道辣椒炒雞蛋、一道炒白菜、一道燉豆腐，還有白米飯，這在農家來說已是難得的一頓了。

陶家的孩子一個個眼睛都亮了，端著碗就搶起菜來。

封上上發現，陶家老大陶木照顧自己兩個孩子，陶山夫妻倆顧著自己三個孩子，唯有二妞和小虎子，孤零零地站在最旁邊，連飯桌都挨不上，根本搶不過他們。

陶家三個大人就跟沒看見他們兩個一樣，眼看桌子上的菜都被分完了，姊弟倆就搶到幾根白菜葉子。

封上上不知道是怎麼回事，但看那兩個孩子可憐兮兮的樣子，於心不忍，便出聲道：「小虎子，到姊姊這裡來。」

小虎子聽到她叫自己，轉頭看她，又轉頭看向飯桌，猶豫了一下，最終還是放棄搶菜，邁著小短腿跑到封上上面前站著。「姊姊。」

封上上將小虎子的碗拿過來，從桌上挾了滿滿一碗菜進去，然後揉揉他的頭。「去吧，小傢伙。」

小虎子看著碗裡的菜，沈默了一下，輕聲道：「謝謝姊姊。」

說完，他小心翼翼地端著碗跑到二妞身邊，讓二妞蹲下來，把自己碗裡的菜撥一半到她碗裡，這才開心地走到門檻邊坐下，埋頭吃飯。

陶家人自然看到了這一幕，孩子們沒反應，陶家三個大人面子卻有點掛不住，賀瑤尷尬地笑了笑，道：「唉，這兩個孩子，每次都不吭聲，也不知道挾菜，家裡孩子多，都跟餓死鬼似的，一會兒就把菜搶完了。」

封上上笑了笑，沒說什麼，繼續吃她的飯。

飯後，出去找村民打聽消息的六子回來了，封上上這才知道是怎麼回事。

「小虎子和二妞是陶家老二陶水的孩子，但陶水從小便不得爹娘寵，生的孩子也不得他們爺爺、奶奶寵愛。陶老先生幾年前走了，後來陶水得了肺癆去世，剩下他媳婦戴清華和兩個孩子，在家裡的處境更加艱難。陶老太太對戴清華苛刻得厲害，兩個月前戴清華受不了，上吊死了，剩下兩個孩子，其他人也不上心。」

雲澤搖頭。「這陶老太太也太刻薄了，要是她對兒媳婦好點，哪能發生這麼多事情呢？」

「這天底下像陶老太太這樣的惡婆婆多了去了，隨便到哪個村都能找到一、兩個。」景皓說著齜了齜牙。「只是這家人格外倒楣些，三個月內連死三人啊！我跟你們說，我們住的這一間就是陶老太太生前的房間，而小仵作和朱奶奶住的那一間是陶家大兒媳徐穎死去那一晚睡的。」

雲澤抖了一抖，抱怨。「這家人可真不厚道，收了這麼多錢，竟然好意思把死人住的房間給我們，估計他們自己也害怕，想糊弄外地人呢。」

景皓搓了搓手臂，問：「你們說，會不會半夜睡著睡著就看到鬼站在床前看著我們？不都說鬼喜歡在自己熟悉的地方徘徊嗎，房間不就是最熟悉的地方？」

雲澤立刻道：「景少爺您可別瞎說，弄得小的心裡毛毛的，晚上睡不著怎麼辦?!」

封上上說：「要是遇到鬼了，不就說明凶手真的是鬼，這案子不就破了嗎，咱們也不用查了，多好啊！」

景皓遲疑道：「可是……我都遇到鬼了，還有命告訴你們嗎？」

封上上安慰他。「沒事，你可以託夢跟我們說一聲。」

景皓一臉無語，應青雲的嘴角則是微微勾起。

深夜，萬籟俱寂。蠟燭時不時被風吹動，在牆上晃出模糊的影子。

村中家家緊閉門窗，唯有郭家的堂屋亮著燈，照著屋子正中央一口棺材，燭光在棺材板上來回搖曳。

郭家人在靈堂前守著，大夥兒一言不發，除了往火盆裡燒紙錢，沒有多餘的聲音和動作。每個人都在期盼天趕快亮，好結束這煎熬的黑夜。

「咚咚——」

在這一片寂靜中，突然響起微小的「咚咚」聲，像是什麼東西敲在木頭上發出來的，雖然很小聲，但屋子裡太過安靜，以至於所有人都聽到了這聲音。

眾人一驚，紛紛舉目張望，郭大海的媳婦鍾慧壯著膽子問：「怎、怎麼了？什麼聲音？」

郭家大兒子郭達朝四處看了看，沒發現有什麼不對勁，緊張地嚥了口口水。「可、可能是貓狗弄出的聲音。」

他的媳婦谷花囁嚅道：「可是家裡也沒貓狗啊……」

此話一出，大家都悄悄挪動膝蓋，往彼此身邊靠去。

氣氛太過凝重，郭家二兒子郭迅道：「別自己嚇自己了，說不定就是風颳到了什麼。」

然而，他話才剛說完，虛掩著的大門突然被吹開，從外面颳進一陣強風，吹得屋子裡的蠟燭瞬間全滅了，四周陷入一片黑暗。

第四十一章　解剖大體

「啊——」郭家人驚叫起來，紛紛爬起來往後院跑，但後門卻怎麼都拉不開，不僅如此，後門旁邊的窗戶上還慢慢閃過一個駝背老太太的影子，每一步都伴隨著「咚咚咚」的枴杖聲。

「鬼……鬼啊！」

不知誰大喊了一聲，下一秒，後門突然自動打開了。

郭家人嚇得全一溜煙地往門外衝，剛跑出去，門便再次關上，屋子裡剛剛熄滅的燭火突然間亮了起來。

面對這個情況，郭家人停住了腳步，驚魂未定，此時不知從哪兒響起一道蒼老的女聲。

「不得靠近，否則——死——」

「啊——」郭家人個個被嚇得屁滾尿流，爭先恐後地往後院跑，跑進房間裡關上房門，抵著門板瑟瑟發抖，死也不敢出去了。

陶老太太來了！出去就是死！

靈堂之中，封上上吁了口氣，慢慢站直身體，甩掉撿來當枴杖的樹枝，到棺材前看了看裡頭躺著的郭大海，然後走到放香燭的地方，拿起一炷香點燃，朝棺材拜了拜，小聲道：

「莫怪，我們也是想查明真相。」

她不信鬼神，這麼做只是出於對死者的尊重。

封上上將香插進香爐，再次走到棺材旁，趴在邊緣仔細觀察郭大海的屍體。

吳為、景皓與應青雲三人也慢慢從門外走進來，吳為低聲道：「沒想到開個門、弄點聲音就把郭家人嚇成這樣，不會嚇出什麼毛病吧？」

封上上一邊看屍體、一邊回答。「不會，他們原本就相信陶老太太的鬼魂作祟，被刺激慣了，怕是會怕，但不至於嚇出毛病。」

吳為朝封上上豎起了大拇指。「多虧您想到了這個主意，才能輕易把郭家人給引走，可以放心驗屍了。之前我還在想，要是郭家人實在不同意我們查驗屍體，就等郭家人葬了郭大海後去撬棺材偷屍體呢。」

封上上點頭。「這也是個辦法，不過到時屍體腐爛嚴重，可能發現不了許多有用的證據，不如趁現在驗。」

在他們談話間，應青雲手持一盞蠟燭走到封上上身旁，照亮在棺材中躺著的郭大海，方便封上上察看。

封上上轉頭看向應青雲，朝他露出一個笑容，然後在其他人看過來之前又迅速地轉過頭去。

應青雲低下頭，微微勾起嘴角。

封上上讓景皓和吳為幫忙將郭大海的屍體抬出棺材放到一邊，然後蹲下解開郭大海的衣服，一寸一寸地檢查他的身體。

在場的人都看過封上上驗屍，對於她脫下屍體的衣服並觸摸屍體的皮膚這件事習以為常，也跟著她一起檢查起來，不放過絲毫線索。

然而，在幾雙眼睛同時查找下，並未在郭大海身上看到任何傷痕，也就是說，郭大海沒遭受過外傷。

「屍體無任何外傷，據說郭大海在死之前也未與人發生過衝突或被人毆打過，所以內傷致死的可能性也很小。」封上上道。

景皓疑惑道：「不是外傷，也不是內傷，那還能是怎麼死的？」

封上上沒急著回答，而是將目光移到郭大海的頭，過了一會兒，她走到郭大海的頭部位置，伸手在他頭髮裡細細地摸索起來。

「妳是想到了什麼？」應青雲輕聲問道。

「嗯。」封上上在郭大海頭部幾個重要的位置細細摸著，回道：「卑職想到了一種十分能迷惑人的殺人方式，可以讓人死得毫無聲息，卻找不到任何痕跡，就像是在睡夢中死亡一般，跟郭大海等人的模樣相符。」

「用銀針刺入頭部？」應青雲問。

封上上抽空瞄了他一眼。「大人，您這個時候難道不是應該用很疑惑、很想知道的表情問卑職是什麼殺人方式嗎，每次卑職還沒說您就知道了，把卑職的詞都搶了。」

應青雲沈默了片刻，突然朝封上上很是疑惑地開口道：「到底是什麼樣的方式能做到殺人於無形呢？」

封上上不禁「噗」地噴笑了一聲。

旁邊兩人跟見了鬼似地盯著應青雲，差點以為他被鬼附身了，不然他哪裡像是會開玩笑的人?!

景皓用手指戳了戳應青雲的手臂。「你還是我認識的那個應敬昭嗎？不會是被掉包了吧？」

應青雲淡淡地拍開他的手，輕咳一聲，像是剛剛什麼都沒說一般。

封上上偷偷笑了一下，把這個小插曲拋到腦後，認真翻找起郭大海頭頂的每一處，然而，出人意料的是，她並未在他頭上找到任何傷口，也沒發現銀針等能刺入頭部的尖銳物體。

這個結果完全出乎封上上的意料，令她一怔。當聽到死去的三人都是無任何外傷，就像睡著了一般，甚至連仵作都沒查出問題時，她第一個想法就是凶手趁死者睡著時，用銀針等尖銳物體快速插入位於頭顱的死穴，造成死者在睡夢中死亡，這樣一來既不會出現血跡，也不會有傷痕。

然而，針對郭大海頭部的檢查卻推翻了這個預測。

景皓搓了搓手臂，悄悄往應青雲身邊挪了挪，小心翼翼地問：「連你的猜測都錯了，那郭大海到底是怎麼死的？難不成真是鬼幹的？」

說著說著，景皓都要哭了。「你們誰能給我個準話，這個世間到底有沒有鬼啊？我真的太想知道了……」

吳為攤攤手。「反正卑職沒見過鬼，但很多人都說有，卑職也不知道到底有沒有。」

景皓將詢問的目光投向應青雲，應青雲淡淡地道：「信則有，不信則無。」

這個答案說了等於沒說，景皓又去看封上上。

封上上想了想，道：「這樣吧，若是這一次的案子最終證實是人為，那你從此以後就相信這個世界上沒有鬼；若查不出是人為，你就相信有鬼吧。」

景皓哭喪著臉問：「可妳都找不到郭大海的死因，是不是說明這案子壓根兒不是人為啊？我是不是要相信世上真的有鬼了？」

「不。」封上上搖搖頭。「只是從體表沒找到死因而已，不代表體內找不到。」

景皓疑惑道：「體內？什麼意思？」

封上上從自己的驗屍箱中掏出解剖刀，刀片在燭光照耀下閃著寒光，她看向應青雲，笑著問：「大人，您每次都能搶卑職的詞，不如這次再說說看卑職想幹什麼？」

應青雲沈默了，視線在她手中的刀上停留了很久，緩緩開口。「妳……想把死者的身體剖開來看看？」

封上上朝他豎起大拇指。

應青雲再次沈默，一時之間不知道該說些什麼。他以為她已經很大膽了，但沒想到還有更驚人的。

相較於應青雲，景皓和吳為就很不淡定了。

他們何時聽過把死人剖開看看屍體內部這樣駭人聽聞的事情？剖開死者……能這樣幹嗎？她怎麼會有如此可怕的想法！

「小仵作啊，妳……妳真的不是在開玩笑？」景皓試探著問。

「卑職是認真的。」封上上解釋道：「許多死因在人體體表無法呈現，只有內部才能清晰地判別，想看清死者的內部，除了剖開，沒有別的辦法。」

景皓困難地嚥了口口水。「可、可這是人啊……就算是死人，也不太好吧？」

郭大海會不會氣得從地府跑回來把剖開他的人給殺了？

封上上知道古人講究身體髮膚受之父母，解剖這樣的行為讓他們難以接受，過去的案子裡，能不解剖她就不解剖，但這次實在是找不出死因，只能用這個法子，勉強讓他們受受驚了。

「這樣吧，你們受不了的話可以出去守門，不要看了，我一個人就行。」封上上道。

「等等。」景皓道：「可是妳把人剖開了，明天被村裡人看到後懷疑怎麼辦？」

封上上一派輕鬆地回道：「就說是鬼剖開的唄，反正他們也問不了鬼真相。」

景皓知道自己是阻止不了封上上了，但自己實在受不了那場景，只好擺擺手站起來，跑到門外去把風。

吳為也覺得這場景有點恐怖，心裡毛毛的，但又很好奇，不太想錯過，最終好奇心占了上風，他咬咬牙留了下來。

封上上準備動刀，在距離郭大海的胸膛只有一公分的距離時停住了，她轉頭看向應青雲，不放心地問：「大人，您真的不迴避一下嗎？待會兒的場景您沒見過，可能有點受不了。」

雖然封上上從小在殯儀館長大，膽子又一向大，但她第一次上解剖課時，感受到刀尖一點點劃開皮膚、露出內部的過程，還是受不了，下課後結結實實地吐了一場。

她都這樣了，何況是應青雲這種從沒見過這場面的人，萬一待會兒嚇吐了，多損害他的形象啊！

應青雲像是知道她在想什麼一般，輕輕搖了搖頭。「我無事，妳只管按照妳的想法來，不用顧慮我。」

「真的沒事？」

「沒事。」

「那好吧，卑職開始了啊。」封上上不再猶豫，將刀尖抵上郭大海的皮膚，慢慢在他胸膛上劃出一條線，然後用雙手抓住左右兩邊，慢慢掰開，露出人體內部的臟器。

吳為忍不住捂嘴，感覺有點想吐，但努力忍住了。

封上上的視線在郭大海的內臟上一掃，最終定在他早已不再跳動的心臟上，瞳孔一縮，喃喃道：「冠狀動脈病變，怪不得……」

應青雲看出她的異樣，輕聲問：「妳看出什麼了嗎？」

「卑職應當知道郭大海是怎麼死的了。」封上上答道。

「知道了？」吳為強忍著不適，不斷催眠自己郭大海的胸腔裡是一堆豬肉，默唸十遍之後，才把視線投向那些組織中，但不論怎麼看都看不出個所以然來，只好問：「到底怎麼回事？」

封上上又把胸腔打得更開，方便他們觀看，然後指著肉眼可見的心肌梗塞病灶道：「你們看這裡，是不是呈現不規則的蒼白色？」

吳為和應青雲都點頭表示看到了，卻不明白這是什麼意思。

「肉眼看到心肌梗塞病灶，說明他是死於心肌梗塞，而且是突發性的。」封上上說完，就看到吳為乾瞪眼，一副完全沒聽懂的模樣，應青雲也是皺眉不解，她只好用通俗易懂、不那麼科學的語言努力描述。

「就是這個人的心臟出了問題，想要活著，心臟便要有血液流過，一旦血液中斷，那麼心臟就完蛋了。像郭大海這樣的情況呢，就是由於供應血液的通道閉塞，導致血流中斷，心臟因為持續缺血，導致壞死，心臟壞死，就不能正常跳動，如此一來人就死了。明白了嗎？」

「啊？好像……懂了，又好像沒懂……」吳為有點茫然。原來人的心臟這麼複雜，缺血就不能活了？那怎麼會缺血呢？缺血了又該怎麼辦？總之，一腦袋的問號。

封上上又去看應青雲。「大人，您懂了嗎？」

「懂。」應青雲看著她道：「就好比一處湖泊，需要靠河流不斷補充水源才能生生不息，但要是河流被阻塞，供水不足，湖泊就跟著出狀況，最後慢慢乾涸。」

「完全正確！」封上上眼睛都亮了，再一次為應青雲的聰穎而讚嘆。這麼優秀又好看的人，是她的，嘿嘿！要不是場合不對，而且旁邊還有個電燈泡，她都想親他一口了。

應青雲說道：「妳是說，郭大海是因為心臟出了問題才死亡，那麼，人為因素能讓心臟突然出問題嗎？」

「按常理來說，若不是猛然受到外部作用，心臟出問題的原因多半是自己造成的，只是，同一個村裡，一個人心臟忽然出問題是偶然，兩個人也勉強能稱得上是湊巧，那三個人呢？村民們說包括郭大海在內的三人死狀全相同，若他們都死於急性心肌梗塞……真有如此巧合？」

如果是同一家人、有遺傳因素也就罷了，這三人可是完全不相干啊。

應青雲當然也不信有如此巧合，沈眸問道：「那有何辦法能讓人突然如此？」

這一點，封上上暫時也不得而知，她思索了一番後說道：「卑職在想，會不會有某種藥物能讓人發生這種情況呢？」

封上上對古代的藥物了解不多，但有一點是她來這裡以後才曉得的，那就是古代的醫學雖不如現代發達，卻也不像她過去以為的那麼落後。

古人研製出來的藥物十分強大，武俠小說中的某些毒藥甚至真的存在，不要小看這個時代的人，他們的聰明程度超乎想像。

還在西和縣的時候，封上上便辦過一個案子，一個妻子有了二心，和情夫偷情，密謀奪取丈夫家產，兩人弄了一種毒藥給丈夫喝下，從此以後丈夫便逐漸神志不清，變得瘋瘋癲癲，大夫也看不出什麼，最後還是這個丈夫的親姊姊起了疑心前來報案，最終由他們查出了真相。

當時封上上就被這樣能作用於人類神經系統的毒藥給嚇到了，從此以後再也不敢小看古代人的製藥水準。

所以，封上上不確定是不是有某種能使人快速心肌梗塞的藥物存在，若不是藥物，她暫時想不出來其他原因。

「不排除這個可能。」應青雲道：「吳為，明天就去查查有沒有那種藥物。」

吳為領命。

「那行，卑職把傷口縫合一下就走。」封上上拿出針線，飛速將郭大海的胸膛給縫上，只留下一點點痕跡。

「這個……」吳為撓撓頭。「鬼來剖人胸膛有人信，但鬼還會動針線給人縫上嗎？會不會招來懷疑啊？」

封上上說道：「那也不能就讓胸膛這麼敞著吧，對死者太不尊重了，反正村民也想不到會是我們，就這樣吧。」

吳為點點頭，三人收拾好現場走出去，叫上景皓一起悄悄地返回陶家。

第二天，村裡傳出了一個驚天大消息。

「聽說昨晚陶老太太又出現了，就在郭大海的靈堂上，把郭家人嚇得夠嗆！」

「什麼?!不是都把郭大海的魂給勾走了嗎，還去幹什麼？」

「我知道、我知道，陶老太太是去取郭大海的心的！我跟你們說啊，那陶老太太凶得很，把郭大海的胸膛都給剖開，硬生生把心臟給拽出來吃了！」

「不會吧……吃心臟幹什麼？鬼還要吃東西嗎？」

「人要吃東西，鬼當然也要啊！」

「可是鬼不是都吃香火嗎？」

「這你就不懂了，普通的鬼吃香火，厲鬼卻不一樣，厲鬼是要修煉的，吃心臟肯定能增長修為，這心臟啊，對厲鬼來說可是大補！」

封上上聽了，一陣無言。她不是把心臟給塞回去了嗎？為什麼會說被吃了？

為了打探消息，封上上一大早就帶著髒衣服去河邊洗衣服，好接觸民間第一手八卦傳播組織——洗衣服的婦女們，果然，這閒言閒語的精彩程度令人嘆服。

封上上假裝被這些八卦深深地吸引了，一邊洗衣服、一邊好奇地問：「都把魂給勾走了，怎麼還不放過人家啊，這郭大海到底是怎麼得罪陶老太太了？」

一個大姊看了看她，回答道：「估計是因為半年前郭大海跟陶山幹了一架，把陶山的眼睛給打腫了，陶老太太當時在家門口罵了整整一天都不帶歇的，這不，死了還記仇呢！」

封上上問道：「好好的怎麼打架了？」

「唉，就因為插秧搶水的事情唄，兩家的田地相鄰，時常為了搶水吵嘴打架。」

農村這類情況很常見，聽見是這個原因，封上上詫異地說：「就這麼點雞毛蒜皮的小事，不至於記這麼大仇吧？」

「妳是外地人，根本不了解咱們村的事，這陶老太太啊，最記仇了，人家幾年前罵了她一句她都記得，非找機會找補回來不可。」

那個大姊說這話的時候很小聲，一邊說、一邊左顧右盼，生怕被陶老太太聽見似的，弄得封上上很想提醒她，陶老太太的鬼魂要是真的存在，就是說得再小聲她也聽得見。

封上上繼續問：「我聽說陶老太太在郭大海之前還帶走了一個人的魂，那人又跟陶老太太有什麼仇？」

「哦，妳說葉雷子啊。」回話的換成另一個大姊。「葉雷子這個人最不正經，看到標致些的大姑娘跟小媳婦就要嘴渾幾句，陶老太太的小女兒出嫁前有次還被他當眾給調戲了，氣得陶老太太跑到葉雷子家門口罵了一整天呢。」

封上上心想，難不成陶老太太生前罵了誰一整天，那人就是她的仇家？

第四十二章　開棺驗屍

思及此，封上上小心翼翼地問：「那豈不是誰生前被陶老太太罵過，誰就容易被她帶走？下一個是誰？」

大姊搖搖頭。「那可太多了，這村裡除了村長跟族老，絕大多數人都被她給罵過。像我，還因為我家孩子和陶家孩子打架跟陶老太太吵過架呢，也被她在家門口罵過整整一天，陶老太太罵人太厲害了，我不是對手啊。」

旁邊立刻有婦女插嘴道：「哎喲，妳這情況也很危險，馬上就到陶老太太四七了，妳可得多去廟裡上香祈福，再給陶老太太燒點紙錢道歉，讓她別跟妳一般計較。」

大姊深以為然地點點頭。「我正準備去呢，早上就讓孩子他爹去鎮上買紙錢了，今晚就燒。」

封上上原以為能打聽出什麼，沒想到都是些雞毛蒜皮的小事，一點實質上的收穫都沒有。

衣服早就洗好了，封上上正準備回去，正好看見二妞抱著一盆髒衣服走過來，小虎子則在後面抱著洗衣棍，邁著小短腿努力地跟上二妞的步伐。

封上上立刻招手道：「二妞，我這邊位置好，過來。」

看到是她，二妞一笑，點點頭就走過去，而小虎子更是開心，邁著小短腿跑到封上上身邊，開心地喊：「姊姊，妳也來洗衣服嗎？」

「是呀，姊姊也來洗衣服呢。」封上上摸摸他的小腦袋，往旁邊挪了挪，給二妞騰出位置。

二妞對她說了聲「謝謝」，隨即蹲下開始洗衣服。

封上上的視線往二妞盆裡一掃，裡面滿滿一堆髒衣服，有男人、有女人的，還有孩子的，不用想，陶家所有人的衣服都在這裡了。

她不禁皺眉。這家人也太過分了，這姊弟倆才多大啊，怎麼能把一家人的衣服都給他們洗呢？記得陶家大妞比二妞大一些，今年十三、四歲吧，要洗怎麼不讓她也跟著一起洗？

二妞卻像是對這事習以為常了，就連小虎子也很熟練地從盆裡拿一些比較小的衣服，學著他姊姊的樣子彎腰在水裡搓搓搓，然後用洗衣棍敲一敲，敲了好一會兒才遞給他姊姊，讓她擰乾。

「你們每天都要洗這麼多衣服嗎？」封上上問。

「嗯。」二妞應了一聲，一句抱怨都沒有。

小虎子跟封上上熟了，很愛跟她說話，聞言就道：「姊姊洗衣服很累，我幫姊姊一起洗。」

封上上捏捏他的小臉蛋，誇道：「小虎子可真棒。」

小虎子羞澀地捂嘴笑，眼睛都瞇起來了。

封上上笑笑，將二妞盆裡的髒衣服全部倒出來，然後問她。「哪些衣服是你們姊弟倆的？挑出來。」

二妞不知道封上上要幹什麼，但並未多問，乖乖地把她和弟弟兩個人的衣服挑出來。

封上上點點頭，端起盆子，往河裡舀了一盆水，將陶家人的髒衣服放回去，又從二妞帶來的草木灰裡抓了一把撒上去，接著把小虎子抱起來放進盆裡，道：「小虎子踩一踩。」

「啊？」小虎子站在盆裡，一臉懵。

「用腳隨便踩，踩一踩衣服就洗好了，既快又省事。」

「真的嗎？」小虎子瞪大眼睛。

「真的，你試試就知道了。」

小虎子很喜歡封上上這個漂亮姊姊，對她說的話深信不疑，直接在盆裡的衣服上踩啊踩的，像在玩水一般。小孩子都喜歡玩水，這麼踩著踩著，小虎子就高興地笑了起來，覺得很有意思。

封上上笑著道：「小虎子踩累了就出來，把衣服甩一甩再擰乾就能回家了。」一件一件搓、一件一件捶，可得把他們姊弟倆累死。

小虎子高興地點頭，一邊踩、一邊對二妞說：「這樣比平時洗衣服容易多啦，姊姊，以後我們都這樣洗。」

二妞看了封上上一眼，抿了抿唇。她不像小虎子那般懵懂，她已經懂事了，自然明白封上上的好意，先是朝她笑笑，然後對小虎子點點頭。「嗯，以後就這麼洗。」

一旁的其他婦女們目睹了全程，沒人說封上上的不是，反而跟著附和。

「就是，就該這麼洗，洗那麼認真幹什麼，那一家子人真好意思，把衣服都給這麼小的兩個孩子洗，也不虧心。」

「以前我就想說了，這兩個孩子太實誠，幹什麼活都那麼認真，一點懶都不知道偷。」

「往後就這麼幹，甭管什麼乾淨不乾淨的，要是他們嫌洗不乾淨，那就自己來洗好了。」

二妞和小虎子沒說話。

有了封上上出的這個主意，姊弟倆只花了平時三分之一的時間就把衣服洗好了，封上上幫他們把洗好的衣服端回去，看他倆還沒晾衣繩高，得站在板凳上才能晾衣服，便幫忙一起晾。

陶山的媳婦賀瑤從門外進來，看見封上上在幫姊弟倆晾衣服，立刻迎上前道：「怎麼好讓客人幫忙晾衣服，讓他們自己來就行，您歇著吧。」

封上上看都沒看她，淡淡地道：「兩個孩子站在凳子上都沒繩子高，我看不下去，能幫就幫了。」

這話讓站著光說不動的賀瑤有點尷尬，撇了撇嘴。「我還有一堆農活要幹呢，一大家子的活都堆在我們身上……真是的，老的拖累人，小的也折磨人，一天天的累死了，這日子真是造孽哦。」說著便走了。

封上上咧了咧嘴，真是服氣了。

幫忙晾好衣服，封上上這才回到了房間，應青雲、景皓等人都在那裡，看她回來，便問她有沒有打聽到什麼。

封上上將在河邊聽到的事跟他們說了一遍，道：「看來村裡人也不知道郭大海等人為什麼會死，她們都以為是些小事導致陶老太太記恨才去索命的，其實這些人跟陶老太太生前沒什麼深仇大恨。」

應青雲道：「厲鬼殺人之說為無稽之談，倘若另外兩人的死因與郭大海一致，那麼即可證明這三人之死乃是人為，凶手是故意裝成陶老太太的模樣殺人。只有兩種可能，一種是凶手為了替陶老太太報仇，將得罪過陶老太太的人以她的名義殺死；另一種便是凶手的動機與陶老太太無關，只是假借陶老太太的名義行事，轉移視線罷了。

「除了陶家大兒媳徐穎害死陶老太太，說得上是有仇之外，另外兩人與陶老太太的矛盾壓根兒沒到殺人的地步，那麼凶手為陶老太太報仇這個可能性不大，郭大海、葉雷子以及徐穎三人之死應當與陶老太太無關。」

「我也偏向這個說法。」封上上道：「假設凶手假借陶老太太的名義對這三個人下手，那麼需要調查的重點有三個，第一，凶手為什麼挑徐穎、葉雷子還有郭大海下手，要是能找出這三人同時得罪過誰，那麼案子就容易破了。

「第二，根據郭大海的驗屍情況來看，郭大海除了心臟有問題，並無任何外傷，透過外力使郭大海心臟即刻出事的可能性微乎其微，所以他的死很可能是源於藥物，那麼，凶手是如何潛進郭大海家裡給他下藥呢？

「要知道，自從出了『厲鬼作祟』一事，村裡家家戶戶可都是上了門鎖、嚴加戒備，郭大海家也不例外，而且他家的門鎖沒有任何被撬動的痕跡。更重要的是，郭大海一家人誰都沒發現動靜，包括他的枕邊人鍾慧，就算是睡覺，也不可能睡得這麼死吧？

「第三，郭大海是因缺血性心肌梗塞而亡，從心臟開始缺血到死亡，這之間有個過程，哪怕再短暫，人也會感到不適，像是呼吸困難、心絞痛等，可為什麼郭大海沒有掙扎？或者說他掙扎了，但睡在旁邊的鍾慧卻沒察覺不對勁。

「這一點跟徐穎以及葉雷子死的時候一樣，陶家人說他們都聽到外面有陶老太太的腳步聲、咳嗽聲，還有枴杖敲地的聲音，卻沒一個人起來去看看是怎麼回事。能聽到聲音但醒不來，這一點看起來似乎是鬼魂之力，但我們都知道不是，原因到底是什麼？」

吳為納悶道：「我也想不通這一點，若他們說的是真的，半夜三更聽見家裡出現腳步聲、咳嗽聲與枴杖聲，是不是能說明凶手故意製造出這些聲音？可凶手如何能在別人家裡來去自如，難道不怕被發現嗎？」

景皓說道：「還是凶手有這些人家的鑰匙，所以能在不撬動門鎖的情況下來去自如？」

吳為道：「可村裡人被鬼嚇怕了，除了鎖門，還會在門後面抵上櫃子什麼的，郭家當晚就用櫃子跟桌子抵門，第二天醒來後那些東西沒有任何移動的痕跡，但郭大海人卻死了。」

景皓說不出話來了，只好問：「那我們接下來怎麼查？」

應青雲看了封上上一眼，說道：「我剛才的推測，前提是另外兩人的死因與郭大海一致。昨晚驗了郭大海的屍體，但另外兩位死者的屍還沒驗，還須一一驗過，才能確認三人的死法是否一致。」

「什麼？又要驗屍？」景皓差點蹦起來。「你們不會是要去挖墳吧？」

雲澤趕忙捂住他的嘴。「景少爺您小聲點，要是被陶家人聽到就不好了。」

景皓點點頭，等雲澤放開他之後，才壓低音量哭喪著臉道：「你們真的要去挖墳啊？」

應青雲沈默了，封上上則是聳了聳肩。

景皓都快哭了出來。「那我不去成嗎？」

應青雲道：「你說呢？」

見景皓一臉生無可戀，封上上樂了。「景少爺，你一個習武的，怎麼膽子這麼小啊？死人有什麼好怕的，相較之下，活人才可怕。我一個姑娘家都不怕了，你一個大男人好意思怕？」

景皓面無表情地看著她，幽幽道：「一個徒手舉大石、拿刀剖死人、一頓五碗飯的姑娘家？」

在場眾人都努力憋著，想笑又不敢笑。

封上上扠腰道：「怎麼了？姑娘家就不能力氣大、膽子大、飯量大了嗎？」

景皓說道：「沒怎麼，就是有點替妳未來的丈夫擔心，要是惹妳生氣，被妳一巴掌就搧暈了。」

封上上瞟了應青雲一眼，說道：「不用你擔心，要真是我的丈夫，疼他還來不及呢，打他幹什麼，打壞了我不心疼啊？」

景皓無語。服了服了，就知道她沒有女兒家的羞澀。

應青雲低下頭，嘴角抿直，耳根卻有一抹微紅。

深夜，整個村沈浸在一片靜謐之中。

幾道黑影毫無聲息地從院牆翻了出來，直奔村後的墳場而去。順著上百個墓碑找尋，幾人終於找到徐穎以及葉雷子的墳墓。

「動手吧。」封上上道。

雲澤一人各給了一把鐵鍬，大夥兒開始挖墳。

景皓一邊挖、一邊發抖道：「這樣會不會驚動祂們？會不會來找我們算帳？」

封上上漫不經心地道：「說不定會。」

景皓嗚咽一聲，繼續手上的動作。

挖了半個多時辰，終於將兩人的棺材從地下挖了出來。

棺材一打開，一股腐臭味頓時撲面而來，除了封上上和應青雲，其他人全部後退幾步，捂住口鼻不敢呼吸——實在太臭了！

人死亡的時間一長，這種臭味便無可避免，封上上早就習慣了，慢悠悠地從兜裡掏出一個自製的口罩戴上，又掏出另一個遞給身邊的應青雲，指指自己的嘴巴，再指指他，示意他戴上。

應青雲看了封上上臉上的口罩兩眼，眼中閃過一絲驚奇，接過來學她的樣子將兩根細細的帶子扣在耳上，然後把口罩整理好，遮住自己的口鼻，那股屍臭味瞬間淡了不少。

他不禁又看了封上上一眼。這東西戴上比面巾好多了，既服貼又方便，肯定是她想出來的，她的腦子裡總是有許多奇怪卻又實用的點子。

景皓看兩人戴上了口罩，不滿地問：「這是不是遮臭味的？為什麼他有我們沒有？」

封上上理直氣壯地答道：「因為我的月銀是他發啊，我當然要對自己的衣食父母好一點，官場拍馬屁你懂不懂？」

景皓第一次見到有人把拍馬屁說得這麼理所當然的，他竟無言以對。

應青雲藏在口罩下的嘴角微微勾起。

接下來，眾人幫忙將兩具屍體從棺材中抬出來，點亮好幾盞油燈在一旁照明，方便封上上驗屍。

封上上脫掉兩人身上的壽衣，露出藏在衣服下的皮膚，只見上面爬著密密麻麻的蛆蟲，蛆蟲在腐肉和屍水上蠕動著，看得人頭皮發麻、胃海翻騰。

景皓第一個忍不住，放下手裡的油燈跑到一邊去吐，被他這麼一吐，雲澤也憋不住了，捂著嘴跑過去跟著一起吐，兩人將晚飯吐得乾乾淨淨，連酸水也沒得吐了，這才蹲在地上猛喘氣，再也不敢靠近那兩具屍體，否則估計連胃都要吐出來。

吳為和六子也覺得噁心，但他們畢竟是衙役，見過的死人比景皓跟雲澤多一點，忍一忍還是能不吐的，就是不太敢往封上上的手上看，畢竟她現在做的事情讓人難以承受。

封上上準備剖開死者的胸膛，但是上面的蛆蟲太多了，只能先用手指把這些蛆蟲拿出來再說。她那纖細的手指撿著一撮一撮的蛆蟲，是嚴重的視覺衝擊，偏偏本人面不改色，好像不是在撿蛆蟲，而是在拈花一般——神人也。

應青雲在一旁蹲下，也伸手跟著一起撿蛆蟲。

封上上手上的動作一頓，抬頭看他。「大人，您怎麼也動手了？」

應青雲一邊撿蛆蟲一邊道：「我幫妳，兩個人快一點。」

「您……不嫌噁心啊？」看著他修長白皙的手指與蛆蟲接觸，封上上有種暴殄天物之感，這麼漂亮的手，就應該拿筆、拿書啊！況且她知道他有潔癖，衣角髒了一點都得換，更別提抓蛆蟲了。

「有點。」應青雲倒也沒逞強說不噁心，只淡淡地道：「但是習慣就好。」

封上上低頭笑了笑，知道他這是想幫自己，才努力克服的。她也沒拒絕，與他一起撿蛆蟲，將屍體清理乾淨，然後拿解剖刀劃開死者的胸膛，把心臟取出來，觀察上面的狀況。

看了一會兒，封上上將心臟放回去、縫好胸膛，又如法炮製取出另一名死者的心臟，檢查半晌後放回去並縫合，才脫掉手套道：「好，可以把屍體放進棺材了。」

應青雲問道：「怎麼樣？」

封上上說：「三人死因一致，都是急性心肌梗塞導致。」

應青雲點點頭。「看來真是人為了。」

「嗯。」封上上道：「還要再去看看陶老太太的屍體，判定她的死因是不是真的是後腦杓撞傷。」

「好。」

幾人將葉雷子跟徐穎的屍體裝進棺材，釘好以後把土填回去，恢復成原來的樣子，接著又去挖陶老太太的墳墓，將她的屍體從棺材裡抬出來。

陶老太太是這幾人當中最早身亡的，腐爛情況最為嚴重，視覺與味覺的雙重攻擊讓人崩潰，景皓和雲澤又去吐了，這次連膽汁都給吐了出來，直道這輩子不想再挖墳了。

封上上為陶老太太全身上下檢查了一遍，又把她的胸腔剖開察看心臟，她的心臟沒有問題，也只有後腦杓一處傷口，死因確實是失血過多。

應青雲頷首，看來陶老太太跟另外幾人的死因不一樣，凶手也不是同一人，那麼之前的推測是成立的，有人假借陶老太太的名義殺人。

將陶老太太的屍體埋好之後，封上上就近蹲下，找了根樹枝在地上寫下「凶手」兩個字，畫了個圈圈住，又在這個圈四周寫上徐穎、葉雷子、郭大海三人的名字，分別將三人的名字與圓圈劃線連接上，道：「現在不知道凶手是誰，但凶手同時與這三人有仇，且凶手都餵過他們同一種藥物，致使他們三人急性心肌梗塞，在睡夢中驟逝。」

應青雲也跟著蹲下，認真地看著地上的關係圖，見他蹲下，吳為、六子與雲澤也走上前蹲下，一行人蹲成一個圈。

景皓左右環視了一周，感覺後背涼颼颼的，無語道：「不是，你們為什麼非要在一片墳墓之間討論案情？咱們就不能換個地方說嗎？」

第四十三章 事有蹊蹺

封上上擺了擺手。「在陶家討論案情不方便，在這裡不會有人發現。」

「那咱們不去陶家，換個沒人的地方也行啊。」

「搞那麼麻煩做什麼，趕快蹲下來，說完咱們就回去。」

景皓默默地走過去蹲下，把圓圈的最後一個缺口給填上了。

封上上用樹枝點著徐穎的名字，繼續說：「徐穎就是個普通的婦道人家，一般來說，不會跟葉雷子、郭大海兩個男人出去一起做什麼事，但他們偏偏得罪過同一個人，所以凶手是外人的可能性不是很大，應當是村裡的人，而且對每家每戶都很熟悉。」

「嗯。」應青雲道：「這個凶手很了解陶老太太的生活習慣，可以熟練地模仿她的模樣，不僅考慮到腳步和枴杖這種細節，甚至連咳嗽聲都很像，若是外人，不可能那麼了解，所以凶手肯定經常接觸陶老太太。」

封上上在地上把「村裡人」和「經常接觸陶老太太」這兩點寫下來。

「大人。」封上上看向應青雲，問：「那麼，您覺得凶手是男子還是女子？」

「是女子。」應青雲學著她的樣子在地上寫了「咳嗽」兩字。「三家人都說聽到了陶老太太的咳嗽聲，若凶手是男子，除非他擅長口技，能變聲成任何聲音，若是沒練過口技，還是女子更易模仿陶老太太的咳嗽聲。」

「卑職也這麼認為。」封上上又將「女子」兩字給寫上。

兩人你一言、我一語地說，轉眼就掌握了凶手的特性和性別，旁邊幾個人看得嘆為觀止，卻半句話也插不上，因為實在是跟不上他們的思考速度，只能努力聽，然後露出恍然大悟的表情。

趁兩人說得忘我之時，景皓伸手戳了戳雲澤的手臂，小聲道：「發現了沒有，每到分析案情的時候，你家少爺就和小仵作成一個國的了，我們好像都是外人，根本說不上話，唯一的作用就是挖墳。」

雲澤贊同地點點頭。「少爺從小就聰明，平時很難遇到懂他的人，封姑娘也一樣聰穎，兩人可不就是一國的嗎，誰教咱們幾個跟不上他們，也說不出點什麼來。」

「欸，這麼一看，你家少爺和小仵作還挺配的嘛，兩人都好看，又都聰慧，還能一起破案，簡直是天作之合啊。最關鍵的是，若無必要，你家少爺平時跟女子一句話都不說的，但跟小仵作之間話卻多得很，根本是把一輩子跟女子說的話都放到小仵作一人身上了，我說你家少爺不會有點那心思吧？」

「您別瞎說，少爺從不把女子放在心上，多少姑娘對他芳心暗許，他一個都沒理會過，跟封姑娘說得多也是為了案子。唉，小的看少爺這輩子是不打算成親了，要是夫人尚在，還能勸勸他，如今誰都勸不了他了。」

景皓想想也是。「是我想多了，想當初太傅的獨女對他一見鍾情，死活想嫁給他，太傅便榜下捉婿，結果他居然不要，二話不說就拒絕了，他要是同意，現在說不定都進六部了，你家少爺啊，腦子裡就沒這根筋。」

想起自家少爺坎坷的仕途，雲澤也忍不住嘆氣。

身為話題的主人翁，應青雲跟封上上兩人渾然不知秘密差點就被發現了，還在繼續討論案子。

「目前已知的情況都說出來了，下面來說說怎麼解決疑點。」封上上在地上寫了個「疑問」，道：「此人手裡有能讓人心臟迅速病變、呼吸驟停的藥，這種藥肯定不是隨處可得，想找到管道買藥也非易事，那麼凶手到底是如何將這藥弄到手的呢？」

這個問題暫時無人能回答。

應青雲接著道：「凶手在死者家中製造出陶老太太的聲音，說明她當晚一定在現場，但三個死者的家門都沒有被撬動的痕跡，那麼，凶手為何能神不知、鬼不覺地進入死者家中，她是如何做到的？」

關於這個問題，圍觀的幾人終於能插得上嘴了，景皓立刻道：「我知道，翻牆！咱們不就是翻牆溜出來的嗎，陶家人誰也不知道。」

「陶家的院子矮啊，咱們又都有身手，當然不難。」吳為道：「可是卑職記得郭大海家的院牆特別高，而且牆上還加了許多碎瓷片，一不小心就可能扎到手，連卑職想要不驚動人翻過去都不輕鬆，更何況凶手可能是女子，能做到？」

「嗯……」景皓也覺得不太可能，在這個偏僻的村子裡，難不成還藏著會飛的女俠？

封上上問道：「進不了大門可以翻院牆，但凶手是怎麼進入死者房間的？」

景皓這下說不出話來了，畢竟房間沒牆可翻，也沒天窗，僅有的窗戶還卡得嚴嚴實實的，這個凶手總不可能會穿牆術吧。

應青雲分析道：「凶手進入房間的方式還不得而知，但是能知道一點，凶手一定手腳靈巧、行動敏捷。儘管她偽裝成陶老太太的模樣，卻改變不了她年紀不會很大的事實。」

大家一聽，紛紛點頭。要是笨手笨腳，絕不可能完成這一系列的高難度動作。

「那基本上可以排除年紀大的女子了，只要從村裡那些手腳靈活的年輕女子中找跟三個死者有仇的就行了。」景皓道。

「哪有你說得這麼簡單。」封上上直接道：「手腳靈活的年輕女子村裡一抓就一大把，而且私底下有什麼仇不是光靠眼睛就能看出來的。」

「那怎麼找凶手嘛……」

封上上搖頭，她目前沒有頭緒，想把凶手的範圍再縮小，得先想清楚凶手到底是怎麼順利跑進死者家裡犯案的才行。

應青雲率先站起來，道：「目前線索還不夠，無法確定凶手的身分，之後大家分頭行動，悄悄打聽三個死者與村人之間的恩怨，看看能不能找到他們共同的仇家。」

案情研討會就此結束，封上上拍拍手站起來，伸了個懶腰。「回去睡覺嘍！」

一行人悄悄溜了回去，各自睡下。因為睡得晚，第二天封上上直接睡到日上三竿才醒來，都快吃午飯了。

封上上走出房門，懶懶地伸了個腰，就見二妞和小虎子姊弟倆在院子裡劈柴，二妞負責劈，小虎子在一旁拿木樁，擺好後讓他姊姊砍。

二妞雖然已經十歲了，但比一般孩子都瘦小，細胳膊細腿的，看起來還沒七、八歲的孩子壯，那身材舉起沈重的斧頭劈柴，光看都覺得危險，生怕那斧頭把她給帶倒了。

封上上走了過去，接過二妞手上的斧頭。「走，你們兩個小不點去一邊歇歇，我幫你們劈。」

「上上姊姊！」小虎子看見她，眼睛一亮，上前揪著她的衣襬，仰著小腦袋看她。「姊姊妳醒啦？」

「是呀。」封上上摸摸他的小腦袋。「你和二妞快去休息，瞧瞧這一頭汗。」

「我不累，不用妳幫忙，姊姊。」小虎子搖腦袋。

二妞連忙去拿封上上手裡的斧頭。「上上姊姊，我可以的，妳歇著吧。」

「今天姊姊給你們表演一下，保證精彩。」封上上將兩個小傢伙趕到一邊去，彎腰一連拿起十來根木樁並排擺到地上，一字排開。

擺好後，封上上回頭朝他們一笑。「看好了啊，上上姊姊要大顯身手啦！」

二妞與小虎子下意識地點點頭，專心地看著封上上，眼含期待。

「要來嘍——」封上上嘻嘻一笑，舉起斧頭輕輕往下一劈，粗粗的木樁便一分為二，好像劈的不是木樁而是豆腐一般。

這還不算什麼，更厲害的是，封上上劈完一根木樁沒停下來，而是優美地轉了一圈，一個轉身又是一劈，下一根木樁也被劈開了。

封上上就像個轉圈圈的小仙女一般，一圈一下、一圈一下，動作不怎麼大，也沒特地瞄準，結果那一整排的木樁轉眼便被她劈完了。

「哇——」小虎子拍著巴掌蹦了起來，簡直樂瘋了。

二妞也瞪大了眼睛拍起手來。

封上上吹了吹額角的碎髮，食指指向兩個小傢伙。「姊姊厲不厲害？」

「厲害厲害！」小虎子大叫道，二妞也點頭。

封上上扠腰仰頭接受他們的崇拜，一偏頭就瞧見站在門口的應青雲，他正笑著看她，肯定是瞧見她剛剛在兩個孩子面前顯擺的模樣了。

「咳咳——」封上上放下扠腰的手，摸了摸頭髮，覺得有點尷尬，只好轉移話題。

「你去哪兒了？」

「去外面轉了轉。」應青雲笑著走進來，從袖中掏出一包東西，一打開，裡面滿滿都是紅豆酥。

他給小虎子和二妞一人分了兩塊，接著把剩下的都給封上上，輕聲道：「離吃午飯還有一會兒，先墊墊肚子。」

封上上笑了起來，拿起一塊塞進嘴裡，只覺得甜得很。「你從哪裡買的啊？」

「村裡來了貨郎，我看到就買了一點。」

「謝謝。」封上上朝他俏皮地皺了皺鼻子。

「上上姊姊，妳是哥哥的妻子嗎？」正甜蜜著，小虎子奶聲奶氣的聲音突然響起。

「啊？」封上上低頭看向坐著的小虎子。

「妳是哥哥的妻子對不對？」小虎子又說了一句。

「小虎子，別亂說話。」二妞趕忙阻止他。

小虎子眨了眨眼，有點茫然。「我說得不對嗎？」

封上上笑了，瞥了不自在的應青雲一下，蹲下來揉揉小虎子的小臉蛋，問：「你為什麼覺得我是哥哥的妻子啊？」

小虎子一本正經地說：「因為哥哥和我爹爹一樣好，爹爹也給我娘買紅豆酥吃呢，爹爹說男人就要對妻子好，哥哥給妳買紅豆酥吃，對妳那麼好，所以妳是哥哥的妻子。」

「哎喲，你真是人小鬼大啊，連這都懂！不過你爹說得對，男人就是要對妻子好。」封上上忍不住捏了捏小虎子臉頰上的肉，捏過癮了才道：「但是呢，姊姊現在還不是哥哥的妻子哦。」

小虎子歪歪腦袋。「為什麼？」

封上上轉頭去看應青雲，他的眼神立刻移開，看向別處。

「因為啊……姊姊要觀察觀察，看哥哥對我好不好，要是不好，那就不嫁給他了。」

小虎子想了想，很贊同地點頭。「對！哥哥要是對上上姊姊不好，妳就不能嫁給他。」

「你可真是太可愛了。」封上上要被他萌死了。

「喲，柴這麼快就劈完了？」

兩個人正說得開心呢，一道聲音突然插了進來。

賀瑤從門外進來，看看地上的柴火，再瞧瞧二妞和小虎子手裡的點心，眼神狠狠地瞪著他們，訓道：「你倆小小年紀就會偷懶，怕是又開口求客人幫忙了吧？」

封上上收起臉上的笑容，淡淡地道：「他們沒開口，是我主動幫忙的，畢竟兩個孩子還這麼小，劈這麼多的柴，我看不下去。」

「瞧這話說的，好像我這個做嬸嬸的虐待兩個孩子似的。您是外人，不清楚咱們家的情況，現在就三個大人幹農活，家裡的活計孩子們不幹誰幹啊？我的孩子不比他們大，不也要餵雞餵鴨嗎，又不是只讓他們幹。」

「是嗎？」封上上笑笑。

賀瑤三個孩子幹的活都是最輕鬆的，吃得卻比小虎子跟二妞好得多，真以為別人看不出來？不過封上上不想批評什麼，人都是自私的，疼愛自己的孩子乃人之常情，做不到對別人的孩子視如己出也不是什麼錯誤。

誰知賀瑤卻越說越來勁。「可不是，咱們農家人的辛苦可不是您這樣長得漂亮、有人疼的姑娘能懂的，咱們哪有您這樣的好福氣，生在農家，哪個孩子不幹活啊，不幹活吃什麼？」

封上上覺得賀瑤這語氣帶著滿滿一股酸味，也是奇了，她什麼時候惹這人的眼了？哪裡看出她好福氣了？難道是嫉妒她睡到了日上三竿？

「行了，妳瞎咧咧什麼啊，進門洗手吃飯去！」跟在後面的陶山自然聽出了自家媳婦話裡的酸味，怕她得罪這些有錢的客人，趕緊出言喝斥，並對封上上討好地笑了笑，說道：「兩位客人莫怪，這婆娘就是嘴上沒把門的，其實沒別的意思。」

封上上也笑。「既然知道嘴上沒把門，以後還是少說話為妙。」

賀瑤臉色一變，正要開口，就被陶山給推進家門裡去了。

封上上哼了一聲，心裡直嘆看事情不能光聽別人的一面之詞。之前聽說陶老太太是個惡婆婆，就喜歡折騰兒媳婦，她還對陶家的兒媳婦們報以同情，哪想到接觸了才知道，這賀瑤不是個善類，跟她想像中的小可憐差遠了，壓根兒不像會被婆婆單方面按在地上摩擦的樣子。

不知道陶家大媳婦徐穎和二媳婦戴清華的性格又是如何？

還有，封上上總覺得陶家三房之間的關係不太好，不只是其他人無視二妞與小虎子，他們對其他人也頗為排斥，相處起來的氣氛不對勁。

出於第六感，封上上覺得要好好問清楚，於是第二天早上去「八卦集中營」洗衣服的時候，她假裝順口問了一問。

一聽她問起陶老太太和她三個兒媳婦，洗衣服的婦女們立刻像是冷水入了熱油，炸了鍋，要講的話可多了去，妳一言、我一語的，說得停不下來。

「這陶老太太啊，的確是個惡婆婆，看她那些兒媳婦最不順眼，一天天的不罵幾頓心裡都不舒坦，要是沒聽到她罵兒媳婦的聲音，那她肯定是病了，沒力氣罵人。」

「陶老太太把持著一家的錢，兒子們掙的錢全要交給她，就算是要一分錢，也得找她伸手。要是敢藏錢不交出來，就等著被她又打又罵，還會鬧到族老那邊去，要治兒子跟兒媳婦一個不孝之罪。時間久了，她的兒子跟兒媳婦都怕她，孫子與孫女們也不敢惹她，在家裡她就是老祖宗。」

封上上問道：「那她三個兒媳就任她欺負嗎？」

「兒媳婦被婆婆折騰，本來就不能打回去，但真要說被欺負，就只有陶水的媳婦戴清華一個，就是小虎子和二妞的娘。

「她是真的心善，性子也軟和，被婆婆折磨得慘兮兮，偏偏她不懂得反抗，也不知道耍滑，以前陶水在的時候還會護著她，他死了以後她就徹底沒人保護，被婆婆折磨得更狠了，不然她也不會想不開，就是可憐兩個孩子這麼小就沒了爹又沒了娘。」

「陶木的媳婦徐穎和陶山的媳婦賀瑤就不一樣了，那兩個都不是任人欺負的，表面上被婆婆罵，但是左耳進、右耳出，背後也會狠狠地罵回來，還到處說婆婆的不是；陶老太太讓她們幹什麼，她們表面上答應，背地裡還是不幹，或者推給二妞與小虎子的娘幹。」

封上上說道：「這麼說，她們兩個也會欺負他倆的娘？」

「可不是，仗著二妞她娘老實，徐穎跟賀瑤常欺負她，特別是徐穎，就愛找戴清華的碴。」

「為什麼？」封上上問。

一個大姊露出一個意味深長的笑容，神秘兮兮地說：「我跟妳說啊，這徐穎就是嫉妒戴清華。戴清華是被人牙子賣到咱們這裡的，無父無母、無依無靠的，命也是苦，但架不住她長得好看，男人見了就喜歡。

「當時陶木和陶水兄弟倆都看上了戴清華，但是陶木當時已經和徐穎在相看了，本來已經準備定下來，但陶木死活想反悔，改娶戴清華，無奈陶老太太不同意，最後她就被陶水買去做媳婦了。

「這件事最後被徐穎知道了，從此以後她就恨上了戴清華，鼻子不是鼻子、眼睛不是眼睛的，非說陶木心裡有戴清華，再加上陶水很疼媳婦，對戴清華好得不得了，這一對比，徐穎就更恨了，處處為難戴清華不說，在陶水死後還總是給她潑髒水，恨不得陶老太太把戴清華給打死。」

一個婦女碰巧走了過來，聽她這麼說，不禁皺了皺眉，說道：「人都死了，說這個幹什麼呢？」

那大姊回道：「我又沒瞎說，這些可都是事實！」

第四十四章　漏網之魚

封上上心念一動，笑著道：「哎，就是瞎聊嘛，有什麼不能說的，大姊妳們就跟我說說吧，徐穎怎麼就給戴清華潑髒水了？」

這位大姊正沒說過癮呢，聽封上上這麼一說，就繼續道：「這徐穎也夠不是東西的，到處跟人家說戴清華不安分，勾搭男人，還在陶老太太面前煽風點火，陶老太太一聽那還了得，天天罵戴清華是狐狸精、不要臉，還要把她給沈塘呢，幸好村長不理她。」

封上上問道：「她說戴清華勾搭誰？」

「說了不少人呢，哦對了，包括剛剛死的葉雷子和郭大海。」

封上上瞳孔猛然一縮，腦中瞬間閃過一道光芒，她急忙追問道：「葉雷子和郭大海是怎麼回事？」

「葉雷子啊，這人就是嘴上沒把門，老愛調戲大姑娘跟小媳婦，戴清華長得漂亮，能逃過他的嘴嗎？之前陶水在世的時候，他還知道收斂，結果陶水一去，這人非說自己跟戴清華有什麼，戴清華氣得直哭。這件事我們都不信，但徐穎就信，陶老太太也信，兩人聯手整治戴清華，把她罵得眼睛都哭腫了，差點上吊。

「至於郭大海呢，就是有一次被徐穎看到他和戴清華單獨待在一處講話，還拉拉扯扯的，徐穎就說他們有一腿，跑回去告訴陶老太太，陶老太太自然要找戴清華麻煩。戴清華解釋說是郭大海拜託她一件事情，求她不要說出去，但等陶老太太跑去質問郭大海時，郭大海卻說戴清華胡謅。」

「到底怎麼回事？」封上上直覺這裡面有狀況。

「當時事情鬧得很大，戴清華看郭大海不肯替她解釋，不得已只好說出真相。原來戴清華去集市上趕集的時候，恰好遇到郭大海和一個女人親密地走在一起，郭大海見被熟人看到了，立刻追著戴清華解釋，還求她不要說出去，她就答應他什麼都不會說。

「可是陶老太太去對質的時候，郭大海死都不承認，還說一切是戴清華瞎編的，甚至反過來說戴清華勾搭他。陶老太太認定戴清華不守婦道，把她打得好幾天都下不了床呢。其實我們都相信戴清華，她那麼漂亮，要是有那種心思，鎮上的有錢老爺都能勾到，何必待在村裡受罪呢？她就是捨不得孩子而已！」

封上上一顆心跳得厲害，沒想到她的第六感非常準，陶家果然有大事，這麼隨口一問，竟然找到了如此重要的線索。原本她怎麼都想不通徐穎和葉雷子、郭大海之間有什麼關聯，現在終於發現了，原來他們都跟陶水的媳婦戴清華有所牽扯。

這麼說來，下一次死的人，會不會就是其他欺負過戴清華的人呢？

封上上追問道：「除了葉雷子和郭大海，徐穎還說過誰跟戴清華有一腿嗎？」

「就是村裡的老鰥夫于三，他媳婦走了好多年了，一直沒再娶，偏偏看上了戴清華。在陶水過世半年之後，于三突然提著一大堆禮物上門，跟陶老太太商量想娶戴清華，徐穎當時就說于三早就和戴清華有一腿了。

「陶老太太被徐穎這麼一說就信了，非說戴清華給她兒子戴了綠帽子，當著全村人的面開始打戴清華，戴清華被打得鼻青臉腫的，大概是終於受不了這樣的日子了，這件事過後沒多久她就尋了短，沒救過來。」

說完，大姊還感慨道：「我說這于三也真是的，可不能只想著自己喜不喜歡啊，總該為戴清華的名聲想想嘛，陶水才死了半年，怎麼能這麼快就上門去提親呢，這讓別人怎麼想，又讓陶老太太怎麼想？他再怎麼樣也該多等一段時間，這下可好，直接把人家害死了。」

封上上站在原地愣了一會兒，突然抱起衣服往回跑，把那些婦女們給看愣了，不知道她是怎麼回事。

全力衝刺跑到陶家後，封上上見陶家人都在裡面，不好說話，只好悄悄朝應青雲使眼色，應青雲便找了個藉口出門，與封上上一起去了沒人的地方談事情。

「怎麼了？」應青雲輕聲問。

「我發現大事了！」封上上拉住應青雲的手，想了想，又與他十指相扣。

「幹什麼，不是要說大事？」應青雲抽了抽手指，結果當然抽不出來。

「我想拉著你說。」封上上噘嘴。「這樣說得比較清楚。」

其實是這幾天身邊都是人，兩人連單獨說話都沒有機會，她有點想他了。
應青雲抿了抿唇，不自在地道：「那妳說。」
封上上一口氣將剛剛聽到的事情跟他說了一遍。
聽完，應青雲的表情變得很慎重。「凶手很可能是為戴清華報仇？」
封上上點點頭。「對，不然不可能這麼巧，欺負過戴清華的，五人之中已經死了四個，就剩一個于三。村裡的人堅信是陶老太太化作厲鬼索命，壓根兒沒往這上面想，要不是我今日無意中打聽了一下，估計誰都不會想到要說這些事。我猜，下一個死的人會是于三，但是……」
她話鋒一轉。「村裡人都知道戴清華是被賣來村裡的，無父無母，自己都說不清楚自己是從哪裡來的，除了兩個年幼的孩子也沒有其他親戚，誰會為她報仇？」
應青雲說道：「也不一定是親人才會為她報仇。」
「這倒是。」封上上點頭，繼而沈吟道：「有兩個可能，第一種，有個跟戴清華關係特別好的姊妹，她在為戴清華報仇。」
「第二種呢？」
封上上沒急著回答，而是說：「你說，我們之前的推測是不是出了問題，凶手會不會是男人呢？」
應青雲聽懂了她的意思。「妳是覺得某個人默默地喜歡戴清華，她卻因為這些人死了，所以此人為她報仇？」

「我認為不能排除這個可能性。」封上上道：「按照那些婦人們說的，陶木就挺喜歡戴清華，當初為了娶她，都想跟徐穎悔婚了。雖然是年輕時的事情，但誰知道現在他心裡是怎麼想的呢？當然，也不一定就是他，有可能還有其他男子默默喜歡戴清華，但大家都不知道，這個就不太好調查了。」

應青雲說道：「先查查看有沒有跟戴清華關係好的女子，剩下的之後再說。」

封上上點了點頭，拉著應青雲多享受了一會兒獨處的時光。

回到陶家之後，應青雲背地吩咐吳為辦這件事，吳為去村裡溜了一圈就查清楚了，回來稟報道：「村裡的人都不喜歡陶老太太，連帶著跟陶家三個兒媳婦都不怎麼親近，唯一跟戴清華關係不錯的只有一個叫芸娘的，兩人差不多年紀，平時處得很好，戴清華被陶老太太折磨的時候，她還經常去幫襯，現在也挺照顧二妞和小虎子的。

「但是芸娘是有兒有女的人，跟丈夫關係也很好，卑職覺得她不像會為了幫戴清華報仇而去殺人，要是出了事，她的丈夫和兒女怎麼辦？」

「不管怎樣，先盯住芸娘和陶木，看他們有無異狀。」應青雲吩咐道：「另外，離陶老太太的四七沒兩天了，凶手並不知道我們正在抓她的尾巴，所以很有可能會按照原計劃在四七當天晚上再殺一人，我們提前埋伏在于三家附近，守株待兔。」

接下來，眾人把重心放在芸娘和陶木兩個人身上，但他們並無任何異樣，芸娘就跟普通的農家婦人一樣，做家務、照顧孩子、幫忙農活，而陶木每日除了吃飯跟睡覺就是下地幹活，話都沒多說兩句，看不出什麼問題來。

轉眼間就到了陶老太太四七這一晚。

陶老太太的四七對全村來說又是一場噩夢，村民再次陷入恐慌之中，家家戶戶早早吃完飯後就熄滅所有燈火，關緊窗戶、鎖牢房門，窩在被子裡一丁點聲音都不敢發出來。

就連陶家人也是如此，天才剛黑，家裡就安靜得像是沒人存在一般，原本調皮的孩子也老實得很，跟著大人待在房間裡不亂動。

這樣一來倒是方便封上上等人行動，六子守在芸娘家附近盯緊她；吳為跟雲澤專門盯著陶木，看他有什麼行動；封上上、應青雲與景皓三人則蹲守在于三家外面，等待凶手出現。

從月亮初升到月上中天，于三家門外一點動靜都沒有，封上上蹲在草叢裡，身上被蟲子咬得都是包，想撓又不敢，怕被凶手發現。

她轉頭瞥向景皓，只見這傢伙瞇著眼睛打哈欠，整個人昏昏欲睡。

封上上又看向應青雲，他感應到她的視線，也朝她看去，兩人四目相對，她忍不住把手悄悄伸過去，握住他的手。

他的手很大，也很溫暖，握起來很有安全感。

不知道是不是怕被景皓察覺，這次應青雲沒有掙扎，就這麼任封上上握著手沒動。

封上上笑了笑，用嘴形悄悄地對他說：「凶手怎麼還不出現？」

應青雲搖頭，無聲答道：「再等等。」

封上上點點頭。

三人繼續等下去，可出乎人意料之外，一直等到月亮下山，天邊出現了魚肚白，他們認為一定會出現的凶手卻沒現身。

村裡已經漸漸有了動靜，凶手是不可能出現了。

「怎麼回事？」景皓急了。「凶手怎麼沒有出現？昨晚于三沒事啊！」

「難不成我們猜錯了？」封上上也感到意外。「凶手其實不是為了戴清華報仇？」

應青雲神色凝重。「我們的猜測應該沒錯，但凶手沒出現，可能是發現了不對勁。」

「那我們快去看看六子和雲澤那邊怎麼樣了，也許是他們兩個做了什麼。」封上上道。

三人正準備撤離，忽然間，于三家響起了一陣尖叫聲，緊接著就是號哭聲，有老人的也有孩子的，聽他們哭叫的內容，好像是于三出了什麼問題。

果然，過了沒一會兒，于三家的大門被打開，從裡面跑出來一個孩子，一邊哭著喊著「我爹死了」，一邊往外跑，看樣子是去村長家報信。

封上上心裡一個「咯噔」，轉頭去看應青雲。「于三出事了，怎麼會這樣?!」

應青雲也沒料到會出現這種情況——凶手沒出現，但人還是死了。

景皓一臉的難以置信。「難道我們的推測全錯了？」

封上上道：「走，先進去看看再說。」

三人也顧不得會不會被懷疑，快步走進于家，直奔于三所在的房間，一進去就看到滿屋子的人恐慌哭泣，而于三則雙眸緊閉地躺在床上，像是睡著了，然而胸膛卻沒有半點起伏。

封上上迅速走上前去摸了摸于三的脈搏和體溫，搖了搖頭。死了，在他們眼皮子底下死了，死狀和前面三個人一模一樣。

「你們來我們家幹什麼?!」于三的父親大喊道。

方才于家人一時不察，讓封上上靠了過去，現在注意到她站在于三床邊，以為他們三個是來湊熱鬧的，自然氣憤不已。

封上上和應青雲、景皓對視一眼，頂著于家人的憤怒默默退了出去，站在院子裡看著高高的院牆，一時之間無言以對。

此時，六子和雲澤從外面匆匆趕來，顯然是聽到消息了，臉色很難看。

六子小聲道：「大人，昨夜卑職看了芸娘一整夜，她沒有任何動作，凶手不是她。」

雲澤也道：「陶家人昨夜很平靜，陶木吃完飯回房間後就再也沒出來，小的還特地從窗戶的縫隙往裡面偷看了，他的確在睡覺，沒離開。」

景皓疑惑地說道：「那凶手到底是誰？為什麼明明沒出現，于三卻死了？我怎麼也想不通凶手是怎麼辦到的，難不成凶手會隱形不成？」

應青雲搖搖頭。「隱形自然不會，沒出現倒是真的。」

景皓眨眨眼，不懂他什麼意思。「我們當然知道凶手沒出現啊。」

封上上解釋道：「大人是指凶手因為某種顧慮不敢出現。」

「啊？」景皓更懵。「為什麼不敢出現啊？難不成是我們的行蹤洩漏了？」

「不是。」應青雲看著遠處道：「而是我們的存在本身就讓凶手不敢再輕舉妄動。」

「不是，話能不能說得簡單直白一點，你是不是知道什麼了？」

應青雲瞥了他一眼，沒說話，轉頭看向正蹲在地上發呆的封上上，走到她身邊，輕聲問：「怎麼了？」

封上上用樹枝戳了戳一個牆角的洞，低語道：「我太笨了。」

應青雲沈默地看她一下又一下地戳那個洞，過了好久才嘆息道：「妳已經很聰明了，妳沒想到，我也忽略了這一點，笨的是我才對。」

封上上轉頭看他，癟了癟嘴。「好吧，我倆都是笨蛋，要不是因為我們笨，也許本來可以少死一個的。」

應青雲輕嘆了口氣。「別太放在心上，沒有人可以一點錯誤都不犯。」

景皓在一旁戳戳雲澤的手臂，小聲問：「他倆在說什麼呢，說自己是笨蛋？我不會幻聽了吧？」

他倆是笨蛋，那他們這些人是什麼？白癡嗎？

「小的也聽到了，但是小的也不太懂。」難不成聰明人都覺得自己是笨蛋？難道這就是他們這種普通人和聰明人的不同之處？

「大人，現在怎麼辦？」封上上第一次不想面對自己內心的猜測，第一次抗拒再查這個案子。

應青雲聽出了封上上語氣中的沮喪與為難，不由得有點心疼。他知道她一直很善良，善良到不想讓可憐之人得到任何不好的結果，偏偏這結果是她查出來的。

他握住她的手臂將她輕輕拉起來。「在其位，謀其職，無愧於心。」

封上上垂頭喪氣地跟在應青雲後面往陶家走，一進陶家就看見二妞和小虎子兩個人在院子裡忙，二妞提著豬食餵豬，小虎子則抓著雞食往地上撒，一邊撒、一邊奶聲奶氣地叫小雞們來吃，跟招呼客人一般。

看到他們進來，小虎子立刻跑到封上上面前，仰著小腦袋問她。「上上姊姊，你們怎麼那麼早就出去了啊？我還以為妳在睡覺覺呢。」

「姊姊才沒有每天都睡到那麼晚。」封上上摸摸他的小腦袋。「因為姊姊要出去鍛鍊身體啊。」

「怎麼鍛鍊身體？」

「就是跑跑步啊，打打拳啊什麼的，這樣身體就會更好。」

「那能長高嗎？」

「當然可以啊！」

「哇，那我也想鍛鍊身體，才能長高高！」

二妞走了過來，無奈地敲了敲小虎子的頭。「你又纏著上上姊姊了，雞還沒餵完呢。」

小虎子朝封上上嘿嘿一笑，趕忙邁著小短腿跑回去繼續餵雞。

封上上看向二妞，臉上的笑容慢慢消失。

這個小丫頭真的又瘦又小，讓人看了很心疼。跟她相處的時間長了，才知道她為什麼這麼瘦，因為每次她都吃得不多，總是想把僅有的那點吃食留給弟弟，儘量讓他吃飽一點。明明自己才這麼一點點大，卻用瘦弱的肩膀為弟弟遮風擋雨，保護弟弟長大。

封上上心裡一陣酸楚，忍不住像摸小虎子那樣摸了摸她的頭，二妞一怔，仰頭看她，眼睛睜得大大的。

「二妞啊，妳是個好姊姊。」封上上看著她的眼睛道：「但是上上姊姊想跟妳說，妳有自己的人生，還有很長的未來，更會獲得很多很多幸福，所以妳要好好地長大，不要把什麼都攬在自己身上，也不要輕易走錯路，一旦走錯，想回頭就難了。」

二妞怔怔地看著封上上，眼裡閃過一絲慌亂，張張嘴想說什麼，可又什麼都沒說出來。

封上上擺了擺手，突然不想回房間，乾脆轉身朝大門外走去。「我再去蹓躂蹓躂。」

她想靜一靜。

應青雲默默地看封上上走遠，也跟著朝外走去。

景皓忙問道：「欸，你們去哪兒啊？」

應青雲頭也不回地說：「有點事，你們別跟來。」

景皓不禁皺起了眉。

怎麼感覺這兩個人從剛剛開始就心事重重的樣子，到底怎麼了？

封上上一路走到河邊，在草地上坐下，看著被風吹得波光粼粼的水面，心湖也像這水面一般，無法平靜。

應青雲在封上上旁邊坐下，也不說話，就這麼靜靜地陪著她。

「大人，我們今天就走好不好？」過了好久，封上上才悶悶地開口。

應青雲沒問為什麼，只靜靜地看著水面，輕輕地「嗯」了一聲。

「真的？」她轉頭看應青雲，有點不相信他竟然這麼爽快就答應了，重申道：「我的意思是，不查案了，直接走。」

「嗯。」應青雲又應了一聲。「妳想走，我們就走。」

第四十五章 水落石出

封上上心裡突然一動，噘起嘴，雙膝併攏地從草地上跪起來，一下一下挪到應青雲身邊，挨著他的腿，就這麼看著他。「我以為你會說：『上上，不要任性，人命關天，豈可坐視不管。』」

應青雲嘴角微勾。他也沒想到自己聽到她那麼沮喪地說想離開、不查案時，第一個反應就是答應她，而且他說完以後……也沒有後悔。

一向有責任感的他，怎麼會這樣呢？但是，他真的不想看她難過。

封上上突然沒那麼難受了，伸出食指在他膝蓋上戳了一下。「其實你也猜到了對不對？」

「嗯。」應青雲握住封上上還想再戳戳戳的手指，不讓她繼續亂動。

封上上也不掙扎，就讓應青雲握著，笑盈盈地看著他，倒是他先不自在，慢慢放開了手，輕聲道：「別鬧。」

她哼了哼，轉身坐下，腿挨著他的腿，兩人之間一絲縫隙也無，能清晰地感受到彼此身上傳來的溫度。

應青雲動了動腿，明顯是想要往旁邊挪一挪，好離她遠一點，封上上立刻道：「你要是敢挪，我就……三天不跟你說話。」

聞言，應青雲立刻停下動作。「上上……」

封上上不理他，目視前方。

應青雲只好選擇待在原地了。

封上上滿意了，終於開口說正事。「你是怎麼發現的？」

「反常，凶手沒現身，本來應該出現在于家的腳步聲、枴杖聲、咳嗽聲都沒有。」

「嗯。」她靜靜地聽他說。

「以前凶手都會刻意在死者家中製造出這些聲響，但我們來了這裡，凶手就不出現了。」他頓了片刻，才道：「凶手忌憚我們，不敢現身。」

「為什麼會忌憚我們？我們不知道誰是凶手，凶手也不知道我們的身分，更不知道我們半夜不睡覺，埋伏在于家外面等著抓人，完全可以製造陶老太太出現的假象，再悄悄溜回家，神不知、鬼不覺。」明知道答案，封上上還是故意開口問他。

「因為我們就住在凶手家裡，院子裡停著馬車，吳為、六子跟雲澤睡在馬車裡，凶手只要半夜出門，就會被我們這幾個外地人撞見，所以不敢出門，只好放棄製造陶老太太出現的假象。」

封上上沈默了片刻，「嗯」了一聲，才繼續道：「所以，唯一的解釋是，凶手就是陶家人，我們的出現破壞了凶手的規劃，凶手只能讓計劃進行一半——將于三殺死。」

「對，凶手並未發現我們進行埋伏，也沒發現我們的身分，只是不能出門而已。」

「那你怎麼知道是她的？」

「就是牆角那個洞。」應青雲輕聲道：「之前我一直想不通，凶手到底是如何在不發出聲響、不破壞門鎖和窗戶，且繞過有碎瓷片的高牆的情況下進入每位死者家中，假裝陶老太太的鬼魂現身並殺人。直到看見妳戳牆角那個洞，我才終於恍然大悟，凶手壓根兒不需要撬鎖，也不需要翻牆，只要鑽進那個洞，就能輕輕鬆鬆地進門，誰也不會發現。」

「是啊，我們太笨了，竟然剛剛才發現這一點。」封上上嘆了口氣。

村中家家戶戶都會在門旁邊的牆上留個小小的洞，這個洞能讓家裡的貓兒或狗兒自由進出，這樣的洞實在太常見，就連村民自己也會忽略，所以他們想到關窗、鎖門，甚至用重物堵門，卻沒想到堵那個洞，凶手正是利用這一點順利進入每個死者的家中，就好像是鬼一般。

應青雲看了封上上一眼，繼續道：「而且，凶手也不需要進入房間殺人，因為她提前幾天便給凶手餵了藥，藥物過幾天才會起作用。她只需要鑽進死者家的院子，在窗戶外弄出屬於陶老太太的聲響，就製造出了完美的厲鬼索命案。」

封上上仰頭往後一倒，雙手捂住臉，聲音悶悶的。「我們明明已經知道凶手是為了戴清華報仇，跟她關係匪淺，可仍是忽視了與她最親的人，排除了真正的凶手。」

應青雲安慰道：「因為我們沒想到凶手會是個孩子，更沒想到一個那麼瘦弱的孩子能幹出這麼大的事情。」

封上上苦笑。「是啊，我們沒想到，如果能早些發現這一點，是不是就能快點查出凶手是她，也能挽救一個人的生命。」

「上上，很多事情都沒有如果，人不可能什麼都知道、什麼錯誤都能避開。若不是于三出了事，我們也發現不了。」

「是啊，你說得對。」封上上苦笑。「可我儘管明白這個道理，心裡卻好難受。二妞是個好孩子，她那麼小就會照顧弟弟，不僅把好的讓給弟弟，還把弟弟保護得那麼好。她對我也好，雖然不愛說話，但是每天早上卻會給我留熱水漱洗，會在採到野果子的時候分我一個，會在我睡懶覺的時候讓家裡的孩子們小聲一點不要吵我，這樣的她怎麼會是壞孩子呢？」

「她不是壞孩子，只是一時走錯了路。」

「我知道，她娘過得太苦了，親娘在眼前自盡的場景對她來說太可怕，她當然想替她娘報仇。」封上上擦了擦眼角。「可是她還那麼小，還有大好的將來啊，不該為了別人犧牲自己的人生。」

應青雲輕嘆一聲。

封上上也嘆了口氣。「你說這孩子怎麼那麼聰明，竟然連我們都騙過了，可是她一個孩子，哪來的毒藥啊？」

「這個問題只能問她了。」應青雲站起來。「回去吧，不是說要離開？」

封上上仰頭看他。「你真的要走啊？放著凶手不抓，你的一世英名不要了？你的鐵面無私不要了？」

應青雲淡淡地道：「我沒有英明，也做不到鐵面無私。」在她面前，他就做不到。

封上上突然懂了，因為她想放二妞一馬，所以應青雲願意妥協，哪怕違背良心，違反一個父母官的準則。

她心裡一酸，酸中又帶著甜，忍不住吸了吸鼻子。「你怎麼對我這麼好啊？」

應青雲不習慣聽這麼露骨的話，偏過頭，輕咳了一聲。

封上上笑了，笑容中帶了一點哀傷。「可是，要是就這麼離開了，我以後再也沒辦法當個公平公正的仵作，也沒辦法心安理得地替死者伸冤了。」

說著，封上上心想：而你，也沒辦法再泰然自若地戴著那頂烏紗帽，坐在「明鏡高懸」的公堂上為民伸冤了吧，我怎麼能這麼對你呢？

她仰頭笑著看他。「咱們打個賭吧。」

「什麼賭？」

「就賭……你願不願意主動把我抱回去。」封上上燦笑著坐在地上朝應青雲伸出手臂。

「要是你把我一路抱回去呢，咱們就放過二妞；要是你不願意呢，咱們就抓二妞。」

應青雲一時無語，頭疼地捏了捏額角，低聲道：「上上，別鬧。」語氣帶著輕哄的意味。

「可我就想鬧。」封上上跺了跺腳，催促道：「你快點決定，到底抱不抱啊？」

「上上……」應青雲無奈地看她。

「好吧，就知道你不會抱。」這完全在封上上的意料之中，她也是料定他會有這種反應才打這個賭的。

封上上拍拍手，自己從地上爬起來。「那行吧，咱們公事公——」

話還沒說完，她整個人便騰空被人攔腰抱起。

「你——」這下換封上上傻眼了，怔怔地看著他。「你在幹什麼？」

應青雲緊抿著唇，不說話，視線放在正前方，抬起腳步，就這麼抱著她準備離開了。

「欸欸欸——」這下子輪到封上上頭疼了。她萬萬沒想到，端方雅正、最重規矩的應青雲應大人會任由她胡鬧，他明知道她是故意這麼說的。

「大人。」封上上伸手捏住應青雲的兩隻耳朵摩挲了兩下。

這個舉動頓時讓他停住步伐，耳根忽然發起了燒。

她笑了笑，輕聲道：「放我下來吧。」

應青雲終於將視線落到封上上的臉上。「妳……真的下得了手？」

封上上自然知道應青雲是什麼意思，她心中苦澀，扯了扯嘴角，實話實說。「我不想下手，想當作什麼都不知道，就這麼離開，可是……要是就此走了，我的良心會不安，連帶著讓你也染上污點，我不能這麼做，所以就算下不了手，我也得狠下心。」

應青雲的眼神有些複雜，看著她，卻不知道能說什麼。

封上上放過他的耳朵，改為摟住他的脖子。「我不清楚大魏律法，你跟我說說吧，像二妞這樣的情況，會怎麼判？」

「二妞連殺四人，按律當斬，但大魏寬老宥子，律法規定，凡不滿十二歲者，免死刑，剝奪良民身分，入奴籍，終生不得改籍。」

封上上的雙眸一下子亮了起來。「你是說二妞可以不用斬首了？她能活下來？」

「嗯。」應青雲見她這麼高興，心情頓時放鬆了不少。

「太好了！」她忍不住晃起了腿，語氣中滿是雀躍。「我嚇死了，以為二妞難逃一死，畢竟她還那麼小……」

應青雲不得不提醒她。「死罪可免，活罪難逃，二妞以後終生為奴，不得贖身。因犯罪而淪為奴籍的孩子，去處往往都不是什麼好地方。」

他沒說的是，官府不可能花錢養這些孩子，所以他們通常沒什麼好下場，不比直接斬首好到哪裡去。

「只要活著就有希望啊。」封上上倒沒有失望，身子一翻就從應青雲身下跳下來，拉著他往回走。「走，快點回去。」

看封上上又恢復了活力，應青雲的腳步也跟著輕快起來，笑著隨她往陶家走。

進了陶家，封上上正準備去找二妞，沒想到二妞卻先一步等在她的房門口。看到封上上回來，二妞默默地望著她，眼裡似有千言萬語。

封上上率先走進房間，轉頭看她。「進來吧。」

二妞揑著衣角，跟在封上上與應青雲身後一步一步走進房間，每一步都沈重無比，似乎帶著某種決絕。

走進房間，二妞將房門關上，便直接往地上一跪，對封上上和應青雲磕了個頭，啞聲道：「我知道你們已經發現了。」

封上上伸手去拉她。「起來，站著說。」

二妞搖頭。「我不起來，我知道你們是好人，想求你們一件事。」

封上上和應青雲對視一眼，眼中皆是無奈。他們以為二妞是想求他們不要說出去，放過她。

然而出乎他們意料的是，二妞並未這麼要求，而是道：「那些人都是我殺的，我承認，你們報官吧，我願意殺人償命，但是……小虎子才三歲，他還小，這個家沒人會管他，要是我不在，他就活不下去了。上上姊姊，妳就當我不要臉，求求妳，你們離開的時候把小虎子帶走，讓他做牛做馬都行，他很乖的，幹什麼都不偷懶，只要你們給他一口飯吃，行不行？」

「妳……」封上上的喉頭一下子哽住，鼻子也是一酸。「妳這是何必，既然還有弟弟要照顧，為何要做那些事情？」

二妞的眼眶瞬間就紅了，卻倔強地咬著唇，用手臂死死地擋住雙眼，不想讓人看見自己哭的樣子。

封上上跟應青雲都沒出聲，就讓二妞靜靜地哭，直到她自己冷靜下來，才慢慢地開口道：「我娘……我娘她那麼好，只想帶著我和弟弟好好生活，可是他們總是誣衊她，不讓她好好過日子……他們動不動就用幾句話給我娘潑髒水，我娘活活被那些人逼死了，他們卻什麼事都沒有，我不甘心！」

應青雲此時淡淡地問：「妳最恨的人應該是妳的奶奶吧，她的死跟妳有關係嗎？」

為了讓他們答應帶走小虎子，二妞有問必答，半點也不隱瞞。「本來我第一個就想殺她，但是還沒等我動手，她就和伯母吵起來了，兩人動了手，最後伯母把奶奶推倒，奶奶就死了。我心裡很高興，想到可以假借奶奶的名義把其他人都殺了，那樣誰也想不到會是我幹的。」

應青雲又問：「妳會模仿妳奶奶的咳嗽聲？」

二妞沒有回答，而是低頭咳了起來，那竟然不是一個小姑娘的咳嗽聲，反而很蒼老，像是一個老太太的聲音。

這丫頭真的會模仿陶老太太的咳嗽聲！

二妞扯了扯嘴角。「我會模仿奶奶的咳嗽聲，所以就這麼嚇他們了。」

應青雲問道：「妳手裡是不是有毒藥，能讓人在睡夢中呼吸逐漸停止？」

「是。」二妞半點都不猶豫地承認了。「我不光有這種毒藥，還有迷藥，只要在窗戶外將迷藥吹進房間，所有人都醒不來，就算聽得到聲音，也沒辦法動彈跟出聲。」

封上上和應青雲對視一眼，終於明白為什麼那些人明明聽到聲響，卻沒有一個人起床看一看，也終於曉得為什麼死者從毒發到死亡之間完全沒有掙扎或呼救。

「妳一個孩子，是怎麼得到這些藥的？」封上上問。

「毒藥是我娘留下的。」二妞道：「他們都欺負我娘，我娘受不了了，有一天，她偷偷地出去了一趟，回來的時候帶了包藥，我問她那是什麼，她不說，但我看見她有一次做飯的時候偷偷將那包藥倒進了粥裡。」

聽到這裡，封上上跟應青雲哪還有不懂的。這藥是戴清華買的，她想過把陶家人全都毒死，但沒狠得下心，最終選擇自己死亡。

果然，二妞道：「但我娘心軟了，她把那鍋粥倒掉，又重新煮了一鍋，為此還被奶奶打了一頓，說她浪費糧食。她不忍心毒死所有人，決定自己去死，可沒有人同情她，還在罵她，我娘她到底為什麼要心軟呢?!」

封上上與應青雲都回答不了她這個問題。

二妞繼續道：「我娘心軟了，可我不能，我要為她報仇。我本想把藥下到奶奶喝茶的杯子裡，先把她毒死，但我還沒來得及動手，她就先一步遭到報應死了，後來，我想到了更好的殺人主意。

「我用牲畜試過，這藥吃完後要等兩天才會發作，所以我在奶奶頭七前兩天給伯母下了藥，又去鎮上買了包迷藥，在奶奶頭七當晚將家裡的人都迷倒了，然後在家裡製造聲音，讓他們以為是奶奶回來了，他們果然上當了，以為是奶奶回來把伯母給殺死的。」

封上上深吸了一口氣。「所以，妳殺葉雷子和郭大海都是用同樣的方法？提前給他們下藥？」

「對。他們對我一個小孩子沒防備，我把藥下在糖水裡，趁他們獨自外出的時候假裝巧遇，分他們一碗糖水喝，他們沒半分懷疑就喝下去了。等藥效發作當晚，我從牆角的洞鑽進他們家裡，在屋外透過窗戶縫隙吹進迷藥，接著在外面走來走去，咳嗽幾聲，再用枴杖敲地幾下，他們便以為是我奶奶的鬼魂來了。」

要不是用錯了地方，封上上都要誇二妞一句膽大心細了。可她明明這麼聰明，為什麼非要走這條路?!

封上上捂住雙眸，一顆心亂糟糟的，看到她這個樣子，二妞低下頭，雙手交握捏得死緊，指尖被掐得發白。

應青雲問道：「妳知不知道妳娘的毒藥是從哪裡買的？」

二妞搖搖頭。「我不知道。」

「那妳的迷藥從哪兒來的？」

「鎮上有個石半仙，他說自己什麼病都能治。村裡有人懷娃娃了不想要，就偷偷去找他，他配點藥喝下去，娃娃就沒了。聽人說他什麼藥都有，我就把所有值錢的東西都帶上了，求他賣我一點迷藥。」

「那個人在哪兒？」

很明顯，這個什麼石半仙就是個密醫，只要有錢什麼藥都賣，說不定戴清華手裡的毒藥也是從他那邊買的，此人一定要找到才行。

二妞回道：「他在鎮上擺攤，替人算命。」

原來不光是密醫，還是個騙子。

事情到這裡徹底水落石出，而二妞的罪行也到了大白於天下的時刻。

應青雲通知了此地所屬的縣衙，知縣聽說應青雲在此，忙不迭地帶著人親自來處理這案子。

第四十六章　相依為命

衙門的人一來，二妞的事情就瞞不住了，村裡的人知道一切竟然是二妞做的，炸開了鍋，那幾個死了人的人家紛紛跑到陶家門前來尋死覓活，要陶家給個說法，不然就要把他們家給砸了，就算知縣大人在此也管不住他們。

陶家人也沒想到這全是二妞幹的，反應過來之後，一直默不作聲、悶葫蘆一般的陶木趁所有人都沒注意的時候上前就踹了二妞一腳，把她踢翻在地，這還不解氣，他繼續抬腳踹她，一邊踹、一邊罵道：「賤皮子！活膩了！」

一旁的陶山見狀，不光不阻止，反而一臉恨意地道：「就該打死這賤丫頭，我陶家沒有這樣喪心病狂的人！」

小虎子見他們打自己姊姊，立刻跑上去狠狠地推陶木的腿，大聲道：「不許打我姊姊！你滾開！」

「你也不是什麼好東西，都是賤種！兩個禍害！」陶木踹紅了眼，之前所有的沈默都在此刻爆發，似乎要將內心一切不快通通發洩出來，哪怕小虎子才三歲，還沒他大腿高，他也照踢不誤。

眼見陶木的腳要落在小虎子身上，封上上冷哼一聲，上前一步，伸出腳，朝他那隻打算踢人的腿就是狠狠一踹。

陶木被踹翻在地，就這麼一路滑行，直到撞上屋子的牆壁才停止，他的頭部先撞牆，發出一聲大響。

瞬間，整間屋子都是陶木的哀號聲。

現場的吵鬧瞬間停止，眾人一個個瞪大眼睛看著封上上。

封上上沒理這些人，彎腰將地上的二妞拉起來，替她揉著被踹的地方。「疼不疼？有沒有事？」

二妞搖頭，低下頭不敢看她。

封上上嘆了口氣，替她將身上的灰塵拍乾淨。

陶山終於從愣怔中回過了神來，頓時怒不可遏。這個女人竟敢當著這麼多人的面在他們家動手，這是在打陶家人的臉，他要是不吭聲，以後別人還以為他們家好欺負！

這麼一想，陶山從地上抄起一根長條板凳就朝封上上背後掄去，力道半點沒收，反正自家大哥先被打，他打回去也算扯平，一點都不需要負責。

板凳帶著風聲朝封上上揮去，一切不過轉瞬，封上上正在給二妞拍灰塵，壓根兒沒發現，眾人想提醒也來不及了。

一旁的應青雲臉色大變，第一時間撲上去揮開那板凳，被他的力道一帶，板凳偏了方向打到地上，砸出了一個坑。

應青雲隨即將封上上整個人護在自己身後，他臉色陰沈，朝吳為道：「把人給我拿下！」

吳為跟六子馬上上前壓制住陶山，吳為朝陶山的膝蓋窩一踢，將他踢跪在地，發出一聲大響，聽得人牙酸。

「放開我！你們幹什麼！還有沒有王法了?!」陶山拚命地掙扎吼叫。

本地的知縣戚有安趕忙衝上前，對著陶山斥道：「你好大的膽子，竟然敢打朝廷命官！你的腦袋是不想要了?!」

「什麼……」陶山一頓，心裡「咯噔」一下，瞬間有不好的預感。

陶山的媳婦賀瑤原本看丈夫被人這麼踢得跪下，還準備當場撒潑來著，但戚有安這話一出，她便不敢動了，硬生生扯出一抹笑來，僵硬地問：「大、大人，這位是……」

戚有安沈著臉道：「擦亮你們的眼睛好好看清楚，面前這位可是南陽府知府大人！」

知府大人……人群發出一陣驚呼。

在他們這些人看來，衙門的衙役就是很了不起的人了，平時見到都要鞠躬哈腰的；知縣大人那更是了不得的大人物，沒事可是沒機會瞧見的；至於見到比知縣大人更厲害的知府大人，他們簡直想都不敢想！

村裡的人萬萬沒想到，在這裡住了這麼多天的年輕人竟然是知府大人，他們嚇得嘩啦啦跪了一地，也不管自己有沒有錯，反正跪就對了。

賀瑤的腿一軟，也跟著跪倒在地，面色慘白，只覺得天都塌了。自家當家的拿東西砸知府大人的身邊人，剛剛還差點連知府大人一起打，他們是不是要被砍頭了？會不會被誅九族?!

陶山和陶木也不敢再叫了，趴在地上磕頭認錯。

「草民錯了……大人饒命啊！」

「都是草民眼瞎，被豬油蒙了心了，大人，您就饒了草民吧，草民再也不敢了！」

應青雲沒理會他們，而是轉過頭對戚有安說道：「戚大人只管處理陶二妞的案子。」

「是是是。」戚有安趕緊點頭應下，猶豫了一會兒，又小聲問道：「那這陶二妞……」

戚有安看他們幾人似乎對陶二妞頗為維護，所以一時之間拿不准到底要怎麼對待她，萬一自己做得不好，被這位知府大人記恨了怎麼辦？

應青雲當然聽懂了戚有安的未盡之意，淡淡回道：「公事公辦。」

「是，本官一向公事公辦。」戚有安心裡有了底，立刻吩咐衙役將二妞押往縣衙。

帶走了二妞，戚有安又看向陶木跟陶山兩兄弟，不確定地問道：「大人，這兩人怎麼辦？」

「陶山毆打朝廷命官，帶回衙門關起來。」

「下官遵命。」戚有安讓衙役將陶老三抓起來帶走。

陶山夫妻倆一聽，頓時癱坐在地上，鬼哭狼嚎不止，倒是陶木自覺逃過一劫，深深鬆了口氣，趕忙往後縮了縮，一句話都不說。

二妞被帶回縣衙，封上上一行人也跟著過去，封上上這次沒跟朱蓮音坐在一起，而是直接鑽進了應青雲所在的那輛馬車上，對著不明所以的景皓道：「我有點事情要跟大人彙報，你迴避一下。」

景皓瞪眼。「案子都破了，妳要彙報什麼？」

封上上一本正經。「彙報秘密，只能給大人聽。」

「還有秘密？搞得這麼神神秘秘的……」景皓信了，他在公事上還是很有分寸的，沒再追問，直接下了馬車。

景皓一下馬車，封上上也不裝了，直接坐到應青雲身邊，抓起他的手就要看。

應青雲拉住封上上不讓她動，輕聲道：「幹什麼？」

封上上不語，將應青雲的袖子往上掀，執意要看他的手。

應青雲知道拗不過她，嘆了口氣，將手伸出來，淡淡地道：「沒事的，一點小傷。」

他的手指修長、皮膚白皙，原本該是好看得晃人眼的，可此時手背卻青紫成一片，上面還有瘀血。

封上上看了一會兒，既難受又生氣。「你為什麼要替我擋，手要是被砸廢了怎麼辦，你的手多重要你不知道嗎？要是砸廢了，你的仕途就到頭了！」

「放心，我自有分寸。」應青雲的聲音更輕了，帶著點哄人的意味。「塗點藥過幾天就好了，不礙事。」

「你有個屁分寸！」封上上氣得髒話都出來了。

「上上。」應青雲不贊同地道：「別說髒話。」

封上上癟了癟嘴，將他的手捧過來，輕輕吹了吹，然後拿出藥膏幫他塗。「你忍著點，要把瘀血揉開才行。」

看著她低頭認真地替自己塗藥的側臉，他的臉色柔和得自己都不曉得，含笑道：「不疼，妳只管揉。」

「你以後別替我擋了，說真的，我力氣大你又不是不知道，一般人可打不到我，而且被打一下又不是多大的事。可你不一樣，你是要當官的，要是哪裡殘了、缺了就完了。」

應青雲靜靜地聽封上上說著，也不吭聲，因為不想對她撒謊。他自己清楚，要是再有下次，他還是會替她擋著，比起自己受傷，他更看不得她被傷著。

「我們走了以後，小虎子怎麼辦？」封上上又想起了剛剛離開的時候小虎子那差點哭暈的樣子，那孩子沒有了姊姊，世界都崩塌了。

封上上是準備帶走小虎子的，可應青雲卻讓她別管，她不明白為什麼，卻知道他肯定是有什麼打算才這麼做的。

應青雲解釋道：「小虎子畢竟是陶家的孩子，我們沒有理由帶走他，只要陶家人不鬆口，誰都不能搶人。要是陶家人知道我們想帶走小虎子，肯定會提出一些不合理的要求，後面也許還會上門找小虎子，後患無窮。所以，想將小虎子正大光明地帶走，除非陶家人主動把他讓出來。」

「怎麼可能？陶家人好好的肯把小虎子讓出來？」

應青雲淡淡地笑了笑，問她。「陶山被抓進牢中，妳覺得陶家人會想辦法救他嗎？」

封上上說道：「陶木不一定，但賀瑤一定會想辦法的。」

「如果需要三十兩銀子才能把人贖出來，陶家人會怎麼籌錢？」

封上上先是愣了愣，繼而慢慢地瞪大了眼睛，不可思議地盯著他，喃喃道：「我一直覺得你是個好人來著。」

應青雲笑了。「這只是計謀。」

封上上雙手交握朝他拱手致意。「大人好計謀！卑職佩服、佩服！」

陶家想要錢，除了借，最好的辦法就是賣東西，而他們家最值錢的除了屋子就是田地，屋子不可能賣，田地也捨不得賣，所以陶家人一定會把主意打到孩子身上。

然而，陶木跟賀瑤無條件地會護著自己的孩子，全家只有小虎子一個孩子無依無靠，賣了他，誰都不會站出來反對，頂多被村人嚼幾句舌根罷了。

所以一旦得知需要大筆銀子才能贖人，陶家人一定會把小虎子賣給人牙子籌錢，只要他們找人扮人牙子出面買下小虎子，再讓陶家人把錢交給衙門，那麼一切就可說是天衣無縫。

她怎麼就沒想到這麼損的招呢？能想出這招來的人——奪筍啊！

「突然覺得我以後在你面前要小心點。」

此刻，應青雲在封上上心中那善良正直、光明磊落的完美形象出現了缺角。

「對了，之前沒什麼得罪之處吧？若有得罪，還望大人多多包涵，小女子以後一定老實做人。」

應青雲嘴角勾起，輕笑了起來。

封上上歪頭看著他，也笑了。不知道為什麼，明明喜歡他光風霽月的那一面，可親耳聽到他說這些陰謀詭計時，她卻一點都不反感，反而覺得他更有魅力了。

看來她真是被他迷得昏了頭哦……

二妞主動認罪，案情沒有什麼需要調查的地方，所以判決很快就下來了，跟應青雲說的一樣，二妞被剝奪良民身分，施以黥刑，終生為奴。

按照慣例，本來二妞會被賣給官牙子，也就是官方的人牙子，由他們處理這些犯了罪的孩子，但二妞畢竟受應青雲照顧，戚有安又是個很會看眼色的人，沒急著把二妞交給官牙子，反而先來詢問應青雲的意見。

這狀況也在應青雲的意料之中，他直接掏出一錠銀子，淡淡地道：「這個孩子我買下了。」

戚有安一愣，猶豫道：「這……大人，這孩子畢竟是官奴，頭上刺了字的，帶在身邊恐怕有損您的名聲啊。」

對於有身分、有地位的人來說，就算挑下人也是選身家清白、長相清秀的，沒人願意挑犯過罪且被刺了字的官奴，說出去都會被人笑話。

「無妨，你將這孩子的身契給我便是。」

見應青雲堅持，戚有安便沒多說什麼，俐落地登記造冊，將二妞的身契給了應青雲，從此以後，二妞就是應青雲的僕人了。

應青雲轉手便把二妞的身契給了封上上。「妳拿著，以後帶在身邊給妳打打下手。」

封上上也沒客氣，收下了身契，甜笑道：「謝謝大人！」

二妞被從牢裡帶了出來，得知自己已經被應青雲買下了，直接跪倒在地，結結實實磕了三個響頭，哽咽道：「謝謝大人、謝謝小姐，二妞以後給你們做牛做馬，報答這份恩情。」

封上上將她扶起來。「做牛做馬就不用了，但要聽話，知道嗎？」

二妞趕緊點點頭。「小的聽話，小姐說什麼，小的就聽什麼。」

「那行，我對妳的第一個要求就是別自稱什麼『小的』，第二個要求就是別叫我小姐，還是管我叫上上姊姊吧，這樣我自在。」

二妞趕忙改口叫了她一聲「上上姊姊」，叫完以後，猶豫了半晌，再次跪在地上，懇求道：「上上姊姊，妳能不能把我弟弟也帶著？我不在，他活不下去的，求求妳了，以後我們姊弟倆一起伺候妳。」

之前坦承犯案的時候，二妞就拜託過封上上跟應青雲一次了，可是如今她的身契已經在他們手上，她不知道他們是否願意再帶上一個小虎子。

封上上嘆了口氣，不得不再次將人扶起來。「第三個要求，別動不動就朝我下跪，我受不起。」

二妞站起來，懇切地看著封上上。

封上上抬手指向門外。「喏，妳看那是誰？」

二妞一轉頭，就看到吳為從門外進來，懷裡抱著的正是自己的弟弟小虎子。

小虎子也看到了二妞，從吳為懷中掙扎著下地，邁著小短腿就衝了過來，一把抱住二妞，嗚嗚哭了起來。「姊姊，妳以後不要丟下我了，我好害怕……」

「不怕不怕，姊姊以後都不離開你。」二妞此刻是真的後悔了，後悔自己做了那些事，要是沒有上上姊姊和應大人，她真不知道會被賣到哪裡去，一輩子都見不到弟弟，也不知道他會過什麼樣的日子。

「姊姊，伯父和嬸嬸把我賣了換錢，我再也不想回去了。」小虎子畢竟還是小孩子，見到親姊姊就開始告狀。

二妞摸摸他的臉。「咱們以後再也不回去那裡了，就跟上上姊姊一起走。小虎子你記住了，上上姊姊和應大人是我們的大恩人，要聽他們的話，給他們做牛做馬，報答他們。」

小虎子重重地點著小腦袋，很認真地記下了，他握著小拳頭，奶聲奶氣地說道：「給上上姊姊和應大人做牛做馬！」

「……別老是牛啊馬啊的，把小虎子都帶壞了。」封上上哭笑不得地將姊弟倆拉開，拿出一把剪刀來對二妞道：「過來坐好，我先給妳剪個劉海。」

二妞抬手摸了摸自己額頭上的字，想起當時被刺字的痛苦，睫毛顫了顫。這個字，要留在她額頭上一輩子了。

小虎子好奇地看著二妞額上的字。「姊姊，為什麼妳的頭上有這個？」

二妞解釋道：「姊姊犯了錯，這是懲罰，你以後要好好做人，知道嗎？」

小虎子點點頭。「我很乖，會聽姊姊的話。」

封上上拍拍二妞的頭，安慰道：「沒事，剪個劉海就擋住了，不影響我們二妞的美貌。」

二妞抿嘴一笑，點了點頭。

封上上修頭髮的手藝還是可以的，兩三下便給二妞剪了個劉海出來，蓋在額頭上，將那個「奴」字給遮住，劉海襯得二妞的眼睛更大更圓，整個人顯得更可愛了。

小虎子拍手。「姊姊變好看了！」

二妞自己也很滿意，偷偷抱著鏡子看個不停。

此地的一切事宜處理好，一行人立即動身啟程，應青雲需要在規定的時間內抵達南陽府上任，如今已是耽誤了好一陣子，接下來的日子得加快速度趕路。

出城的時候，二妞指著城門口不遠處道：「石半仙就是那個人。」

封上上順著她指的方向看過去，就見路邊擺著一張桌子，一個打扮得很飄逸、頗為仙風道骨的中年男子坐在桌後，旁邊立著一塊招牌，上面寫著：神機妙算。

石半仙是不是真的能掐會算，封上上不知道，但此人倒是精明，明明胡亂賣藥害了不少人，偏偏每個跟他買藥的人都會被要求簽署一份承諾書，指明買藥用於良途，若是私自用來害人，與他概不相關。

來這裡買藥的人自然都簽了承諾書、按了手印，但轉頭就該做什麼做什麼，只不過一切都與石半仙無關。因為除了律法禁止販售的藥物，大魏並不禁止一般藥物買賣，所以衙門抓不到石半仙的把柄，他依然好好地擺他的攤、算他的命。

目前封上上等人已知二妞從石半仙這裡買了迷藥，可那種能使人急性心肌梗塞、在睡夢中呼吸驟停的藥物仍不知來源，會不會跟石半仙也有關呢？

不過，若是石半仙的製藥技術高明到這種地步，還需要在這裡擺攤騙人？

「停一下！」封上上讓馬車停下，從馬車上跳了下去，獨自一人朝石半仙走去，站到他的桌前，裝作一副想算命又有點猶豫的樣子。

見到有客人來了，石半仙笑呵呵道：「姑娘請坐，是想算點什麼？」

「你到底算得準不準啊？」封上上露出一副不太相信的表情來。
石半仙見多了這種人，神情自若地答道：「準不準，姑娘坐下聽聽不就成了嗎？」
封上上依言坐下。「成，那我算算，但要是不準的話怎麼辦？」
「不準的話不收錢。」
「那好吧，我算。」

第四十七章　夢中情人

石半仙問：「姑娘是想算姻緣、算財運，還是算壽命？」

封上上答道：「算姻緣。」

「好，請姑娘將生辰八字寫下來，在下來替姑娘算一算。」

封上上回憶了一下原主的生辰八字，道：「我不識字，寫不好，我說給你聽，這樣沒關係吧？」

「沒關係，妳說。」

封上上報了原主的生辰八字，石半仙聽完，上下打量了封上上的穿著打扮一番，心想都二十歲了還一副姑娘家的打扮，又不識字，估計是個嫁不出去的老姑娘，心急了，這才來算一算。

他摸了摸鬍子，滿是惋惜地說：「姑娘姻緣坎坷，前路不順。」

封上上瞪大眼睛，一臉「你怎麼知道」的表情。

石半仙一看她這模樣就知道自己猜對了，接著道：「姑娘命中姻緣有礙，難覓佳婿，至今雲英未嫁，往後……也難啊。」

封上上捂住嘴。「為什麼會這樣？」

石半仙摸了摸鬍子，嘆息道：「此乃姻緣宮受損所致，姻緣宮損，姻緣難圓，是注定孤獨終老之命。」

「你的意思是我這輩子都找不到相公了？」

「也不一定，姑娘這般貌美，要找也是能找到，但姑娘所找皆非良人，配不上姑娘啊。」

封上上著急了起來，問道：「你是說我就算能找到，也找不到什麼好的？」

「正是。」石半仙點頭道：「姑娘想想，之前來找妳提親的，是否都無法讓妳滿意？」

「哎呀大仙你說得可真準，之前上我家提親的不是腿腳有毛病，就是家裡窮得揭不開鍋，要不然就是二婚頭，我怎麼看得上！」說著，她又問：「有沒有什麼辦法能幫我改一改？我不想找些歪瓜劣棗啊！」

石半仙搖頭嘆道：「這……不好辦啊。」

「大仙你幫幫我吧，只要能幫我改一改，做什麼我都願意。」

「唉……」石半仙憐惜地看著封上上。「姑娘如此年輕，在下實在不忍看妳孤孤單單一輩子，罷了，在下就幫妳這一回，改一改妳這命數。」

「謝謝大仙。」封上上連忙道謝。

石半仙從袖中掏出一個瓷瓶擺在桌上，道：「此乃月老親自煉化的丹藥，用於修補姻緣宮，姻緣宮修補好，自然覓得良緣，夫妻恩愛，美滿無缺。」

封上上趕忙伸手要去拿。

石半仙卻將瓷瓶收了回來，淡淡地道：「此丹藥珍貴，在下也就一顆，休怪在下不能隨意相贈。」

封上上明白他的意思，十分上道地問：「要多少錢？我給。」

「不多，二十兩銀子即可。」

「二十兩銀子?!」封上上都忍不住想罵他一句土匪了，這簡直是獅子大開口。一個普通人家一年能攢個二、三兩銀子就不錯了，他一開口就要二十兩，要是被他騙了，不得傾家蕩產啊？真黑心！

石半仙知道封上上是嫌貴了，馬上道：「這已經算是便宜的了，此乃月老親自煉化，僅此一顆，在下也是看在與姑娘有緣的分上才拿出來的，姑娘要是連二十兩銀子都不肯出，那就修補不了姻緣宮。姑娘想想，二十兩銀子和一生的美好姻緣相比，孰輕孰重？」

封上上可以確認這人就是個滿嘴跑火車的騙子，壓根兒不是什麼醫術高深的製藥高手，也不知道拿什麼藥丸在這裡糊弄人。

「大仙啊……」封上上意味深長地喊了一聲，笑呵呵地說道：「你剛才說，若是算得不準，便隨我處置？」

「什麼？」石半仙見她突然變了態度，頓時生出一股不好的預感。

封上上轉頭朝遠處招了招手，然後笑嘻嘻地說：「那大仙你幫我看看，這位公子怎麼樣？」

石半仙朝她方才招手的方向看去，就見一年輕公子從馬車上下來，丰神俊美、玉樹臨風、氣質優雅，宛如天上神明降落凡間，周圍的一切都成了他的背景，瞬間黯然失色。

這樣的神仙人兒，不說沿路的姑娘家，就是他一個男人也看得差點晃花了眼。

「大仙，你覺得這位公子是否為良配？」封上上問。

石半仙無法睜著眼睛說瞎話。「算，當然算，這位公子好相貌、好氣度。」要是女人，恐怕擠破頭都想嫁這樣的男人吧。

「女人嫁給她，算不算好姻緣？」

「算。」

「可是……他是我愛人。」

剛剛走近的應青雲恰好聽到最後一句，步伐瞬間頓住，臉不受控制地紅了。

愛愛愛……愛人?! 石半仙當場石化，視線在兩人之間來回移動。「妳、他……」

封上上笑呵呵地說道：「他有相貌、有學問、有涵養、有氣勢，而且還只愛我一個人呢！」

說這話時，她轉頭看向應青雲，只見應青雲抿緊了唇，目光轉到另一邊。

封上上臉上的笑意更深了，接著說道：「我覺得我的姻緣還挺好的呢，你覺得呢大仙？」

我覺得我要死了……石半仙不是傻子，此刻還有什麼不明白的，這姑娘剛剛就是在給他下套呢，都是裝的！

「姑娘，在下怎麼得罪妳了？妳直說便是。」石半仙最大的一個優點就是識時務，知道自己被盯上了，也不做無謂的掙扎，劈頭就問。

「是不是有個女子在你這裡買了一種藥，吃下去之後沒什麼反應，但過了兩天會在睡夢中死去，看起來就跟睡著了一般？」

石半仙臉色一變。「你們到底是什麼人？」

官府的人前腳來問一遍，這兩人後腳也來問，究竟是怎麼回事?!

「你不用管我們是什麼人，只要說實話，你到底有沒有賣給她這種藥？」

石半仙矢口否認。「在下都跟官府說過了，沒賣這種藥。老實說，在下的祖上的確學醫，但在下學藝不精，也就會配個墮胎藥、蒙汗藥跟迷藥之類的，妳說的這種藥哪是在下做得出來的？要是能做出來，在下還需要在這裡擺攤算卦？」

他這話說得倒是實誠，但除了這裡，封上上實在想不出戴清華還能認識什麼賣藥的人。

想了想，她決定使點小手段。「就算不是你賣的藥，你肯定也見過那個人吧，她一定來找過你。」

石半仙瞳孔一縮，眼神有一瞬間閃爍。

封上上知道自己猜對了，戴清華的確來找過石半仙買藥。

「你要是不跟我說實話……」封上上眼睛一瞇，恰好看到旁邊一塊用來壓醬缸的大石，順手拿了起來，雙手用力一握，西瓜大的一塊石頭瞬間如豆腐一般被抓碎了，碎屑撲簌簌地往下落。

石半仙大驚，嚇得說不出話來。

「你說是不說？要是不說的話……」

「說，在下全都說！」石半仙猛點頭，承認。「妳說的這個人的確來過在下的攤子，一來就問有沒有什麼藥能過幾天才發作，突然讓人在睡夢中死去，像是睡著了一般。

「在下當時一聽這話就嚇了一跳，心想這女人肯定是要害人，哪能給呢，就搖頭說沒有。當然，在下是真的沒這種藥，就算想給也給不了。那女人很是失望，最後失魂落魄地走了。」

說完，石半仙強調道：「在下說的可都是真話啊，那女人要是犯了什麼大罪，可跟在下半點關係都沒有！」

封上上看向應青雲，應青雲輕輕點頭，看來他也覺得這個假半仙沒說謊。

那戴清華到底是從誰手中弄到那種藥的？

這個問題暫時摸不著頭緒，但他們也沒時間再耽誤了，所以封上上只好離開，臨走之前，她將手裡的碎屑拍了拍，道：「以後悠著點，開口就二十兩銀子，你這心也太黑了，小心下次碰到比我還厲害的，把你的腿給打斷。」

「是是是，在下知道了，以後絕對不敢再要這麼多。」石半仙點頭如搗蒜。
「還有，你那個墮胎藥跟迷藥什麼的也別賣了，虧心！」
「知道了。」石半仙繼續點頭。
封上上不清楚他是真答應了還是敷衍自己，只希望他做人有點良心。
「不曉得戴清華是從誰手裡買的藥，這種藥若被有心人利用，後果不堪設想。」封上上對應青雲道。
應青雲說道：「此事我已交代戚大人繼續調查，一有消息他便會通知我。」
封上上點頭道：「也只能這樣了，希望能找到吧。」
兩人邊走邊說話，等他們走回馬車旁，六子便好奇地問道：「您算了什麼？」
封上上用眼尾餘光看了應青雲一眼，笑道：「算姻緣。」
應青雲的腳步頓住。
六子繼續問道：「那算命的怎麼說？」
「嗯……算命的說我會有個極好的夫君，俊如謫仙、才學傲人、氣質卓然、年輕有為，最重要的是，他非常愛我，除了我誰也看不上。」
「咳咳——」應青雲不受控制地咳了起來，咳得臉都紅了。
雲澤忙問道：「少爺您是不是受涼了？怎麼咳成這樣？」

應青雲擺了擺手。「無事。」

景皓哈哈笑道：「我看你家少爺是被小仵作的話給惹笑的，這算命的明顯在忽悠妳，妳還喜孜孜地相信啊？」

封上上說道：「怎麼就不能信了？我覺得他算得挺準的。」

景皓笑得更歡了。「就算真有這麼好的男人，也會被公主、郡主或高門貴女給挑走，哪輪得到妳？我勸妳別作白日夢了，這種夢作多了不好。」

封上上轉頭看了應青雲一眼。「那也有例外吧，比如咱們大人，不就沒被什麼公主或郡主挑走嗎？」

「誰說沒有？想當初在京城啊，妳家大人可是被眾多高門貴女給看上了，太傅的獨女那可是豔冠京城，又才華洋溢，不知是多少公子的心上人啊，沒等他中榜就看上了他，放榜當天太傅便榜下捉婿，要讓他娶自家女兒呢！」

「哦？」封上上眉一挑，笑著看向應青雲。「竟然還有這事，原來咱們大人如此受姑娘家青睞啊。」

「可不是嗎，除了太傅的獨女，孫尚書的嫡女也看上了他，差點就跟太傅的獨女搶起來了，若是妳家大人此刻回了京城，估計馬上就有──」

「景皓！」應青雲出聲打斷他的滔滔不絕。「天色不早了，即刻趕路。」

景皓一看時辰的確不早，不能再耽擱了，只好對封上上說道：「下次再跟妳說，妳家大人的風流史可多著呢！」

「景皓！」應青雲的臉徹底黑了。

「好好好，這就走、這就走。」景皓見他真的黑臉了，立刻爬上馬車老實坐好。

應青雲轉頭看封上上，結果只瞧見封上上的後腦杓——她已經上了馬車。

他捏了捏眉心，第一次真心生出將景皓打包扔回京城的衝動。

接下來一行人全速趕路，中午在馬車上隨便吃，直到天黑才在一處避風且近水的地方停了下來，眾人下了馬車，準備在野外露宿一宿。

雲澤和六子拿出帳篷搭了起來，吳為與景皓去打點獵物，朱蓮音跟二妞負責生火做飯，封上上則拿出水桶去湖邊打水。

看到封上上要去湖邊，小虎子馬上邁著小短腿跑過來，伸手要接過她手裡的水桶。「上上姊姊給我，我來打水。」

封上上笑著拒絕。「不用了，你才這麼點大，怎麼打得了一桶水呢？」

「我、我……」小虎子看了看水桶，的確有點大，自己應該是拎不動，不由得苦惱地皺起眉頭。

怎麼辦，他好像不能給上上姊姊做牛做馬了，他好沒用。

封上上自然知道這孩子的小心思，他被他姊姊洗腦，時時刻刻都記著要做牛做馬報答她，要是什麼活都不讓他幹，他反而會無所適從。

思及此，封上上說道：「上上姊姊有點冷，你去把馬車裡的披風拿來吧。」

小虎子一聽她冷，應了一聲，轉頭就往馬車跑，但馬車太高了，他爬不上去，左右看了看，恰好看到不遠處有塊大石頭，他隨即跑過去，手腳並用地開始挪石頭，別提多努力了。

封上上笑了，繼續往湖邊走，將水桶放進湖裡，等水滿了再提起來。然而她剛一用力，手上的重量便消失——水桶已經被人給接了過去。

她轉頭，看見的便是應青雲在月光下更顯俊逸的側臉。

封上上也沒跟應青雲搶，就讓他拎著，自己跟在他旁邊慢慢走，他們的影子在月光下拉得很長，但靠得很近。

「那個……」沈默片刻後，應青雲開了口，但說了兩個字就沒了下文。

「什麼？」封上上將視線從地面的影子上收回來，看著他。

「妳別聽景皓亂說。」

「啊？」封上上先是被這沒頭沒尾的一句話弄得一愣，過了好一會兒才想起他在說什麼，不由得覺得好笑，但努力把嘴角的笑意給憋了回去，淡淡問道：「太傅的獨女、孫尚書的嫡女，真的都看上你了？」

「我拒絕了。」應青雲趕忙道。

「哦，原來真看上了。」封上上點點頭。「你為什麼不答應呢？她們的爹爹都位高權重，你要是願意，也不會被派到西和縣當個小小的知縣吧？」

應青雲說道：「我的仕途不需要靠妻子輔助。」

「就算不考慮其他的，景皓說太傅的嫡女豔冠京城、才華洋溢，有這樣才貌雙全的姑娘當妻子，作夢都能笑醒吧，你為什麼要拒絕？男人不都喜歡漂亮又有才學的女子嗎？」

應青雲腳步一頓。「漂亮又有才學的女子世上多得是，難道我全都要喜歡？」

封上上笑了，背著手，在月光下踩了踩他的影子，問：「那你到底喜歡什麼樣的姑娘嘛，說給我聽聽。」

應青雲這下不說話了。

「你說說嘛，我很好奇。」封上上偏偏追著他問。

「封上上，不要明知故問。」

封上上再也忍不住，哈哈大笑了起來。

應青雲腳步加快，把她丟在了後頭。

封上上小跑著追了上去，腳尖一踮，飛快地在應青雲的側臉親了一下，然後跑遠。

應青雲步伐一頓，猶如被點了穴，站在原地一動也不動，連水桶裡的水灑出來濕了鞋都沒感覺。

封上上轉過身看著他，笑得比天上的明月還燦爛。「我知道你喜歡怎樣的姑娘了，你喜歡一個長得漂亮、力氣與胃口奇大，還會驗屍的小仙女！」

應青雲低下頭，摸了摸自己的側臉，良久，不禁揚了揚嘴角。

景皓在山林中打到了兩隻野雞，先拔好了毛，吳為抓到了兩隻野兔，本打算全交給朱蓮音處理，但封上上搶先一步將兩隻雞給接了過去，舉在手上晃了晃。「還記得咱們的老規矩嗎？」

吳為的雙眸亮了，大聲道：「破了大案，就做新的菜式給大夥兒吃！」

雲澤激動地搓起手來。「今晚有口福了！」

六子嚥了嚥口水，迫不及待地問：「封姑娘今晚要做新菜式了嗎，做什麼？」

封上上盯著手上的雞，想了想，說道：「今天有雞，那……就做個奧爾良烤全雞吧！」

「奧爾良是什麼？」小虎子抓住封上上的裙襬，仰著頭好奇地問。

封上上遲疑了。「嗯……奧爾良不是什麼，就是我隨便編的一個名字。」看來之後要想個適合的名字才行。

「哦——」小虎子點頭，又問：「那好吃嗎？」

「當然好吃，等做好你就知道了。」封上上指揮了起來。「吳捕頭，你去清洗一下這兩隻雞。」

「好咧！」一聽到有好吃的，吳為渾身是勁，拎起雞就往湖邊跑。

「六子，你和景少爺去弄點泥巴來，咱們壘個烤爐。

「奶奶您負責做兔肉湯，二妞準備些調味料，山菇、洋蔥各切一點，再把咱們帶著的蜂蜜弄一碗出來，待會兒用。」

「我呢、我呢？」小虎子見大家都有任務，自己卻沒有，急了，忙舉起小手。「我負責做什麼？」

封上上拍拍他的頭。「少不了你的，你去撿點柴火過來，咱們燒火，這個任務可重要了。」

「好的！」小虎子幹勁十足地跑去周圍撿樹枝和枯草，別看他個子小，幹起活來可是俐落得很。

「我呢？我沒有任務？」應青雲也學著小虎子問了起來。

「您啊……您不用幹活，誰教您是卑職的上司呢，卑職得拍您馬屁，不然被穿小鞋怎麼辦？」

應青雲一時無語。

談話間，吳為將洗乾淨的雞拿了回來，封上上便和二妞一起為雞抹起了調味料，抹勻後放在一邊醃製。

趁著醃製的時間，封上上、景皓、六子一起用泥巴壘烤爐——其實就是在一處橫斷面上挖一個洞，洞用來塞柴火，上方則壘一個半球體，在球體上開一個口子，然後以火烤乾，用來代替烤箱。

這般烤出來的食物雖不如現代烤箱烤的可口，但味道還是不錯，這一招是封上上看傳統美食節目學來的。

第四十八章 疑點重重

烤爐壘好、烤乾之後，雞也醃製好了，封上上將配菜全塞進雞肚子裡，再用針線將雞肚子縫起來放進烤爐中，將口子封起來，往灶洞裡塞柴火，一直保持小火烘烤的狀態。

差不多半個時辰後，封上上滅了灶洞裡的火，打開烤爐的口子，裡面瞬間湧出一股奇特而濃郁的氣味，緊緊抓住了每個人的鼻子。

大夥兒一個個都坐不住了，紛紛走上前圍著烤爐，恨不得把頭伸進爐口看看裡面的雞到底怎麼樣了。

小虎子個子矮，被他們擋著看不見，只好提著褲子在後面一邊嚥口水、一邊蹦躂，努力想看清楚烤爐裡的狀況。

「馬上就好了，你們冷靜一點啊。」封上上將一群人給拉開，從爐口將雞給取出來擺在盤子裡。

雞皮呈現蜜紅色，通體油亮，比直接在火上烤的漂亮多了，光看就很吸引人。

封上上用小刷子蘸取蜂蜜均勻地刷在雞皮上，原本就誘人的香味又添了一層蜜香，惹得人肚子咕嚕直叫。

「好了吧？能不能吃了？」景皓饞得直舔嘴唇。

「行，可以吃了，真是的……饞死你們得了。」封上上搖頭，用手捏住一隻雞腿，輕輕一拽就拽了下來，遞給一旁口水已經氾濫成災的小虎子。

小虎子一邊嚥口水、一邊克服心中的渴望擺了擺手。「雞腿給上上姊姊跟應大人吃，我吃雞爪子跟雞脖子就可以了。」

封上上對他的懂事感到既心疼又無奈，道：「雞腿還有呢，快拿著吧。」

小虎子不敢拿，視線轉向二妞。二妞朝他點點頭，示意可以，他就接了過去，奶聲奶氣道：「謝謝上上姊姊。」

只見小虎子小心翼翼地將雞腿送到嘴邊，十分鄭重而珍惜地咬下一口，圓滾滾的大眼睛瞬間享受得瞇了起來，甚至搖晃起了腦袋。「好好吃哦，這是我吃過最好吃的東西了，比糖還好吃好多好多。」

「快快快，給我來一塊，饞死我了。」景皓厚臉皮地捧起手伸到封上上面前，就差伸到她臉上了。

封上上好笑地將剩下的雞肉分好，眾人便或坐或蹲地狼吞虎嚥起來。

景皓一邊吃、一邊口齒不清地對封上上說：「小仵作，雖然妳十之八九是隻母老虎，但就衝著妳滿腦子的新奇菜譜，妳相公應該捨不得休了妳。」

封上上抓起地上一塊石子就朝他扔去。「給我閉嘴！」

景皓閃身一躲，啃著雞肉道：「我說真的，妳以後就找個貪吃的男人，用妳滿腦子的美食牢牢拴著他，這樣就不怕他有小心思了。」

「滾——」封上上笑罵。「不用你操心，我就算找個不貪吃的，他也不會有小心思。」

景皓「嘿」了一聲。「妳還挺有自信的啊。」

封上上瞥了應青雲一眼，小聲嘀咕。「當然有自信啊。」

應青雲輕咳一聲，默默將自己手裡那塊雞肉的腿部扯下來，朝封上上遞去。

封上上咧起嘴，伸手接過雞腿咬了一口，輕聲道：「嗯，我覺得這條雞腿更好吃呢。」

應青雲抿了抿唇，低下頭繼續吃自己的。

一頓飯眾人吃得心滿意足，一個個摸著肚子直打嗝，就算躺在簡陋的帳篷裡也覺得日子特別美好，完全感受不到趕路的艱辛。

有了封上上的美食給予動力，接下來大夥兒趕起路來特別有勁，就算每日疾行被顛得七暈八素的，但停下來吃頓好的就又復活了，就這麼走走吃吃，不出七日，他們終於抵達了南陽府。

應青雲沒通知任何人，只讓雲澤將馬車直接趕到南陽府衙後方，憑身分文牒進了後院。

前任知府魯時冒自殺身亡，背後疑點重重，其家屬全被羈押，後衙空虛，只等新任知府入住。

「我算是知道為什麼人人都想升官了。」景皓轉了一圈回來以後，感慨道：「真是不能比啊，西和縣就一個一進小院子，這裡直接三進大院，房間多到數不過來，就算知府娶個十房八房小妾、生他個十幾二十幾個孩子也住得下。聽說前任知府除了正房，還有小妾八人、嫡子三人、庶子女十二人，倒是將這院子填得滿滿的。」

說完，他看向應青雲，調侃道：「應大人，這地方給你住真是浪費了。」

應青雲無視他的話。

封上上倒是對景皓的話題來了興趣，提出了一個她好奇已久的問題。「一般知府一個月有多少月銀啊？」

應青雲看向她，說道：「知府不按月領月銀，而是按年，一年三百兩銀子。」

「三百兩啊……」封上上在腦中算起了帳。「一年三百兩，那一個月就二十五兩。如果娶十個女人、生十幾個孩子，再加上府裡伺候的下人，那光這些人的吃喝，一個月就得要十幾兩吧？再加上衣著打扮、人情往來跟零花錢，這俸祿肯定不夠。」

這就是貪官誕生的原因？不貪養不起老婆跟孩子？

景皓笑了起來。「妳也算得太節儉了，娶好幾房小妾的人家會跟普通老百姓過得一樣嗎，光是姨太太的補品、綾羅綢緞、金銀首飾，一個月就得幾十兩呢。」

封上上問道：「所以他們哪來這麼多錢？」

「能坐上高位的，大多數是世家大族出身的子弟，每月都有家族給的銀子，加上手中的產業，再加上底下人的『奉獻』，就算再養十幾個小妾也夠。至於沒有家族底蘊的，那就看想當什麼官了，想當清官呢，就得忍受清貧的日子，想過好日子呢，就得貪，所以清官難見。」

雖然本朝規定官員不許涉及商事，避免他們藉機斂財，可世家大族名下多少有祖產，這也代表有額外收入，朝廷總不能要人家把祖產全交出來吧？

封上上點點頭，偷偷瞥了應青雲一眼。這人就是難得的清官，既無物慾也無色慾，連口腹之慾都低，似乎什麼都引不起他的在意，也不知道他到底有沒有愛好，有沒有什麼東西能讓他渴望。

感覺到封上上的視線，應青雲轉頭看過去，一眼便明白她在想什麼，靜默一秒後，說道：「我自然也有。」只要是人，都有慾望。

「那您的慾望是什麼呢？升官？」當官的應該都想升職，除了這個，她想不到什麼能誘惑他。

然而，應青雲搖了搖頭。

「那是什麼？」封上上又問。

應青雲不說話了，這是不想回答的意思。

封上上聳聳肩，沒再追問。

吳為已經賣了西和縣老家那邊的宅子，妻子與孩子都暫住他岳父家，他準備在此地買個新住處，安頓下來後就捎信讓他們過來團聚。

六子身為衙役，有專屬的衙役房可以住，至於封上上與景皓等人，就當作應青雲的家屬，和他住在府衙的後院。

後院太大，應青雲讓雲澤打開其中一個院子，所有人集中住在這裡，其他用不到的院子便原封不動。

一行人剛將行李搬進各自的房間，門外便匆匆地進來兩人，皆身穿官服，一見應青雲就鞠躬行禮，其中一人道：「參見應大人，不知您今日抵達，下官未能親自前來迎接，失禮之處，還望大人見諒。」

這人沒自報身分，應青雲卻清楚地掌握了對方的訊息。「曹同知不必客氣，是本官沒提前打招呼。」

曹岩笑呵呵地說道：「下官知大人趕路而來，需要時間安頓，小廚房暫時無法開伙，中午下官在家中設宴，和周通判給大人接風洗塵，席間也好與您好好說說這南陽府之事。」

「兩位大人的好意本官心領了，但初到此地，還有諸多事物得安排，吃飯便不必了。」

曹岩與周恆臉上的笑容一僵，沒想到這位新上任的大人開口就是拒絕，與他們的猜想完全不同，真不知道他是不懂人情世故還是別有深意，若是後者，那……

兩人不動聲色地對視一眼，曹岩隨後笑道：「是是是，怪下官考慮不周，大人舟車勞頓，又新來乍到，怎麼都要整頓兩日，吃飯的事不急，後面多得是機會。」

周恆也道：「那下官便不打擾大人了，等大人安頓好，我們再好好招待您。」

兩人沒再多說什麼，很快便告辭了。

「他們倒是很有眼色。」景皓意味不明地說道：「就是不知道對魯時冒的事情了解多少，按理說他倆身為魯時冒的輔官，他的動作他們應該會有所察覺。可奇怪的是，魯時冒竟然一人擔下了罪責，誰也沒攀扯，這背後肯定有問題。青雲，你為什麼不答應他們的邀請，說不定還能從他們嘴裡套出點東西來。」

應青雲說道：「此地水深，那兩人不知底細，小心為上。」

「這倒也是。」

封上上只知道南陽府前任知府自殺身亡，但其他事情一概不知，不由得小聲問應青雲。

「咱們來到底要調查什麼？」

應青雲回道：「有百姓千里迢迢去京城告御狀，說南陽府苛捐雜稅，一年比一年多，百姓苦不堪言，日子快過不下去了。其實想告狀的百姓多如牛毛，但每每還沒出城門便被攔了下來，一個都走不出去。

「此次告御狀的人身懷武藝，也是廢了九牛二虎之力才逃出去的，到京城的路上差點喪命，但總算是告成了狀。聖上一聽此事，大為震驚，調出南陽府歷年的稅收紀錄一看，發現這十年來南陽府上繳國庫的稅銀基本上一致，並未多繳。」

封上上瞪大眼睛。「意思是說南陽府裡有人苛捐雜稅，卻把多出來的稅銀私吞了？」

「不錯，聖上隨即派探子前來探查，但探子有去無回，聖上這才知道南陽府水深，下令徹查此地，但派來的信使還沒到，南陽知府魯時冒便自殺了，留有遺書一封，自稱私吞稅銀，罪孽深重，只能以死謝罪。不過魯時冒完全沒交代稅銀去了哪裡，官兵抄了他家，翻遍各個角落都沒找到這些銀子，而他的妻妾、子女對此事一問三不知。」

「聖上懷疑魯時冒背後還有人，這些銀子被弄走了？」

「對，聖上令信使徹查此案，但查了半個月一無所獲，所以聖上打算新派一位知府來調查。」

封上上什麼都明白了。「大家知道這事不好處理，不願意來蹚這渾水，恰好聖上聽說您在西和縣的政績，就選了您？」

應青雲頷首。

封上上突然覺得這水不光渾，還熱得能燙人，一個不好就得把自己弄傷，若是應青雲沒辦法破這案子，聖上一個不高興，說不定他的烏紗帽都沒了。

畢竟上位者可不會考慮下面人的難處，也不看過程，若是結果無法令他滿意，那他絕對不會手軟。

怪不得景皓把事情說得這麼嚴重，還一定要她來，這不光是查案這麼簡單，背後牽扯許多，與應青雲以往辦的案子截然不同。

私吞稅銀是大罪，不知道有多少人參與其中，若是要查，那便是牽一髮而動全身，必然觸及某些人的利益，各方勢力肯定在背後牢牢地盯著應青雲，想查清楚案子並不容易。

她擔心地問：「那咱們接下來怎麼辦？」

「先去驗屍。」

封上上點頭應下，簡單收拾一下行李後，便提著自己的驗屍箱跟應青雲前往義莊。

魯時冒的屍體就放在城中的義莊裡，由專人把守，在新任知府到來之前沒人敢隨意處置。

見封上上拿著驗屍箱就要走，二妞立刻跑上前接過她的箱子。「上上姊姊，我幫妳提箱子，給妳打下手。」

封上上拍拍二妞的頭。「不用，我是要去驗屍，小孩子看了會怕的，妳就在家裡待著。」

二妞卻堅定地搖頭。「我連殺人都不怕，死人也不怕，我去幫妳的忙。」

「妳這孩子……」封上上拿她沒辦法。

封上上正要再勸，應青雲便出聲道：「帶著吧，她遲早要學的。」

「好吧。」封上上知道應青雲贖下二妞的目的就是為了她，只好同意。

小虎子見狀也跑過來道：「帶我帶我，我也給上上姊姊打下手！」

封上上捏捏他臉上的軟肉。「你這小不點會打什麼下手啊？」

小虎子說道：「上上姊姊讓我幹什麼我就幹什麼。」

「可是上上姊姊待會兒要去很可怕、很可怕的地方哦，那裡好多死人，皮膚都爛了，冒著屍水，身上還爬滿了蛆蟲和蒼蠅，整個房間比茅房還臭！」

小虎子後退一步，小手捂住自己的嘴巴，一雙大眼睛驚恐地盯著她看。

封上上憋笑。「還去不去？」

小虎子猶豫了一下，兩隻小手搓啊搓的，小腳丫在地上前後磨蹭。「那、那我不去了。」

封上上摸摸他的頭。「你在家幫奶奶一起收拾行李，我們很快就回來了。」

小虎子乖乖地點了點頭。

一行人坐馬車前往義莊，看守義莊的老頭廖哲一見他們亮出身分，馬上將他們帶到義莊裡的一個房間外，拿出鑰匙打開門鎖，但沒急著開門，而是提醒道：「大人，這屍體放了太多天了，臭氣熏天，你們得做好準備。」

其實光是站在門口就能聞到臭味了，裡面是什麼情景大家都能預想到。

應青雲微微點頭。「開門吧。」

廖哲用一隻手捂住口鼻，另一隻手推開房門，隨著門被推開，一片臭味瞬間直撲眾人而來。

景皓被熏得往後倒退好幾步，還沒看到屍體便捂住嘴巴乾嘔起來。

雲澤跟他差不多，眼淚都差點被熏了出來。

倒是二妞，雖然人小，但仍是站在原地沒動，也沒捂鼻子，很有封上上的風範，一大一小站在一起，感覺挺像的。

廖哲忙捂著嘴道：「實在沒辦法，小的每天都往這房間放冰塊，想讓屍體保存得好一點，但時間太長了，屍體還是腐爛得厲害。」

封上上擺了擺手。「不怪你，真的太久了。」

她從兜裡掏出口罩戴上，然後看向應青雲。「口罩帶了嗎？」

應青雲點頭，拿出上次她給他準備的口罩戴上。

景皓見狀大叫。「不會又沒有我們的份吧？妳不能這麼過分啊！」

封上上白了他一眼，對二妞道：「驗屍箱裡有口罩，妳拿出來給大家分一分戴上。」

二妞打開驗屍箱，從裡面拿出幾個口罩來，給在場的人一人分了一個，幾人趕緊學著封上上與應青雲的樣子戴上，頓時感覺好多了。

景皓停止乾嘔，摸了摸自己臉上的口罩，又瞅瞅封上上和應青雲的，覺得有點不對，不由得問封上上。「為什麼我們的口罩跟你們的不一樣？你們的為什麼這麼漂亮？」

封上上說道：「有得戴就不錯了，還挑？不想戴的話給我還回來。」

「欸欸欸，誰不想戴了，我就是抗議一下而已，給妳家大人的那麼好看，給我們的就這麼簡單，也太偏心了。」

封上上理直氣壯道：「我就偏心怎麼了？我拍頂頭上司的馬屁不行嗎？」

「妳妳妳……」景皓著實無言，封上上可說是把拍馬屁這件事做到了極致，他服了。

「走了，驗屍！」封上上得意地走進房間中，看向中央石臺上擺放的屍體，屍體被密密麻麻的蛆蟲覆蓋，蒼蠅圍繞著屍體嗡嗡叫，屍體的五官已經軟化到看不清本來的面目，身上的組織也早已化成泥狀，部分位置甚至露出白骨。

「嘔——」

這下不只是景皓跟雲澤，就連吳為與六子都受不住了，一起嘔吐起來。

封上上看向一旁的二妞。「二妞，妳出去等我吧。」

二妞狠狠咬著牙，忍住喉間猛衝上來的嘔吐感，搖搖頭。「我可以。」

封上上不知道怎麼勸，只好說：「那要是妳受不了了就出去。」

二妞點頭。

封上上又朝應青雲看過去，他臉上沒什麼表情，也看不出他此刻到底是什麼感覺。「大人，您受得住嗎？要是不行您就出去吧，我自己可以的。」

應青雲搖了搖頭。「我沒事，妳驗妳的。」

見他這麼說，封上上也沒再多言，正準備從驗屍箱中拿出手套戴上，二妞就先一步打開驗屍箱，將手套拿出來遞給她，還掏出一塊乾淨的布巾，要將她的頭髮給包好。

封上上先是一愣，繼而笑了。

看來這小丫頭之前做了功課，連她的驗屍步驟都弄得清清楚楚，是真準備來給她打下手的。

第四十九章 加工自殺

封上上蹲下讓二妞給自己包好頭髮，然後戴上手套，一切準備就緒，第一步就是先將屍體表面的蛆蟲移除，應青雲也伸手幫她抓蟲。

上次他就是這麼幫她的，所以封上上見怪不怪，隨他去，然而這一幕卻看呆了廖哲，差點懷疑他是冒充的新任知府了，堂堂知府大人怎麼會親自動手幹這樣的事情?!

可是身分文牒不可能是假的啊，這到底是怎麼回事！

沒人理會廖哲的震驚，將蛆蟲清理乾淨之後，封上上又把屍體表面的屍蠟處理了一下，可即便如此，屍體的狀況還是很慘烈。

封上上皺眉。「屍體腐爛成這樣，很多線索可能都被溶解掉了，基本上看不出來剛死亡時的模樣。」

廖哲趕忙道：「之前有仵作驗過了，說是自殺身亡。」

封上上立刻問道：「那名仵作呢？」

「那老仵作已經幹了很久，年紀很大，眼睛不太行，走路也有點不方便，前不久辭了差事返回老家。」

「返鄉了……」封上上看向應青雲，兩人交換了一個眼神。

這也太巧了，魯時冒剛死這仵作就告老還鄉，很難不讓人聯想這當中有點什麼。

看來一時半刻找不到人問話，封上上伸手捏住死者的脖子，朝二妞伸手。「解剖刀。」

二妞馬上從驗屍箱裡將解剖刀拿起來遞到封上上手裡。

封上上將死者脖子處的組織剖開，發現死者的舌骨斷了，便問一旁的廖哲。「你見過死者剛死時的樣子嗎？」

廖哲點頭。「見過見過。」

「那死者耳後有這樣的痕跡嗎？」封上上在自己耳後的位置比劃了個斜向上的V痕。

廖哲仔細想了想，不太確定地說道：「好像有，又好像沒有……」

「到底有沒有？」封上上皺眉。「死者送來的時候，你應該知道是上吊而亡的吧，他身分如此特殊，你就沒有好奇去看看他的脖子？」

廖哲當然好奇，此刻被封上上戳中了心思，尷尬地咳了咳。「小的看了，仵作驗屍的時候小的就在一旁，記得很清楚，魯大人——哦不，死者的舌頭外吐，脖子上一大圈勒痕可怕得很，但除了脖子以外，全身上下沒有其他傷痕，一看就知道是吊死的，至於耳後……耳後好像沒有什麼痕跡，小的記不太清了。」

記不太清了，那就說明當時耳後的痕跡不明顯，不足以讓人觸目驚心、難以忘懷。

「那當時脖子上的勒痕是橫向的，還是倒八字的？你比劃一下。」

廖哲想了想，尷尬道：「這個小的不太確定，當時他脖子上一大圈青紫痕跡，不知道是橫的還是豎的。」

封上上點點頭，又用解剖刀剖開死者的胸膛，露出裡面的器官，不過由於時間太長，器官已經溶解成了一片，分不太清楚誰是誰。

「嘔——」剛吐完一波的景皓剛鼓起勇氣走了過來，就看到這一幕，再次奪門而出，在外面大吐特吐。

封上上無語。

這人怕不是有受虐傾向吧，既然受不了這個，為什麼非要來看？

封上上勉強分辨出了那些器官，將它們一個個拎了出來細細察看。雖然腐爛得厲害，但還是能看出這些器官是正常腐敗的，並未經過藥物腐蝕。

這麼一看，封上上心裡便有了數。她站直身子脫下手套，二妞立刻接過手套，用一個油紙包小心地包好，等回去以後再細細清洗，又從外面打來一盆水給封上上洗手。

封上上一邊洗手、一邊感慨。「二妞這下手打得可真不錯，有了她，省事多了。最重要的是，她小小年紀就這麼厲害，看見這樣的場景都能面不改色，比某些大人好太多了。」

在外面吐得極慘的景皓心想，這話過分了啊！

二妞見自己被表揚了，開心得不得了，眼睛都亮了。

考慮到有外人在，驗完屍之後封上上並未說什麼，一行人上了馬車打算回城，封上上因為要和應青雲探討案情，便上了他的馬車。

放下車簾之後，封上上火速坐到應青雲旁邊，和他挨在一起。

「我渴了。」封上上望著面前案桌上的茶壺說道，彷彿自己的手斷了一般。

應青雲沒說什麼，拿起茶壺倒了杯茶水，摸了摸茶杯的溫度後才遞給她。「茶水涼了，就喝一杯，回去再喝。」

「好。」封上上接過茶杯咕嚕咕嚕喝了下去，雖未解渴，但也沒再要，要是喝多了涼水，這人肯定要說一大堆什麼「喝涼的對身體不好」的話。

「驗了那麼長時間的屍，我餓了，有吃的嗎？」

對於封上上時不時喊餓的行為，應青雲已經習慣了，他默默從案櫃下拿出一包蜜餞來，打開遞到她面前。「吃吧。」

「咦，馬車裡怎麼真有吃的？」封上上吃了一驚。她只是隨口說說，但沒期待他的馬車裡會有吃的，因為這人除了正餐以外從不吃零嘴，何況是蜜餞這種東西。

應青雲答道：「雲澤買的。」

封上上「哦」了一聲，沒伸手去接，反而伸出手在應青雲面前晃了晃。「我剛剛驗屍了，手髒得很，不能直接拿吃食，不然把髒東西吃進肚子裡怎麼辦？」

應青雲默默看了看封上上的手，很想提醒她，她剛剛在義莊裡已經仔細地洗過手了。

封上上像是知道他要說什麼，道：「雖然用清水洗了，但沒洗乾淨，要回家拿香胰子多洗幾遍才行。」

應青雲說道：「那蜜餞給妳留著，等回去再吃。」

封上上趕忙搖頭。「不行不行，我現在就好餓，想吃。」

應青雲沈默地望著她。

她微微一笑，十分厚顏無恥地提出了要求。「你餵我吧。」

「妳剛剛驗屍時發現了什麼？」應青雲目光直視前方，嚴肅地說起了公事。

「欸，你怎麼跟我學起轉移話題了呢？」封上上笑著朝應青雲湊過去。「應大人，這可不好啊──」

封上上的臉湊到了應青雲臉邊，差點就要碰上，他能清楚地聞到她頭髮上的香味。

「喲，應大人，你耳朵怎麼紅了呀？」封上上像是發現了什麼了不得的事，伸手摸應青雲的耳朵，還不老實地捏了捏。

應青雲一把捉住封上上的手腕，壓下她那不老實的豬蹄子，不讓她再動，啞聲道：「封上上，別鬧。」

「人家哪有鬧啊。」封上上噘嘴。「平時那麼少機會跟你單獨待在一起，每次都藉口談案子才能跟你相處一會兒，想跟你靠近一下都不可以，你還恨不得坐得離我遠遠的，我是什麼洪水猛獸嗎？哼，你壓根兒不想親近我。」

應青雲立刻道：「我沒有。」

「你就有。」封上上不高興地把頭一撇。「都說男人喜歡一個女人就會想親近她，結果你壓根兒不想，你肯定是不喜歡我，你要是不喜歡我，那就——」

封上上話還沒說完，應青雲便捏了一顆蜜餞塞進她嘴裡，成功地堵住她嘴裡剩下的話。

一股甜蜜在口腔中散開，封上上轉過頭看應青雲，眼裡都是笑意，哪還有剛剛裝出來的不高興。

應青雲無奈地看著封上上，她的小把戲他清清楚楚，卻還是不得不配合她。

「還要一顆。」封上上張嘴。

應青雲又捏起一顆塞進封上上嘴裡，一連餵了好幾顆，她才終於心滿意足地不再胡鬧，說起了正事。「基本上可以肯定，魯時冒是被勒死後再懸吊，造成自殺的假象。」

聞言，應青雲的表情也正經起來。「何以判斷？」

「若是正常上吊自縊身亡，喉間至耳後會形成八字形、較深較重的青紫勒痕，尤其是耳後皮膚會遭受磨損；但若是先勒斃再懸屍，由於人已死亡，血液停止流動，懸吊部位的痕跡會較淺，瘀血較少。剛剛的老頭對魯時冒耳後有無痕跡都記不清，說明那處的瘀青不明顯，不能讓人印象深刻。

「還有，魯時冒的舌骨斷了，正常上吊並不會造成舌骨斷裂，一般情況下，遭受極為猛力的勒縊才比較可能導致這種情況。最後，那老頭說魯時冒的脖子上一大圈青紫，看不出來勒痕是橫向還是倒八，但正常上吊不可能看不出來，只能說，魯時冒的脖子上不只一道勒痕。」

應青雲沈眸。「所以，魯時冒是被人先勒死，再假裝成上吊的？」

「不錯。」封上上點頭。「也不知道之前那名仵作到底是學藝不精沒驗出來，還是看出來了卻什麼都沒說。」

十之八九，這裡面有問題，不然怎麼就這麼巧，在他們來之前那仵作就辭職返鄉了？但有沒有問題，只有那仵作知道，就算他們找到這名仵作，他也可以推託是自己的驗屍技術不好，無法指證他故意驗錯。

封上上又說：「魯時冒死之前不是寫了封遺書嗎，應該是他本人的手筆吧？」

應青雲點點頭。「我已比對過魯時冒生前寫的各種摺子以及書信，遺書上的字跡跟他本人一致，的確是魯時冒的手筆。」

「若真是背後之人害他，他為什麼會心甘情願寫這種遺書，承擔所有罪責？」封上上皺著眉冥思苦想。「難不成是有人模仿魯時冒的字跡寫了那遺書？可真有人能將他人的字跡模仿得一模一樣？」

應青雲沈眸。「每個人的字跡都是獨一無二的，很難模仿得一絲不差，就算模仿得再像，細節處也能看出端倪。我研究過魯時冒所有的字跡，那封遺書的確是他親筆所寫，不是模仿。」

封上上知道應青雲在書法上的造詣極深，對他的話深信不疑，既然他肯定那封遺書不是模仿的，那就不是。「這麼一來，那他就有可能是被威脅了，逼不得已寫下這份遺書，但凶手是用什麼威脅他的呢？」

應青雲說道：「這個問題稍後再想，必須先審問魯府之人。」

封上上同意這一點。魯時冒是被人勒死後再吊起來的，所以他臨死之前必定和凶手共處一室，也就是說，凶手是魯時冒死前見到的最後一人，只要查出誰在最後見了魯時冒，誰便是凶手。

魯府的人全被關押在府衙大牢之中，應青雲打算先提審魯時冒的貼身小廝。

得知應青雲要提審魯府上下，曹岩放下手上的事務，陪他前往審訊室，一路上細細詳說牢裡與犯人的各種情況，看起來很認真負責、盡心盡力。

「魯府的人單獨關押在一處，由專人把守，誰都不許探望，除了大人您以外，誰都無權審問。」

這段時間南陽府知府之位空懸，在新任知府抵達之前，府衙一應大小事務都由曹岩這個同知大人暫為打理，曹岩說這些話，意思是向應青雲表達自己公事公辦，絕沒有包庇任何人，也沒有私心，更間接表明此事與他完全沒有干係。

應青雲淡淡頷首。「曹同知做得很好。」

「哪裡哪裡，暫代知府之位，下官時刻提心弔膽，深怕哪裡做得不好，會給大人添麻煩，如今終於等來了大人，下官總算能卸下身上的擔子了。」

應青雲看了曹岩一眼，沒回話。這種官場上的油腔滑調一向為他所不喜，也懶得應付。

正等著應青雲客套回來的曹岩等了半天都沒等到他說話，嘴角一僵，面子有點掛不住，但表面上依舊笑呵呵的，繼續道：「下官聽聞大人斷案如神，在西和縣上任數月便破獲數起大案，還救了顧將軍的獨子，下官真是敬佩得很，現在有大人來斷此案，想必很快就能給聖上一個交代。」

應青雲聽著這番恭維，既不尷尬，也不惶恐，更不竊喜，面無表情地啟唇道：「謬讚。」

曹岩被這兩個字噎了一下，覺得無趣，終於不再開口搭話，默默地跟在應青雲後面走著。

封上上十分想笑，但又不能笑出來。為了不引人注意，她今兒個是女扮男裝，假裝成應青雲的小廝一起跟進來的，她塗黑膚色、黏上鬍子，全程垂著腦袋不看人，能多低調就多低調。

很快的，魯時冒的小廝魯來就被帶進了審訊室，一進來他就跪下，低著頭不敢看人。

曹岩先一步嚴肅道：「魯來，知府大人要問你話，你好好回答。」

魯來趕忙點頭。

應青雲看了曹岩一眼，問魯來。「你是第一個發現魯時冒身亡的？」

「是，小的第一個發現我家大人上吊的。」

「你詳細敘述一下當天的情景。」

回憶起當時的情況，魯來的神情更加萎靡了，沙啞著嗓子訴說。「當天大人休沐，吃完早飯後就進了書房處理公務，不讓人進去打擾他，所以小的只守在門口。一直到了午時，小的怕大人餓，就在門外問要不要用午膳，但大人沒出聲，小的以為他是懶得理會，便不敢再問。

「又等了一個時辰，小的再問了一次，但大人還是不出聲，小的這才覺得不對勁，趕忙推門，卻發現門從裡面反鎖了。小的砸了門，結果一進去就看見大人吊在半空中，等人放下來的時候，身子都涼了。」

「這麼說，你一直都待在書房外沒離開過？」

魯來回道：「小的一直守在門口，中途曾因如廁離開過一次，但一盞茶的工夫都不到就回去了。」

「你確定一盞茶的工夫都不到？」

「確定，小的怕大人找小的，不敢離開太久，真的很快就跑回去了。」

「在你離開的期間，沒有其他人曾進出過書房嗎？」

「書房乃是魯府重地，大人一向命人嚴加看守，就連夫人都不許靠近，院門外還有家丁把守，不會輕易放人進去的。」

應青雲凝眸，一盞茶的工夫，從進書房把人勒死，再到把人吊起來以及整理現場，時間上不夠充裕，所以凶手不太可能是趁著這空檔進書房行凶的。再者，書房看守得這麼嚴密，的確不容易從外面進去。

那凶手到底是怎麼進入書房動手的？

應青雲又問：「你是親眼看著你家大人進書房的嗎？」

魯來點頭。「小的伺候大人吃完早膳，便一路跟著他到了書房外。」

「這之間你是否聽到書房當中有動靜？例如腳步聲、讀書聲、說話聲，抑或是打鬥的聲響？」

魯來搖頭。「沒有，大人看書的時候喜歡安靜，從不走動或讀出聲來，至於其他聲音就更沒有了，裡面就大人一個，怎麼會有說話聲或打鬥聲呢？」

「這麼說來，你也相信你家大人是自殺的？」

魯來這下沈默了，似乎是不知道該怎麼說才好，過了片刻才低聲答道：「回大人的話，小的也不知道我家大人到底是不是自殺。」

「何以這麼說？你有什麼想法，只管說出來。」

魯來又安靜了一會兒，才輕聲解釋道：「小的跟在大人身邊十多年了，以小的對大人的了解，他不像是會自殺的人，但當天書房裡並沒有其他人，那封遺書也確實是大人的親筆信，所以感覺起來又像是自殺。」

應青雲挑眉。「為何說你家大人不像是會自殺的人？」

「這個……」魯來不自在地搓了搓手，支支吾吾地道：「大人他……他比較那個……那個怕、怕……」

看他話卡了半天說不全，應青雲神情冷淡地替他補充。「貪生怕死？」

魯來尷尬地點點頭。他家大人確實貪生怕死，若是有什麼災禍，他一定會拋下其他人先跑，見風向不對，他便會老老實實縮起頭，但肯定捨不得死。

應青雲了然地笑了笑。「貪生怕死，卻敢貪污稅銀。」

魯來縮了縮脖子，不敢接這話。

「你跟在你家大人身邊這麼多年，難道一點都不知道他貪污之事？」

魯來嚇得趕忙給應青雲磕頭。「大人，小的真的不知道，小的不過一介下人，大人一向不跟小的談公事，小的對此真的一無所知啊！小的對天發誓，要是知道一點，小的就不得好死！」

應青雲用審視的目光看著魯來磕頭，並未阻止，直到魯來的額頭上見了血，人都要磕暈了，這才出聲詢問下一個問題。「你家大人在自殺前兩天有沒有什麼不對勁？」

第五十章　密室殺人

魯來渾身汗濕，趴在地上戰戰兢兢地回話。「這倒沒有，我家大人跟之前一樣，而且……」

頓了片刻，魯來尷尬地說道：「而且他在自殺前兩天，還照常去了香姨娘的屋子。」

去了姨娘的屋子？

在場的男人，包括封上上在內都聽得懂這話是什麼意思，自殺前兩天還有心情去找姨娘快活，這像是不對勁的樣子嗎？像是心中煎熬不已、想自殺的樣子嗎？

應青雲問道：「這香姨娘很得你家大人的寵愛？」

魯來稱是。「大人一向寵愛香姨娘，一個月有大半時間都在香姨娘屋子裡。」

應青雲心裡有了數，讓人將魯來帶下去，再把香姨娘喚過來審問。

不過片刻，衙役便將一位穿囚服的年輕女子給帶了進來，她這一露面，眾人總算知道為什麼魯時冒大部分的時間都跟她待在一處了。

別說是男人，就連封上上這個女人都覺得香姨娘好看，她全身上下都在詮釋著兩個字：誘人。

別的女子在牢中身穿囚服、素面朝天，不是頭髮凌亂就是衣衫不整，要多狼狽就有多狼狽，偏偏香姨娘卻把一身囚服穿出了楚楚可憐的柔弱感，烏黑柔順的長髮隨意地披散在肩頭，比梳著髮髻、滿頭朱釵還有韻味，一雙水汪汪、會說話的眼睛溫柔地看著你，傳達無限的柔情，不點而朱的嘴唇微微一抿，就像受了無限委屈般，讓人心生憐惜。

嘖嘖，真是紅顏禍水啊。

封上上總算是見識到什麼叫狐狸精了，就這麼樣一個女人，能不讓男人淪陷嗎？怪不得魯時冒大禍臨頭了還有心思往她屋裡跑，難不成是想著反正都要死了，爽完了再死？

「妾身參見大人。」香姨娘微微一俯身，柔柔地朝應青雲行了一個禮，那臀微微一翹，腰肢一扭，好身段顯露無疑，再配上那含水的眼眸、膩人的嗓子，是個男人都把持不住。

封上上已經看到好幾個衙役眼神不太對了，他們的視線若有還無地往香姨娘身上瞟，跟被蜘蛛網黏住了一般。

她又瞥向被放電的目標——應青雲，只見這位大人此刻雙唇抿成一條線、眼眸平靜無波、臉上表情冷淡，眉頭甚至微皺。

封上上頓覺滿意，要不是此刻周圍全是人，她非得狠狠親他一頓才成，這樣視美色如糞土的男人，必須表揚！

「香姨娘，魯時冒在自殺前兩天，是否去了妳的屋裡？」

香姨娘眼眶一紅，點點頭。「回大人，我家大人的確去了妾身那邊。」

「那他可有與妳說什麼不同於平常的話，或是做些不尋常的舉動？」

「好像是有點不對。」一滴淚水從香姨娘眼角滑下，落在腮邊，她帶著哭腔道：「他那兩晚來妾身屋裡，都一副心事重重的樣子，好像在憂慮什麼，飯量都比平時少了點。妾身問他怎麼了，他只說沒事，後來還給了妾身不少金銀首飾，讓妾身收好。妾身本來還挺高興的，但誰想到他會想不開啊，他這是臨死都念著妾身呢……」

「他真的給妳金銀首飾了？」

「當然，那些東西曹大人都知道的。」

應青雲朝曹岩看去，曹岩道：「的確，抄家之時，下官怕女眷屋裡藏有銀子，便扣了下來，想等大人來了再定奪。香姨娘身家不少，光是金銀首飾就值一、二千兩，加上現銀，差不多有五千兩，就連魯大人的夫人手中都沒這麼多錢。」

一個姨娘比當家主母還富裕，說不是魯時冒給的都不可能，這也足以看出他對這個姨娘的寵愛。大難當前，自知逃不了了，所以給心愛的姨娘留了錢，讓她好好過日子。

這麼一看，魯時冒倒像是自殺身亡的了。

應青雲又問：「那妳可知妳家大人將私吞的稅銀放到哪裡去了？又或是給了什麼人？」

香姨娘臉色一變，眼淚又流了下來。「大人，妾身只是一介後宅婦人，就算再得我家大人寵愛，他也不會跟妾身說這些，妾身要是知道他做了這些事，早就勸他收手了，何至於弄成這般下場？」

「這麼說，妳什麼都不知道？那他送妳這麼多的銀錢跟首飾，妳就沒有好奇是從哪裡來的？」

「妾身當然問過，但他說……他說是那些交好的商賈們孝敬的，要是不收，人家還覺得他不給面子，便收下了。妾身追問，他就說婦道人家不該插手男人的事，妾身便不敢再問了。」

「那平時哪些人與他私交甚密，妳可清楚？」

香姨娘擦了擦眼淚，搖頭。「這些乃是公事，不是妾身能知道的，妾身日日待在後宅之中，對外頭之事一概不知。」

一說起這些，香姨娘全答不出來，眼看問不出什麼，應青雲便讓人將她押回大牢之中，又提審魯時冒的髮妻古瑞君。

比起香姨娘的千嬌百媚，古瑞君遜色許多，在牢中關押多日，看起來跟平常婦人沒什麼太大的區別，問起魯時冒的事情，她怨憤地說道：「問民婦做什麼，他一年來民婦這邊的次數一個巴掌都數得過來，跟民婦說不過五句話，你們還不如去問問那個小妖精，說不定他什麼都跟小妖精說。」

她嘴裡的「小妖精」不用想都知道是前腳才走的香姨娘，看來古瑞君對她很不滿啊。

「魯時冒貪墨稅銀的事情妳真的半點不知？」

古瑞君冷笑。「民婦知道什麼？民婦只知道要不是養了那麼多姨娘，他不會拿這麼多銀子，畢竟沒錢怎麼養得起那些人！」

封上上看得嘖嘖搖頭，這古瑞君看來是徹底成了個怨婦。

古瑞君滿腦子都是對魯時冒其他女人的不滿，正事半點不知，同樣問不出什麼，應青雲讓人將她押了回去，又提審了衙門原先的帳房先生和師爺等人。

貪墨稅銀此事，光靠魯時冒一人是做不出來的，自然需要帳房先生等人的配合，但這些人全都表示自己僅受魯時冒之命，並未參與。

根據他們的說辭，貪墨稅銀彷彿是魯時冒一人所為，沒有所謂的背後之人。

審問結束、離開牢房之時已是正午，曹岩看了看天色，對應青雲道：「大人，已是午時，想必您腹中飢餓，下官知道一家酒樓，飯菜味道很不錯，不如大人移步過去稍用便飯，下官再跟您說說南陽府的情況，大人剛來，想必對此地還有諸多不了解。」

應青雲朝他點了一下頭。「曹同知的美意，本官心領了，但本官還有要事在身，曹同知自便。」

沒想到會被再次拒絕，這下曹岩的臉色真的是肉眼可見地僵了，笑容都尷尬了許多，他拱拱手道：「既然大人要忙，那便下次吧。」

應青雲頷首，帶著封上上踏上馬車。

一進馬車，一直沒開口說話的封上上立刻出聲道：「我看這位曹同知很想跟你打好關係，都邀請你兩次了，你全都拒絕，人家肯定在想你這人不通官場人情世故，是個榆木腦袋。」

「無礙。」應青雲一點都不在意。「我本來就不通這些。」

封上上回想他平時的行為，心道還真是，她壓根兒想像不出他跟人客套寒暄、虛與委蛇的模樣，若真是這樣，那便不像他了。

「好吧，我就喜歡你不通這些的樣子。」封上上笑著說道。

應青雲抿了抿唇，視線轉向窗外，似乎透過窗簾的縫隙在看外面的景色般。

封上上知道這是老古板又不自在了，嘴角翹起，往應青雲身邊挪去，伸手挽住他的手臂。

應青雲渾身一僵，輕斥道：「又做什麼，回去坐好。」

封上上一隻手抱著他的手臂不放，另一隻手將自己臉上黏著的鬍子給拽掉。「我跟你說句話就回去坐好，你把耳朵湊過來。」

應青雲看了封上上一眼，有點猶豫，怕她又耍什麼花招。「就這般說吧。」

「快嘛，我要跟你說個秘密，不能被別人聽見，你就湊一下耳朵，還能被我吃了不成？」

應青雲頓了頓，無奈地將耳朵往封上上這邊稍稍一傾，等著她說秘密。

「我要說的秘密是……我要給你個獎勵。」說完，還不待應青雲反應，封上上便湊上去在他臉上輕輕啄了一口，然後迅速退回原位，如他所說的乖乖地坐好。

「妳……」應青雲僵住，耳根又紅了。

「剛剛在審訊室裡，那香姨娘死命地朝你拋媚眼，你卻沒半點反應，很是穩得住，我非常滿意。」她點點頭，又拍拍他的肩鼓勵道：「以後繼續保持啊，就算遇到比我漂亮很多很多的姑娘，你也不許多看，更不准動心！」

應青雲轉過頭去，默默不語，不知道在想什麼。

過了片刻，他突然開口。「我並不覺得誰很漂亮。」

「嗯？」封上上歪頭看他。「你是說，你至今沒有覺得哪個姑娘很漂亮？」

應青雲又不說話了，目光牢牢盯著窗外。

「那……你覺得我也不漂亮？」

「不是……」

「那你的意思是說，你沒有覺得哪個姑娘比我漂亮，在你眼裡，我最漂亮是不是？」

應青雲徹底沈默，怎麼都不開口了。

封上上的心情徹底飛揚了起來。「小夥子，我覺得你真的很上道啊，你這樣的男朋——不對，你這樣的——」

她卡了殼，一時不知道該用什麼樣的稱呼代表他。「男朋友」他肯定聽不懂；「愛人」讓他渾身不對勁；「未婚夫」吧，他倆又沒訂婚；「相公」跟「丈夫」呢，還沒到那一步，這一卡卡了半天，卡得應青雲都轉過了頭來，不明所以地看著她。

迎著他的雙眸，封上上腦海裡突然想到了一個詞，瞬間笑彎了眼睛，啟唇道：「你這樣的情郎，真的很稱職！」

情……情郎……

這個詞太過曖昧，光聽就讓人臉紅心跳，應青雲只覺得一股熱氣湧遍了全身，下意識地轉開視線，無法再與她對望。

「你害羞什麼，你現在可不就是我的情郎嗎？」封上上看應青雲臉都紅了，覺得他實在可愛到不行。

公事方面他向來沈穩嚴肅得不得了，跟個小老頭一樣，可情事方面又這麼害羞拘謹，她說點露骨的話他就冒熱氣，反差也太大了。跟他一比，她就像個情場老手一樣，明明她也是母胎單身來著，純情得很呢！

「說公事。」應青雲強行把話題給轉移開。

封上上點點頭。「行行行，你不喜歡跟我說私事，那咱們就說公事。」

「封上上——」

「好好好。」封上上趕忙收起嬉鬧的心情，將剛剛撕下來的鬍子又重新貼了回去，嬌俏的臉龐瞬間多了股粗獷感。

「怎麼樣，我這麼一打扮，像不像男人？」封上上朝他抬了抬下巴，問道。

應青雲的視線在封上上的鬍子和特地描粗的眉毛上停留了片刻，眼中出現一抹笑意，淡笑道：「說實話，妳這化妝術確實不錯，只可惜妳的線條就是姑娘家該有的，瞞得了一時，瞞不了一世。」

封上上摸了摸自己的鬍子，心想電視劇裡的經典橋段「女扮男裝」果然不現實，以後還是不要隨便嘗試了。

她又把鬍子給摘了下來，正色道：「好了，真的說正事了，剛剛我就覺得很奇怪，既然魯時冒苛捐雜稅斂財，身為南陽府的同知和通判，曹岩跟周恆這兩人不會什麼都不知道吧？既然知道，為什麼不說？聖上為何不把他們一起抓起來審問，甚至還讓曹岩暫代知府之職？」

應青雲說道：「曹岩和周恆自然不可能不知魯時冒苛捐雜稅之事，但如今邊境正和羌胡開戰，國家正是用錢之時，朝廷已頒布一些法令調整稅收，地方多徵雜稅上繳國庫，在這個特殊時期也不是什麼問題。

「據聞許多官吏曾見曹岩、周恆勸阻魯時冒莫對百姓太苛刻，兩人為此還與他發生過不快，之後他們與魯時冒的關係一直不好。不過這兩人不知魯時冒私吞稅銀，以為他全部上繳國庫。」

封上上若有所思。「再加上魯時冒的遺書中承認此事全是自己所為，沒有同夥，這兩人的確能排除嫌疑。這樣的話……那就從魯時冒之死著手調查，從目前掌握的線索來看，這個案子暫時可以歸類為密室殺人案。」

應青雲看她。「何為『密室殺人案』？」

「密室殺人，是『不可能犯罪』的一種，不論是在表象或邏輯上都不可能發生。所有的證據都指向被害人所處的封閉空間內沒有第二人存在，就像魯時冒的案子，就他一人在書房內，他沒出來，也沒人進去，可他偏偏死了，看起來除了自殺別無他因，但我們都清楚，他不是自殺。」

應青雲點頭表示明白了，他沈吟半晌後，開口道：「魯來說自己只離開一盞茶不到的時間，兩個守院子的家丁也全程未曾離開，更沒有其他人進入，那麼第一種可能，就是他們都撒了謊，是他們殺害魯時冒，或者他們被凶手買通，成了共犯。」

封上上點頭，認真地看著他說：「第二種可能，在魯時冒進入書房之前，凶手就已潛伏在書房內，伺機殺人。」

封上上笑著伸出三根手指，讓他再繼續說第三種。

應青雲嘴角微勾，如她所願往下說：「第三種，魯時冒所處的書房並不是密室，還存在其他出入口，只是誰都沒發現而已。」

封上上鼓鼓掌，雙眸晶亮地看著他。

應青雲輕咳一聲，抿了抿唇，這才道：「針對第一種情況，我會讓吳為再審魯來和兩個守院子的家丁，若是他們心裡有鬼，遲早能審出來；第二種情況不太好辦，時日已久，現場已被破壞，調查起來很有難度；倒是第三種情況，我們可以仔細檢查一下。」

「對，魯時冒當時的書房不就在如今我們住的地方嗎，進去仔細找找看，看能不能找到什麼線索。除了書房，我覺得我們還應該搜一搜府裡其他地方，說不定還藏著什麼不為人知的秘密呢。」

應青雲點頭，吩咐馬車趕快點，回到府裡後，立即前往魯時冒生前用來當作書房的小院子。

因為出了人命，這個小院子被徹底封了起來，至今還沒人進去過。

雲澤上前打開了院門，一行人穿過小院子，走到唯一的一間正屋前，也就是書房，揭開門鎖和門上的封條，推開大門，頓時一股陳舊的灰塵味夾雜著霉味迎面而來，很不好聞。

等到這股味道稍微散去了，眾人這才走了進去。

書房裡的東西都蒙上了一層灰塵，看得出來很久沒打掃了，屋子正中央的房梁上懸掛著一尺白綾，白綾下有張倒地的椅子，很顯然，這是魯時冒「自殺」留下的痕跡。

除此之外，書桌上還擺著一方尚未清洗、還留著墨跡的硯臺，硯臺旁是一枝蘸著墨汁的毛筆，可以看出主人在用這些物品寫下遺書之後，便再也沒人替它們弄乾淨了。

書房裡的其他地方倒是很整齊，沒有任何打鬥的痕跡。

封上上的視線在屋內梭巡了一圈，屋內很開闊，擺設也相對簡單，沒有天窗、沒有閣樓，三面牆擺的都是整面櫃子，其中兩面櫃子裡放著密密麻麻的書籍，另一面櫃子擺放著各種字畫、瓷器，再來靠窗處還有一張矮榻，矮榻上擺著一方小几，小几旁擺著兩個蒲團。

這麼看過去，整間書房一覽無遺，沒有藏人的角落，也不太可能藏人，除非凶手站在門後，在魯時冒進門的瞬間就對他下手，且一擊即中，不發出半點聲響，但門外站著魯來，凶手應該沒機會這麼做。

顯然，應青雲也是這麼想的，與封上上對視一眼之後，便讓大家一起在屋內找找有沒有隱藏的密門或通道什麼的。

雲澤無視地板上堆積的大量灰塵，趴在地上一點一點地用手敲擊地面，看看有沒有不同的回音；景皓拿著工具撬動矮榻，翻開榻面，看下面有沒有藏著什麼東西。

不過他們兩人檢查了半天，並未發現任何特別之處，沒瞧見可能的密門，也沒有通道。

應青雲的視線在書房內轉了一圈，最後停在靠著三面牆的櫃子上，道：「把櫃子搬開來看看。」

「對，有可能藏在櫃子裡，那個祭祀祖神的案子，密道入口不就是在一戶村民家的衣櫃裡嗎？」景皓眼睛一亮，直接略過雲澤與應青雲兩個男人，朝封上上招手道：「小仵作，快來快來，這櫃子太重了，我一個人搬不動，妳快過來搬！」

——未完，待續，請看文創風1240《大力仵作青雲妻》3（完）

2018年12月出版

胖妞秀色可餐

文創風 697～698

前世的李何華身材窈窕，現在卻被罵大肥豬、母老虎，身為女人怎能忍？不瘦下來，誓不罷休！但她還要靠美食掙錢，這每天聞香，還減不減得成呀？

慢熬世上兩種情，咀嚼真摯與細膩／一筆生歌

嗚嗚，她李何華是招誰惹誰，
出身廚神世家，被視為難得一見的美食天才，
如今卻穿成一個十惡不赦的大胖妞，連小孩都唾棄！
聽說原主好吃懶做、蠻橫霸道，
不僅會欺負婆家人，還把兒子虐待成自閉症！
身上那麼多黑鍋，她揹不來啊～～
村人早想教訓她，找上門來要跟她拚命，
誰知她的夫君張鐵山人如其名，鐵面冷酷，也不幫忙，
竟說容不下她這尊大佛，扔了紙休書給她，要她滾蛋！
可她才剛穿來，身無分文，上哪去討生活呀？
她好說歹說，只差沒對天發誓，他才大發慈悲收留她一段時間，
但前婆婆和小叔冷眼對待，還把她沒做的壞事扣到她頭上，
這寄人籬下的滋味真是苦，她決定要自立自強，另謀生路，
自古「民以食為天」，靠她的絕活，還怕收服不了吃貨們的舌頭？

2024年2月出版

夫人請保持距離

文創風1232～1234

這些人總鄙視商戶貶低她名聲，
但這名聲好壞於她來說又不值錢，
縱使他們擁有一身清譽，
可真正能辦好事情的是她家的財富！

預料之外的婚約，
握入掌心的鍾情／拾全酒美

首富千金秦汐帶著金手指，回到家中受誣陷而家破人亡前，
她一掃上輩子的迷障，看清環繞秦家周遭的魑魅魍魎，
並加快腳步，為甩開針對她家的陰謀詭計做準備。
暗示商隊可能被塞了通敵信函，學會漠視虛情假意的親戚，
並利用空間裡的水產，與貴人結下善緣，爭取靠山。
多項事務同時進行下，蝴蝶翅膀竟搧出前世不存在的婚約，
對象是赫赫有名不近女色的小戰神曝郡王——蕭曝玹。
儘管她不願早早嫁人，卻也不擔心這門婚事能談成，
對於外頭頻傳秦家挾恩逼王爺娶商女的流言，她更不在意。
誰知不但惹來皇上賜婚，那前世敢抗旨的小戰神也一反常態，
提議先假成親，待一年後他自污和離，以維護她名聲。
這條件對她皆是有利的，而且秦家與他也有更多合作空間，
且思及上輩子此人無論是行事作風及人品，皆可信賴，
不就是一種契約婚姻？他既然願意，她又怕什麼呢？

大力仵作青雲妻 2

國家圖書館出版品預行編目資料

大力仵作青雲妻 / 一筆生歌著. --
初版. -- 臺北市 : 狗屋出版社有限公司, 2024.03
冊 ; 公分. --（文創風 ; 1238-1240）
ISBN 978-986-509-502-4（第2冊 : 平裝）. --

857.7　　113000936

著作者	一筆生歌
編輯	連宓均
校對	沈毓萍
發行所	狗屋出版社有限公司
地址	台北市104中山區龍江路71巷15號1樓
電話	02-2776-5889～0
發行字號	局版台業字845號
法律顧問	蕭雄淋律師
總經銷	知遠文化事業有限公司
電話	02-2664-8800
初版	2024年3月
國際書碼	ISBN-13　978-986-509-502-4

本著作物由北京晉江原創網絡科技有限公司授權出版

定價290元

狗屋劃撥帳號：19001626

網址：love.doghouse.com.tw　E-mail：love@doghouse.com.tw